빈방

빈방

박범신 연작소설

자음과모음

차례

|작가의 말| 내 몸속의 짐승이 보는 것 • 6

별똥별 • 11
빈방 • 47
항아리야 항아리야 • 97
괜찮아, 정말 괜찮아 • 149
감자꽃 필 때 • 183
흰 건반 검은 건반 • 229

|해설| 비어 있는 중심_김미현 • 266

작가의 말

내 몸속의 짐승이 보는 것

1

　용인 굴암산 숲 속을 밤새 헤매다가 어느 새벽 개망초 지천으로 피어 있는 좁은 골짜기 풀숲에 누워 오래오래 별들을 보았다. 어떤 별은 하얗고 어떤 별은 불그스름했고 어떤 별들은 창백한 푸른빛이었다. 오리온좌의 알파별은 310광년쯤 떨어져 있으니, 내 눈에 보이는 별빛은 기실 숙종조 때 제 몸체를 이탈한 광채일 터였다. 수많은 별빛이 내 마른 갈빗대 사이로 들어와 큰창자 작은창자 골골을 적시고 마침내 개망초 낮은 실뿌리까지 흘러내려가는 게 환히 보였다. 우주와 내 육신과 개망초 낮은 실뿌리 사이엔 아무런 경계도 없었다. 별들이 뚜, 뚜우, 뚜, 모스부호를 치듯이 내 갈빗대를 리드미컬하게 두들기는 소리가 들렸고 개망초 실뿌리가 나의 큰창자 안쪽 벽에 촉수를 박아 넣고 단물을 빨아 먹는 소리 또한 쪼륵, 쪼르륵, 들렸다. 나의 영혼은 시간과 공간의 아무런 억압도 받지 않고 충만하고 깊게, 고요하면서도 역동적인 춤을 추며 놀았다. 불멸의 꿈에 취해, 나는 너무도 행복해서 날이 샐 때까지 울었다.

2

용인 산 숲을 밤마다 헤매고 다니던 시절, 한때는 아이를 밸 수 없는 나의 운명 때문에 고통받았다. 여기 함께 묶인 여섯 편의 연작소설은 아이를 밸 수 없는 자들의 쓸쓸하고 참혹한 퍼포먼스를 꼼꼼히 기록한 것이다. 창조적인 생산력은 나날이 거세되고 불임의 사막은 시시각각 확장되는 세계를 살면서, 그 원죄로 부여받은 쓸쓸함엔 처방전이 없다. 우리들은 끝내 별 하나 품지 못하고 저 넓고 깊은 우주조차 무기물의, 커다란 투구로 여겨 머리에 쓰고 있을 뿐이다. 보아라. 아이를 밸 수 없는 불안한 도망자들이 천지간 시멘트 골목길을 오늘도 땀 흘리며 떼 지어 유랑하고 있지 않은가. 이윽고 죽어, 영원히 썩지 않는 방부의 물병 속으로 들어가서, 골수는 빠져나가고 틀은 뒤틀린 악안면에, 천년을 산 것보다 더 많은, 오골쪼골, 수천수만의 주름살이 박인 그로테스크한 우리들의 자화상을 마침내 보게 될 그날까지.

3

이 연작의 첫번째 작품 「별똥별」은 창작집 『향기로운 우물 이야기』에 실렸던 작품이다. 연작소설의 첫번째 작품이니 뺄 수 없어 그대로 앞에 두었다. 「빈방」은 『문학사상』에 발표했던 작품이고, 「항아리야 항아리야」는 『창비』에, 「괜찮아, 정말 괜찮아」는 『실천문학』에, 「감자꽃 필 때」는 『문학동네』에 발표했으며, 「흰 건반 검은 건반」은 『문예중앙』에 실렸던 작품이다.

첫번째 작품 「별똥별」을 쓴 것이 1990년대 말이었으니까 지난 오륙 년 동안 나는 계속 이 연작소설의 큰 주제라 할 수 있는 불임의 문제에서 자유롭지 못했던 듯하다. 처음에는 작품집 제목을 '너희 쓸쓸한 자들의 커다란 투구'라고 했다가 너무 길고 이미지가 분명하지 않다는 편집부 의견을 받아들여 '빈방'으로 바꾸었다.

4

 소설문학의 위기라는 말이 종종 들리지만 나는 별로 개의치 않는다. 쓰고 싶은 말들이 아직도 수시로 내 갈비뼈 사이를 뚫고 나오니 그런저런 소문을 염두에 둘 겨를이 없다. 상상하고 또 사실적으로 느끼거니와, 내 몸 안엔 늙지 않는 예민하고 포악한 어떤 짐승이 살고 있다. 그놈은 날카롭고 긴 가시발톱을 수없이 갖고 있어서 내가 쓰지 않으면 생살을 찢고 나오려고 지랄발광을 하니 쓸 수밖에 없다. 그놈을 내 뜻에 맞게 순치시켜 쓰지 않고도 평화롭게 춤추며 놀 날을 기다려보지만 죽기 전에 과연 그런 꿈같은 날들이 올는지는 모르겠다. 연초록의 숲이 날로 짙어져 검은빛이 되고 있다. 울울창창 뻗어나는 숲을 보고 있으면 나무 한 그루 한 그루가 다 내 몸속의 짐승 같아 무섭다.

2004년 초여름 박범신

별똥별

1

그 정체불명의 시선을 내가 처음 인지한 것이 언제였는지는 확실하지 않다. 장마가 시작되기 훨씬 전부터였던 것도 같고 장마가 시작된 직후였던 것도 같다. 확실한 것은 지금 이 순간에도 저 창밖, 칠흑 절벽의 어느 한곳에서 숨죽여 나를 엿보는 시선이 있다는 것이다. 그 시선은 일방통행이면서 동시에 일방통행이 아니다. 나는 그를 보지 않으므로 시선은 매양 미지의 그에게서 창 안쪽의 나에게 일직선으로 달려오지만, 내가 그걸 감지하고 있으니, 창의 안과 밖을 관통하는 그 시선은 결국…… 그와 나의 관계이다.

장마가 깊어지면서 관계는…… 깊어지고 있다.

그는 어느 땐 내 화실의 동쪽이나 남쪽 창틈에, 어느 땐 주방의 북쪽 창 너머에, 또 어느 땐 침실 창 모서리에 교묘하게 위치해 있다. 두렵진 않다. 그는 창밖에 있고 나는 창 안쪽에 있으며 그는 어둠 속에 있고 나는 밝은 곳에 있으나 우리들의 관계는 이미 이런저런 이분법을 넘어서고 있다고 믿기 때문이다. 두렵기는커녕 때때로 나는 그의 시선을 기다리기도 한다. 커튼의 열린 틈과 내가 위치한 곳의 조도를 조절하는 것으로 나의 관심을 세심히 그에게 전할 수도 있다. 그가 미처 알아차리지 못하게.

2

장마전선을 만난 것은 혜인과 동해시에서 열린 그룹전 오프닝 행사에 참석했다가 바다를 따라 부산까지 내려갔을 때였다. 그 남자는 결혼하면 인생이 완성되는 줄 알고 있어……라고 혜인은 말했다. 바람까지 심해 해운대 앞바다는 황량하게 비어 있었다. 내 앞니에 걸린 그녀의 젖꼭지가 맹렬하게 곤두섰다.

난 있지, 한 남자의 인생을 완성시킬 수도 있다구.

그녀가 말할 때, 호텔 창 너머에서는 밤바다가 제 내부의 격정을 감당하지 못하고 연거푸 뒤집혔다. 가슴은 작았지만 그녀의 젖꼭지는 유난히 크고 검었다. 나는 밤바다 한가운데 우뚝 솟아오른 그녀의 젖꼭지를 혀로 건드리면서, 글쎄 말야, 이놈이 글쎄, 내 성기 같아……라고 말했다. 장마전선은 파죽지세 북상했다. 해운대에서 영천, 영주, 제천, 원주를 관통하는 내륙 노선을 쫓아 용인까지 북상하는 길은 내내 비바람에 젖어 있었다. 내 젖꼭지가 싫지……라고 그녀가 불쑥 물었다. 차는 용인 읍내 우회도로를 통과해 캄캄한 숲 사잇길로 접어들고 있었다. 그녀와 첫 정사를 치르던 13년 전 어느 여름 저녁을 나는 생각했다. 대학 3학년에 다니고 있던 그녀는 그때 역시 지금처럼 당당하고 우뚝 선 검은 얼굴의 젖꼭지를 갖고 있었다.

굉장해.

나는 말했다.

굉장해, 검은 대지 같아.

화실은 숲 사잇길을 5분쯤 더 달린 뒤 만나는 작은 마을의 북편 외딴곳에 있었다. 내가 휘경동 화실을 정리, 이곳으로 이사 온 것은 3년 전이었다. 캄캄한 화실 앞엔 동해시로 떠날 때 세워놓았던 그녀의 차가 비를 맞고 있었다. 비도 많이 오는데 자고 가지……라고 내가 말했고, 싫어……라고 그녀가 대답했다. 그녀는 자신의 차로 옮겨 탄 뒤 부르릉 시동을 걸었다. 바람은 더 이상 불지 않았다. 그녀와 만나온 오랫동안, 나는 일관성 있게 벌거벗은 그녀의 귀에 속삭여 말하곤 했다. 정말 굉장하다니까. 검은 대지 같아. 당신의 젖꼭지 아주 섹시하다구. 그런데 기습적으로 그녀는 내 젖꼭지가 싫지……라고 물어온 것이다.

그녀는 오랜 시간에 걸친 내 말의 속임수를 알아차린 모양이었다. 그녀의 차가 활처럼 굽은 길을 돌아 마을 안길로 사라지고 났을 때 나는 혼잣말로 대답했다.

그래. 당신의 젖꼭지는 언제나 너무 우뚝 서 있어.

이제 그녀가 차를 세웠던 자리에 내 차를 세워야 할 차례였다. 나는 차를 뒤로 뺐다가 핸들을 크게 왼편으로 감으면서 전진시켰다. 공터 옆엔 2백 평짜리 텃밭이 붙어 있었다. 감자꽃이 피었어……라고, 나는 기쁨에 차서 말했다. 동해시로 떠나던 날 아침의 일이었다. 그녀가 왔을 때 텃밭의 감자들 중 일부가 꽃을 피웠다는 걸 나는 알았다. 나는 그녀를 감자밭으로 데리고 나가, 봐, 한 달이나 봄 가뭄이 계속됐는데, 글쎄 요것들이 가뭄에 타 죽기는커녕 이렇게 무성히 자라서 꽃까지 피웠다구……라고 자랑했다.

때맞추어 내리는 고마운 비였다.

헤드라이트 불빛에 얼핏얼핏 비쳐드는 감자밭을 나는 내다보았다. 텃밭에 뭘 심은 건 이번이 처음이었고, 처음 심은 감자가 무럭무럭 자라 꽃을 피웠으니 나로선 흥분하지 않을 수가 없었다. 이번 비로 감자 꽃대는 더욱 튼실해질 터였다.

그런데 이게 웬일인가.

나는 이내 아연실색, 차를 감자밭으로 향하게 튼 다음 헤드라이트를 상향 조정했다. 동해시로 떠나던 며칠 전만 해도 분명히 무성하던 감자잎들이 지금은 누렇게 타 들어가고 있었다. 상상조차 하지 않은 일이었다. 뭔가, 크게 잘못된 게 틀림없었다. 잘못된 것이 무엇인가…… 하고, 나는 부리나케 빗속의 감자밭을 뒤지고 다니며 생각했다. 이대로 두었다간 감자들은 모조리 타 죽을 참이었다.

그렇구나, 복합비료 때문이다.

나는 깨달았다.

감자 싹이 손가락만큼씩 올라와 있던 어느 날, 마을 이장이 지나가다 이르기를, 모종과 모종 사이에 복합비료를 묻어주면 감자들이 뿌리 내리는 데 힘이 된다고 했다. 풍성한 수확을 꿈꾸던 나는 옳거니, 싹이 난 곳마다 서너 군데

나 땅을 파고 복합비료를 욕심껏 묻어주었다. 그동안엔 비가 전혀 내리지 않았으니 복합비료는 원형 그대로 묻혀 있었을 것이고, 어제부터 내린 비에 비로소 일시에 녹아버린 복합비료가 어린 감자 뿌리에 독으로 작용한 것이 틀림없었다. 나는 옷을 갈아입지도 않고 밭 가운데 달려들어 땅속에 남은 복합비료를 떠내기 시작했다. 잔뜩 물을 머금은 밭고랑은 밟는 자리마다 푹푹 빠져들었다. 바람은 가라앉았지만 빗줄기는 조금도 약해질 줄 몰랐다. 나는 신발을 벗고 곧이어 양말과 재킷도 벗어 던졌다. 마을은 2백여 미터나 서편으로 떨어져 있었고, 이른 봄에 새로 지은 몇몇 건물도 남쪽으로 나앉은 논 너머 산비탈에 자리 잡고 있었다. 셔츠와 바지 또한 이내 흙투성이가 됐으므로 벗어 던지지 않을 수가 없었다. 잠시 숨을 멈추었던 개구리들이 사방에서 다시 기세 좋게 울었다. 복합비료는 빗물에 불어 검고 차진 고약 같았다. 젖꼭지가 새카말수록 생산력이 좋대……라고, 내가 그녀에게 말했던 것이 떠올랐다. 그녀의 가슴은 풍화된 무덤처럼 낮고 넓게 퍼져 있었으며, 그 대신 젖꼭지는 언제나 부리부리하게 서 있었다. 나는 이윽고 메리야스조차 벗어버렸다. 그녀의 젖꼭지처럼 당당하고, 그리고 쾌적했다. 젖은 흙은 부드러웠고 맨살을 때리는 빗줄기는 상쾌했으며, 상향 조정된 헤드라이트 불빛과 그 바깥쪽의 캄캄절벽은 단호한 경계를 이루고 있었다. 나는 밝은 곳과 어두운 곳을 아무 막힘 없이 산짐승처럼 넘나들며 작업을 했다. 작업은 행복했다. 신명에 취해 나중엔 내가 과연 무슨 일을 하고 있는지 잊었을 정도였다.

이런 기분으로 그림을 그린 적이 언제 있었던가.

용인으로 이사 온 지 3년여, 나는 자연 속으로 왔지만 이따금 자연과 오히려 멀어지는 느낌을 받았다. 또 선을 봤어……라고, 그녀는 용인에 내려올 때마다 다른 남자 얘기를 하곤 했다. 나는 화가라고 불리면서도 그림을 별로 그리지 않는 마흔 살 남자였고 그녀는 서른다섯 살 여자였다. 내 그림은 날이 갈수록 추상화가 되었는데, 완성되지 않는 그 그림들의 중심은 비어 있었다.

무슨 그림이 그래?

그녀는 곧잘 말했다.

중심이 빈 것처럼 느껴져……라고. 어떤 때 그녀는 또 진지하게 물었다. 이 그림의 중심에 뭐가 있어……라고 그녀는 묻고, 네가 가리킨 그곳은 중심이 아냐……라고, 나는 동문서답으로 대답했다. 중심은 어디인가. 사각의 화판 앞에 앉을 때마다 나는 생각했다. 사각의 화판틀이 중심을 결정하는 주체라 한다면, 중심은 중심에 있는 게 아니라 사각의 화판틀에 놓여 있다고 할 것이었다.

감자밭의 복합비료를 모두 떠내고 나자 후련했다.

아주 기진맥진해졌지만 모처럼 이 사이에 낀 것들을 말끔히 스케일링한 기분이었다. 나는 벗어 던진 옷가지 따위를 주우려 하지 않고 비틀거리며 자동차로 다가가 마침내 헤드라이트와 차의 시동을 껐다.

차 소리가 끊어지자 갑자기 적막해졌다.

빗소리도 개구리 울음소리도 그 순간엔 동시에 멈춘 듯했고 결연한 침묵 깊은 어둠 속에서 어떤 순간, 나는 불현듯 문제의 시선을 느꼈다. 분명히 누가 나를 쏘아보고 있는 것 같은 느낌이었다. 차의 문을 잡은 채 나는 먼저 마을 쪽을 바라보았다. 외등 아래 마을 집들의 낮은 지붕이 뭉개진 불확실한 이미지로 보였다. 아니야, 저기가 아니라구. 개구리들이 울고 있는 화실 앞의 논 건너편 산비탈에는 이층 건물이 있었다. 이번 봄에 지은 그 이층 건물과 다른 부속건물은 원룸 형태로 되어 있다고 했다. 고시원을 할 요량으로 지은 건물인데 이장한테 듣기론 고시생은 없고, 산 너머 골프장의 캐디 몇 명이 겨우 입주한 모양이었다. 이층 방 하나만 불이 밝았다. 나는 이번엔 고개를 홱 돌려 텃밭과 경계를 이루고 있는 북편 산 쪽을 노려보았다.

그래. 바로 저기야.

내 직관은 거의 야생동물처럼 움직였다.

키 큰 잣나무들이 몰려 있는 그곳은 캄캄해서 사실은 나무의 윤곽조차 보이지 않았다. 누군가 거기 서서 나를 바라보고 있다고 하더라도 내가 그를 볼 수 없는 것처럼 그 또한 헤드라이트를 끄고 난 지금은 내가 잘 보이지 않을 터였다. 그렇지만 나는 동물적인 감각으로 그를 보았고, 그 또한 나를 보고 있다고 나는 느꼈다. 우리들은 어둠 속에서 불같은 시선으로 서로 마주 보고 있는 셈이었다. 들고양이일까. 아니면 감자밭까지 수시로 내려오는 청설모 가족이 빗속에 산책을 나왔다가 그 기척을 내게 들킨 것일지도 몰랐다. 어두운 잣나무 숲에선 그렇지만 빗소리 이외엔 아무 소리도 들리지 않았다. 좀 전엔, 무슨 소리인가, 살아 있는 것의 기척을 분명 들은 듯한데, 한참이 지나도 그저 잠잠했다. 나는 차 열쇠를 챙겨 들고 벌거벗은 그대로 진흙탕 길을 걸어 화실 현관으로 오다가 다시 멈췄다.

저기야. 저기, 누가 있어.

분명히 그 어떤 서늘한 내쏘임 같은 게 잣나무 숲 어둠의 중심에서부터 내게로 꽂혀오고 있었다. 나는 얼른 집 안으로 들어와 목욕탕 물을 틀어 물소리가 나도록 해놓고, 주방 쪽 북향 창을 소리 없이 조금 연 다음, 귀를 밀착시켰다. 들고양이거나 청설모였다면, 몸체 가벼운 그것들의 움직이는 소리는 빗소리에 묻혔을 것이다.

내 머리칼이 한순간 쭈뼛 곤두섰다.

화실 뒤는 제법 경사가 급한 야산인데, 그 산 안쪽을 휘돌아 나가는 오솔길 쪽에서 무슨 소리가 미세하게 나고 있었다. 사람이야. 나는 생각했다. 들짐승이나 바람이 내는 불규칙한 소리가 아니라 일정한 보폭이 느껴지는 규칙적인 소리였다. 그렇다면 누군가 어둠 속에 엎디어, 벌거벗고서 감자밭을 미친 듯 들쑤시고 다니는 내 야생적 모습을 훔쳐보고 있었단 말인가. 아니야…… 라고 나는 속으로 중얼거렸다. 이 빗속에서 그런 일은 있을 수 없어……라고 나는 속으로 중얼거렸다. 이 빗속에서 그런 일은 있을 수 없어……라고. 그러나 다음 날 나는 미루고 미루어왔던 보조키를 기어이 철제 현관문에 달았다.

장마는 오래 이어졌다.

3

 장마는 오래 이어졌다. 나를 엿보는 시선은 대개 창 너머에 있었다. 보통 깊은 밤에 그는 찾아왔고, 물론 거의 소리를 내지 않았다.
 어느 날 저녁, 나는 그림을 그리고 있었다.
 회색이 주조를 이룬 단조로운 여백을 화판의 중심에 둔 그림이었다. 나는 화판 변방에 검붉은 색을 입히면서 계속 화판 중심의 여백을 생각했다. 저 빈 곳을 메우고 싶다……라고 나는 내게 말했다. 메울 게 있다면 메워봐……라고 또 다른 내가 대답했다. 자정을 넘기고 한참이나 지났을 때였다. 나 자신에게 화가 나서 나는 마침내 화판 중심에 물감을 던져버리고 말았다. 붉은 물감이 사방으로 튀었다.
 그때, 나는 분명히 누군가의 한숨 소리를 들었다.
 반사적으로 고개를 들었더니 커튼 틈 사이, 창밖의 여명과도 같은 희끄무레한 불빛 너머로 후닥닥, 어떤 것이 움직였다. 동쪽은 창이었다. 뜰 너머엔 옥수수밭이 이어지고 있었고 옥수수밭은 동쪽 산기슭과 만났다. 만약 민첩하게 뜰의 외등을 켜고 쫓아 나갔다면 후닥닥 달아난 그의 모습을, 그 형상만이라도 볼 수 있었을 것이다. 나는 그러나 아무런

행동도 하지 않았다. 귀를 기울이자 옥수수밭 사이를 다급하게 지나가는 소리가 들렸다. 확실한 것은 청설모나 들고양이는 아니라는 사실이었다. 그 점은 내가 이미 장마가 시작된 직후부터 알고 있었다. 그리고 또 하나 내가 확신하고 있는 것은 미지의 그가 내게 위해를 가하려 한다거나, 혹은 구체적으로 나와 어떤 방식으로든 관계 맺기를 원한다거나 할 뜻이 전혀 없다는 점이었다. 그것은 명백했다. 그는 다만 때때로 아무 소리도 없이 나를 찾아와 열린 틈으로 흘러 나가는 이편의 불빛을 쫓아 틈입해 나의 무엇을 훔쳐볼 뿐이었다. 무엇을 훔쳐보는지는 물론 알 수 없었다. 나는 보통 새벽까지 잠드는 법이 거의 없었고, 여명이 터올 때쯤부터 정오를 넘긴 다음까지 잤다. 긴 장마 동안, 그만그만한 야산이 연접한 이 골짜기엔 자주 물안개가 꼈다.

혜인은 오지 않았다.

심심하면 감자밭에 나가 풀을 뽑았고, 배가 고프면 밥솥의 코드를 꽂거나 뺐고, 사흘에 한 번쯤은 용인 읍내로 나가 대중사우나에 들렀다가 단골 식당에서 맵지 않은 음식을 사 먹었다. 거의 20여 년 그림을 그리고 살았지만 내가 원하는 화랑에서 초대전을 해본 적이 한 번도 없었다. 그림판의 중심은 언제나 까마득히 멀었다. 한때는 야망을 갖고 내

키보다 더 큰 화판에 자주 그림을 그렸지만, 용인에 내려온 이후로 20호 이상 되는 그림을 그린 일이 전무했다. 그렇다고 세상의 잔인한 구조에 의해 내 재능이 핍박받았다고 느끼거나, 아니면 내가 꼿꼿한 것에 비해 세상이 너무 쉽게 흔들린다고 원망하는 것도 아니었다. 애당초 내겐 핍박받을 만한 재능이 없었으며, 꼿꼿할 만한 중심이 없었다.

말하자면 나는 중심이 빈 인간이었다.

읍내로 나가는 날엔 뜰에 나가 두 시간 이상 역기를 들거나 아령체조를 했다. 그림을 그릴 때부터 시작해 매주 두세 번은 거르는 일 없이 해왔기 때문에 나의 아령체조 솜씨는 일품이란 소리를 곧잘 들었다. 이뻐……라고 혜인은 말했다. 마르지도 살찌지도 않은, 단단한 근육질의 상반신을 나는 갖고 있었다. 뭐가 이쁘다는 거야……라고, 익숙하게 아령을 다루면서 내가 반문하자 그녀는, 팔뚝이……라고 대답했다. 그녀답지 않은 어법이었다. 부드러운 눈매를 하고 있지만 아주 자의식이 강한 여자였다. 강한 자의식 때문에 그녀는 오히려 단단하고 균형 잡힌 내 팔뚝 안쪽이 텅 비어 있다는 걸 여태 알지 못하고 있었다. 그녀의 젖꼭지는 그녀의 자의식만큼 단호하고 부리부리했다.

혹시 그녀가 나를 훔쳐보고 있는 것은 아닐까.

어떤 한밤중, 호빵을 전자레인지에 뜨겁게 데워 웃통을 벗어부치고 앉아 뜯어 먹고 있다가 주방 북쪽 창 너머, 그 시선을 느꼈을 때, 나는 문득 생각했다. 경사져 올라간 뒤쪽 산기슭엔 커다란 뽕나무가 자리 잡고 있었다. 뽕나무 잎이 워낙 무성해 그 그늘은 낮에도 어두웠다. 미지의 그가, 그곳, 어둠의 중심에 있었다. 나는 그곳에서 내가 좀더 잘 보이도록 앉아 탐욕스런 식욕으로 호빵을 세 개째 먹다가 혜인을 떠올렸다. 그녀가 있는 로데오 거리의 의상실에서 이곳까지, 길이 뵈는 한밤이면 승용차로 불과 40분쯤 걸릴 것이었다. 미친 듯이 액셀을 밟고 달려오는 그녀의 모습을 나는 그려보았다. 차를 동구 밖에 주차하고, 가벼운 운동화로 갈아 신고, 어둠에 은신하기 좋게 새카만 비로드로 된 망토 스타일 옷을 입고, 빗속을, 야행동물처럼 걸어서 숲 사잇길을 돌아들면, 여기, 내 화실의 밝은 불빛, 마침내 호빵을 뜯어 먹는 내가 있구나, 팔뚝 이쁜. 팔뚝 이쁜……에서, 나는 이를 드러내고 웃었다.

호빵의 중심엔 팥이 들어 있었다.

나는 호빵을 다 먹고 창가에 서서 한동안 무심한 채 뽕나무 그늘을 내다보았다. 물론 뽕나무 그늘은 캄캄해서 아무것도 볼 수 없었다. 그렇지만 그는 나를 구체적으로 보고 있었고, 나는 그를 추상적으로 보고 있었다. 구체적으로⋯⋯ 추상적으로 보고 있었다⋯⋯라고, 나는 생각했다. 하지만 과연 그럴까. 내가 그를 추상적으로 보는 것은 사실이겠지만, 그가 나를 구체적으로 보는지는 의문이었다. 그가 내게 오는 시각은 언제나 한밤중이었으므로, 인위적인 조명을 받지 않은 내 모습을 보는 일은 전혀 없었다. 게다가 그는 창밖에 있으니 유리창을 통해 나를 볼 수밖에 없을 것이고, 또한 커튼의 열린 정도에 따라 보는 각도도 달라질 것이다. 더구나 어느덧 나는 그가 보고 있다는 사실을 알고서 시시때때 나 자신을 연출하고 있었다. 조명을 밝게, 또 어둡게 하기도 하고, 짐짓 웃통을 다 드러내기도 하고, 그림을 그리는 시늉을 하기도 하고, 갑자기 연극적인 제스처를 쓰면서 큰 소리로 시를 읽기도 했다. 아직 친근감이 느껴질 정도는 아니었으나 나는 차츰 그 시선을 즐기는 쪽으로 나 스스로가 기울기 시작했다는 것을 알았다.

혜인에게선 여전히 전화 한 통화 없었다.

나는 읍내에 나가 그녀가 디자인한 옷을 입은 모델들 사진이 실린 패션잡지를 사 들고 들어와, 그녀를 보듯이, 그것을 보았다. 그녀는 꽤 알려진, 전도유망한 패션디자이너였다. 그녀가 파리에서 패션디자인 학원을 다닐 때, 나도 파리에서 그림 공부를 하고 있었다. 상당한 유산을 상속받았기 때문에 그림이야 팔리든 안 팔리든 생활이 특별히 곤궁했던 적은 없었다. 몽마르트르 뒷골목 월세 아파트에서 함께 살았던 1년여가 아마도 내가 그녀를 사랑했던 마지막 시간이었을 것이다. 밤마다 나는 황홀하게 그녀의 젖꼭지를 일으켜 세우곤 했다. 당신의 애를 낳고 싶어……라고, 그녀는 어떤 날 말했다. 그 시절에도 나는 그림에 대한 불타는 야망 따위는 갖고 있지 않았다. 그림을 그리곤 있었지만 내 삶은 나사못이 전혀 조여 있지 않은 채 헐렁하게 방치되어 있었는데, 그러나 그녀는 온순한 포즈를 취하고 있는 외양과 달리, 내심으론 야망에 가득 차 있었다. 그녀는 새벽부터 밤늦게까지 디자인 공부에 매달렸다. 불같은 정사 끝에 쓰러져 잠이 들었다가 어쩌다 깨어보면 신새벽, 그녀는 재봉틀 앞에 앉아 있기 일쑤였다. 공부에도 때가 있댔어……라고 그녀는 곧잘 말했다. 인생은 시간이라는 일방통행식 직선 위에 놓여 있는데 그 직선을 따라 탄생, 성년, 대학, 결혼 따위가 유기적으로 배치되어 있다고 그녀는 믿었다. 패션디자이너의 길도 마찬가지였다. 파리는 말하자면 패션디자이너로 가는 가장 빠르고 기능적인 징검다리와 같은 곳이라고 믿는 식이었다. 그러므로 많은 경비를 들여야 하는 파리 생활을 나사못도 조이지 않은 채 헐겁게 흘러가도록 놔둔다는 것은, 그녀에겐 상상도 할 수 없는 일일 것이었다. 그런 그녀가 황홀하게 발기한 젖꼭지의 제도적 지향점을 거부하지 못하고, 애를 낳고 싶어……라고 말했다는 사실은, 내게 대해서가 아니라 그녀 자신에게 우선 반란의 기치를 높이 든 것과 같았다. 애를…… 디자인 공부는 어떻게 하고…… 다 때가 있다면서……라고, 놀라서 나는 물었다.

모르겠어.

그녀는 대답했다.

좌우간 당신의 애를 낳고 싶어.

그녀의 크고 검은 젖꼭지가 혐오스러워지기 시작한 것이 아마 그때부터였을 것이다. 애라니…… 하고 나는 속으로 비명을 내질렀다. 뭔가 책임질 일을 만든다는 것은 질색이었다. 시간의 직선을 따라가다 보면 무엇과 만나는가. 그녀는 차 있다고 말하고 나는 비어 있다고 말하지만, 그 엇갈림을 나는 차라리 좋아했다. 애를 만들어, 그녀의 차 있는 시간이, 비어 있는 내 중심과 관계를 맺기 시작하면, 나는 아마 견딜 수 없을 터였다. 나는 도망치듯 파리를 떠났다. 그녀의 젖꼭지를 매일 밤 팽팽히 차오르게 할 수 있는 나 자신을 나는 그때 혐오했다. 뽕나무 그늘은 깊고 깊어 어둠의 심지가 거기에 꽉 박혀 있는 것 같았다.

4

 나의 연출이 더욱 계획적이고 구체화된 것은 뽕나무 그늘에서 여자의 머리핀을 발견하고 난 다음부터였다. 미지의 그가 뽕나무 그늘에 숨어서 호빵을 뜯어 먹는 나를 보고 있다고 느낀 그다음 날 정오쯤, 나는 뽕나무 밑을 살피다가 금색 머리핀 하나를 발견했다. 생김생김으로 보아 젊은 여자들이 머리를 뒤로 묶을 때 사용함 직한 머리핀이었다. 여자야……라고 나는 단정했다.
 장마는 이제 끝물이었다.
 오키나와 해상에서부터 태풍이 오고 있다는 예보가 있었고, 태풍이 지나고 나면 장마는 끝날 것이라 했다. 일부 잎이 타들어간 감자는 그런대로 위기를 넘기고 여기저기 잔뜩 꽃을 피우고 있었다. 여자라면…… 하고, 나는 중얼거렸다. 남쪽 창가에 서면, 삼태기처럼, 고즈넉하게 산에 파묻혀 있는 골짜기 안이 한눈에 들어왔다. 나는 머리핀을 만지작만지작하면서 맞은편 산허리쯤에 위치한, 고시생은 하나도 없다는 고시원 건물을 먼저 바라보았다. 한 여자가 이쪽으로 등을 보인 채 그 건물을 향해 비탈길을 올라가고 있었다. 읍내에 드나들며 동구에서 어쩌다 스쳐 지났던 젊은 여자를 나는 생각했다. 그 이층 건물에 사람이 입주한 방은 겨우 세 칸뿐이었다. 한 방에 둘씩 들었다고 하면 여섯 명이었고, 그중에 한두 방은 혼자 쓸 수도 있으니, 다섯 명이나 네 명이나 또는 단 세 명일 수도 있었다. 지난주던가, 저물녘 읍내로 차를 몰고 나가는데, 웬 노파와 두 명의 젊은 여자가 버스를 기다리고 서 있다가 손을 드는 바람에 읍내 터미널까지 태워준 일이 생각났다. 멀어서 분간할 수는 없지만 지금 비탈길을 올라가는 여자가 그중의 한 명일는지도 몰랐다. 한 명은 키가 컸고 한 명은 키가 작았다. 얼굴을 정확히 보지 않았으므로 전혀 떠오르지 않았다. 마을 뒤 외딴집에 혼자 사시죠……라고 한 여자가 물었다. 노파는 보퉁이 하나를 단단히 껴안고 있었다. 우리들 방에서 선생님 집이 손바닥처럼 내려다보여요……라고 여자는 덧붙였다. 노파와 다른 여자는 끝내 입 한번 떼지 않았다. 입을 뗀 여자가 키가 큰 쪽인지 키가 작은 쪽인지는 불분명했지만, 두 명 가운데 한 여자는 확실히 새빨간 생머리였다. 골프장 캐디들 중엔 몸을 함부로 굴리는 여자도 많다는데 사실이냐고 이장이 물은 적이 있었다. 아주 가끔 밤늦게 귀가하다가 동구 밖 침침한 나무 그늘에, 마을에선 볼 수 없는 고급 승용차가 시동을 켠 채 주차해 있는 걸 목격할 때가 있었다. 어두운 차 안엔 젊은 여자와 중년 남자가 서로 엉켜 있을 것이라고 나는 곧잘 상상했다. 아가씨들 머리가 참 야살스러워요……라고 이장은 혼잣말처럼 말했다. 캐디들 머리끝이 유난히 붉은 것은 사철 햇빛에 드러나 있기 때문이었다.

비는 세필로 내리고 있었다.

나는 금색 머리핀을 내가 보았던 붉고 긴 머리에 상상으로 꽂아보았다. 밑도 끝도 없이 읍내 천변을 따라 하루가 다르게 새로 생겨나고 있는 우뚝우뚝한 여관들이 눈앞에 떠올랐다. 그 여관 가운데 어떤 것은 벽이 캐디들 머리처럼 붉었다. 고시원 건물 뒤의 잡목 숲을 수평으로 휘감으며 안개떼가 서쪽으로 흘렀다. 골프장은 보이지 않았다. 안개가 끼지 않았으면, 서남쪽으로 마주 선 신흥 골프장의 나인 홀 페어웨이를 볼 수 있는데, 지금은 물안개에 가려 있었다. 나는 시선을 마을로 옮기다가 잠시 멈칫했다.

왜 그 여자 생각은 하지 않았을까.

마을 남쪽 끝에 지금은 단무지 공장으로 쓰고 있는 분교장이 있고, 그 등 너머로 지난해 가을 새로 지은 이층집 두

채가 있었다. 쌍둥이처럼 똑같은 외양을 갖고 있는 두 채의 집은 친구 관계인 두 여자가 동시에 지은 것인데, 한 여자는 대학교수이고 한 여자는 작가였다. 영문학 교수인 여자는 결혼한 중년 부인으로 별장처럼 그 집을 사용하고 있었고, 작가인 여자는 상주했다. 내 또래쯤 되어 보이는 여류 작가는 혼자 산다고 했다. 이 부근 산세는 누운 소처럼 편안해요……라고 작가는 말했다. 그 집에서 차를 마신 적이 두 번쯤 있었다. 그녀는 지독한 근시였고, 황혼 녘이면 언제나 고시원 건물 앞의 비탈길을 지나 동쪽 산자락 안쪽에 있는 암자까지 다녀왔다. 내 화실에서 암자로 올라가는 그녀를 나는 매일 볼 수 있었다. 지독한 근시인 그녀가 두꺼운 안경을 찾아 쓰고 서명해준 소설책은 지금도 내 탁자 위에 놓여 있었다. 나는 물론 그 소설책을 읽지 않았다. 책을 읽는다는 것은 적어도 내겐 한심한 도로(徒勞)에 불과했다. 모든 문장은, 예컨대 그것이 어떤 사실을 다만 사실적으로 알리고 있을 뿐인 실용문일지라도, 공연히 그 어떤, 중심을 향해 일관되게 타오르고 있다는 것을 나는 알았다. 빈 것을 비어 있다고 말하지 않고, 아니 빈 것을 비어 있다고 말할 때조차, 문장은 중심을 채우기 위해 필사적으로 달려가야 하는 가장 비극적인 숙명을 갖고 있다고 나는 생각했다. 그 점은 혜인이 내게, 애를 갖고 싶어……라고 요구하는 것보다도 더 끔찍했다. 나는 여류작가의 소설책을 들어 표지날개 안쪽에 있는 그 여자의 사진을 바라보았다. 안경 뒤에서 여자가 보는 듯 안 보는 듯 나를 보고 있었다. 마흔 살까지가 인생의 본문이래요……라고 그 여자는 산책길에서 우연히 부딪친 지난 연초에 말했다. 그 여자는 그때 막 마흔 살이 됐던가 보았다. 쇼펜하우어가 그랬어요……라고 여자는 덧붙였고, 이제는 부록으로 인생을 살아가야 할 여자가 한심해서 나는 아무 대답 없이 웃기만 했다. 마을을 둘러싸고 있는 산은, 그 여자 집 뒤에서 시작하여 남쪽을 가로질러 높아지다가, 암자를 품은 다른 산과 연접하여 쑥 물러나는 품새로, 동쪽 스카이라인을 만들고, 이내 북향으로 흘러내려, 내가 있는 화실 뒤란의 뽕나무 그늘에 닿았다. 아무에게도 들키지 않고 외진 내 집에 접근하는 건 적어도 어둠이 깊어진 다음엔 조금도 어려울 것이 없었다. 만약 작가인 그 여자라면, 마을을 피해 고시원 아래쪽의 잡목 숲 사잇길을 지나 곧장 화실 앞의 논두렁길을 타고 오는 게 지름길일 터였다. 하기야 지름길이 뭐 필요하겠는가. 길은 천지사방 열려 있고, 초저녁만 지나면 인적이 끊어지니, 어디로 어떻게 어둠의 길을 열고 오든 그 노정의 장단이야 도토리 키 재기였다.

나는 그 여자의 소설책을 탁 덮고 일어섰다.

한밤중 남몰래 내게 와서 나를 엿보고 가는 여자가 누구인지에 대해서, 놀랍게도, 나는 별로 알고 싶지 않았다. 고시원에 사는 캐디 아가씨 중 한 명이든, 영문학 교수이든, 인생의 본문을 찾아 밤마다 뜬눈으로 지새우는 여류작가이든, 또는 단무지 공장에 다니는 마을의 어떤 처녀이든, 그게 누구냐, 하는 것은 내게 의미가 없었다. 이 모(李某)든지 김모(金某)든지, 키가 크든지 작든지, 머리칼이 검든지 붉든지, 그게 무슨 상관이란 말인가. 어차피 그도 내게 자신을 알리고 싶어 찾아오는 것도 아니고, 나 또한 문을 열고 나가 그와 구체적으로 관계 맺고 싶은 것도 아니었다. 그렇지만 그가 여자라는 사실은 내 흥미를 배가시켰다. 그는 창밖에, 나는 창 안쪽에 있고, 그는 어두운 곳에, 나는 밝은 곳에 위치해 있었으며, 그렇다, 그는 여자이고 나는 남자이다……라고 나는 생각했다. 그가 왜 깊은 밤 내 곁으로 와서 나를 엿보는지는 관심 밖이었다. 왜……라고 묻는 질문법은 책을 읽는 것처럼, 아기를 배고 낳는 것처럼, 아니 그보다 더 선행적으로 내게 혐오감을 유발시켰다. 그는 다만 왔다가 갈 뿐이었다. 은밀하고 흔적 없는 야행의 반복으로 그가 가진 욕망의 중심이 비어 있음은 충분히 입증한 셈이었다. 현상의 어떤 변화도 바라지 않는다는 사실에 있어서, 그와 나는 암묵적으로 동의하고 있었다.

그러므로 이제 나는 오히려 그를 기다리게 되었다.

태풍이 지나가던 날 깊은 밤에도 그가 왔다. 나는 아령체조를 하고 있었다. 동쪽 창의 커튼은 낮에 이미 반쯤 열어둔 상태였다. 행여 그가 올까 하여 초저녁부터 지루하게 기다려왔기 때문에 내 감각의 안테나는 어둠을 향해 무한 경계로 열려 있었다. 소리를 감지할 수 있게 창틈도 약간 벌려놓는 걸 잊지 않았다. 동쪽 창밖은 마루가 깔린 데크였으므로, 촉각만 예민하게 열어놓으면 고양이가 지나는 발소리조차 미세하게나마 들을 수 있었다. 동쪽 데크로 그를 유인하기 위해 물론 나는 다른 창의 커튼은 완벽하게 닫아두었다. 과연 그는 조심조심 데크 마루를 밟고 왔다. 나는 상반신을 완전히 드러낸 채 땀이 날 만큼 격렬하게 아령체조를 했다. 잘 다듬어진 나의 근육들은 내부의 공소함을 위장하려고 탄력 있게 움직였다. 내가 서 있는 위치는 열어놓은 커튼 틈 사이로 들여다볼 때 내 몸이 반쪽이나 보일까 한 곳에 설정되어 있었다. 그를 안심시키기 위해 부분적인 스포트라이트를 전신으로 받아내는 배우 같은 느낌을 만끽할 수 있었다. 30여 분 체조를 계속하자 전신에서 땀이 비 오듯 했다. 이뻐, 팔뚝이……라고 그가 말할까. 전신의 세포들이 일제히 열리고, 그 열린 구멍으로 나의 빈 것들이 아우성치며 몰려 나가고, 또 아우성치며 몰려 들어왔다.

나는 말할 수 없이 야릇한 쾌감을 느꼈다.

혜인의 젖꼭지가 밤바다를 뚫고 일어서는 것을 볼 때와는 또 다른, 뭐랄까, 빈 것들을 빈 것에 채워 넣어 내 전신을 풍선같이 부풀리는, 그래서 터지고 싶다, 터지고 싶다…… 그런 쾌감이었다. 미지의 여자가 데크를 떠나는 소리를 듣고서야 나는 아령을 내려놓았다. 오르가슴이 광풍처럼 휩쓸고 지나간 느낌이 들었다. 나는 아주 오래 잤고, 깨어 일어난 정오엔 휘파람을 불었으며, 읍내로 나가 사우나를 했다.

그게 내 일상이었다.

시간은 천천히 흐르고, 무위한 일상의 중심을 가로질러 장마가 천천히, 무위하게 지나갔다. 장마가 지나가자 기다렸다는 듯 연일 일광이 내리꽂히고 수은주가 껑충 뛰어올랐다. 나는 에어컨을 수시로 급랭에 두었다. 그림은 거의 그리지 않았고 혜인을 찾아가지도 않았다. 아주 이따금, 가령 너무 햇빛이 밝아 뽕나무 그늘의 빈 중심까지 보게 될 때, 오랫동안 한결같이 내 손끝을 차고 일어서던 그녀의 젖꼭지를 떠올렸으나, 떠올리고 말 뿐이었다. 에어컨을 종일 급랭에 두고도 덥다, 더워 미치겠다……라고 나는 혼자 누워 말했다. 저물녘이면 어김없이 여류작가가 암자 쪽으로 걸어가는 모습을 볼 수 있었고, 시시때때 캐디 아가씨들이 비탈길을 올라 다니는 것도 볼 수 있었다.

장마가 끝난 뒤 한동안 미지의 그는 내게 오지 않았다.

아니, 그는 매일 밤 내게 오지만, 폭염에 지쳐서 미처 내가 알아차리지 못하는 것인지도 몰랐다. 나는 여전히 사흘에 한 번쯤 읍내로 나갔고, 단골 대중사우나에 들르기 위해 천변도로를 지나면서 붉은빛이 감도는 위풍당당한 여관 건물들을 바라보았다. 요즘 여관에서 불러주는 애들, 캐디가 많더라구……라고 어떤 근육질의 젊은 남자가 욕조 한가운데 버티고 앉아 말했다. 골프장까지 요즘은 장사가 안 되니까 그렇겠지……라고 다른 남자가 말했고, 어젯밤엔 말야…… 또 근육질의 남자가 토를 달았다. 어젯밤엔 말야, 지난주 수요일날 네 백을 들었던 껑다리 계집애가 들어왔지 뭐야. 오입하면서 골프 얘기 한 건 첨이네……라고. 단골 식당의 음식조차 더 이상 맛이 없었다. 나는 자주 끼니를 걸렀다. 한동안 오지 않던 그가 다시 나타난 것은 저녁 끼니를 거르고 잠 속에 빠져 있다가 허기가 져서 눈을 떴을 때였다. 호빵을 먹을까 생각하는데 옥수수밭 사이를 누가 지나오는 것 같은 미세한 소리가 내 귓구멍을 열었다. 나는 쫑긋해져서 상반신을 일으키려다가, 두 발은 소파 위에 두고 상반신만 거실 바닥 화문석 위에 누운 자세 그대로 숨을 죽였다.

동쪽 창은 활짝 열려 있었다.

조심조심 데크를 밟고 오는 낮은 발소리가 났다.

나는 벌거벗은 상태였다. 미지의 그가 내쏘는 시선의 화살이 내 전신을 핥듯이 지나가는 게 느껴졌다. 허기는 더 이상 느껴지지 않았다. 나는 물론 잠든 체하고 있었으나 방충망만 사이에 두고 지척에 서 있는 그의 숨소리까지 감지할 수 있었다. 세우고 싶다……라고 갑자기, 난 생각했다. 잠든 나의 성기가 서서히, 그러나 단호하게, 빈 것들의 중심을 뚫고 일어서는 걸 보게 된다면 그는 환호작약할까. 그렇지만 내가 은밀히, 서라, 일어서라…… 했음에도 나의 성기는 죽은 듯 누워 있었다. 마치 빈 것들의 껍질처럼.

5

그와 나의 입장을 바꿔보자고 착안한 것이 바로 그날이었다. 벌거벗은 채, 잠들지 않았으되 잠들어 있던 날, 방충망 너머에서 그의 낮은 숨소리를 들을 수 있던 날, 내가 그의 입장이 돼보자고 생각한 것은 순전히 모자 때문이었다.

  미지의 그는 모자를 쓰고 있었다.

  그날은 마침 엷은 구름층 너머로 달이 떠 있었고, 그래서 골짜기 안은 희부옇게 밝은 빛이 돌았는데, 그 밝은 빛에 윤곽으로 보였던 특별한 것이 있다면 모자였다. 그가 다시 옥수수밭으로 사라진 걸 확인하고 나는 얼른 일어나 캄캄한 안방으로 들어가 창에 코를 대고 밖을 바라보았다. 옥수수밭을 지나 동편 산자락의 숲 사잇길을 그가 택했다면 물론 그의 윤곽조차 볼 수 없었을 것이다. 그러나 그는 내가 깊이 잠들어 있다고 생각해 방심했던지, 옥수수밭을 지난 다음 직각으로 방향을 바꿔 휑하니 열린 논두렁길로 들어섰다. 그의 뒷모습이 실루엣과 같은 이미지로나마 내 눈에 띈 것은 그때가 처음이었다. 복색은 분명 여자였고, 젊은 여자애들이 흔히 쓸 법한 챙이 긴 운동모자를 쓰고 있었다. 그는 아주 천천히, 마치 텅 빈 생의 중심으로 빨려들어가듯, 그렇게 논 맞은편 산자락 그늘 속으로 빨려들어갔다. 몸체는 없고, 모자만 둥둥, 허깨비처럼, 시간처럼, 흘러가는 것 같은, 아주 신비하고도 애처로운 이미지였다. 따라가고 싶다……라고 나는 생각했다. 혼령의 부름을 받은 듯 나는 그 모자를 쫓아가고 싶었다.

나는 다음 날부터 이전과 전혀 다른 연출자가 됐다.

적당한 조명과 적당한 음악 소리 따위로 내가 집 안에 있는 것처럼 위장하는 한편, 커튼을 야무지게 닫아 들여다볼 수 없도록 해놓고, 정작 나는 지붕 위에 올라가 그를 기다리기 시작한 것이었다. 바르는 모기약을 덕지덕지 온몸에 발라도 물것들은 떼로 사정없이 달려들었다. 여름은 깊을 대로 깊어지고 있었다. 자정을 넘긴 다음까지 더위가 식지 않는 열대야 현상이 일주일쯤 계속됐다. 하지만 나는 덫을 놓고 기다리는 참을성 많은 사냥꾼처럼 끈질기게 기다렸다. 기다리면서, 만월의 생살(肉)이 하루가 다르게 닳아 없어져 마침내 죽음에 이르는 것도 나는 보았다. 삭(朔)은 달의 죽음이자 곧 어둠의 중심이었다.

그는 바로 그 달의 죽음 속으로 걸어왔다.

별들이 쏟아지고 있었다.

그는, 기왕에 그가 가장 많이 사용했던 동쪽 통로를 사용했다. 무성한 옥수수 잎을 스치는 소리에 잔뜩 웅크리고 앉아서 나는 검은 그림자 하나가 울타리 없이 휑 열려 있는 뜰을 가로질러 동편 데크로 접근하는 것을 지붕 위에서 보았다. 커튼이 완벽하게 닫혀 있으니 안은 들여다볼 수 없을 터였다. 안에선 우렁우렁 텔레비전 소리가 나고 있었다. 그는 잠시 이리저리 위치를 옮기면서 커튼 틈을 찾아내고자 애썼다. 나는 어둠 속에 은신해 있고, 그는 실내로부터 커튼을 뚫고 나오는 여명 같은 잔광을 받고 있었다. 바로 머리 위에서 나는 그를 내려다보았다. 그는 역시 모자를 쓰고 있었다. 모자 때문에 아침 햇빛만큼 빛날지 모르는 그의 안광을 볼 수 없는 게 유감이었다. 어느 쪽 방향에서든 안을 들여다볼 수 없다는 걸 확인하자 그에겐 확실히 실망한 기색이 역력했다. 우두커니, 그리고 오래오래, 그는 그저 데크 중앙에 조그맣게 서 있었다. 멀지 않은 곳에서 밤새 우는 소리가 꾹꾹 꾸르르르, 들려왔다. 혜인은 지금도 설계도면에 새봄의 유행을 그리고 있을 터였다. 한 계절을 앞서 가는 게 아냐……라고 그녀는 말했다. 패션계에서 살아남으려면 한두 계절이 아니라 경우에 따라 몇 년씩 타임머신을 타고 나가, 앞선 시간의 패션 스타일을 개발해내야 한다는 것이었다. 컴퓨터는 가상의 공간에서 가상의 미래 여자들에게 가상의 수많은 옷들을 자유자재로 입히고 벗기고 할 수가 있었다. 그녀는 어쩌면 머잖아, 그녀가 죽을 때까지, 전 생애에 걸쳐 디자인해야 할 유행의 중심적인 패션 스타일을 일목요연하게 정리한 파일을 갖게 될는지도 몰랐다. 유행은 반복될 것이고, 컴퓨터는 수천 년 전부터 패션 스타일이 어떤 사이클을 그리며 반복적으로 변해왔는지, 그 총체를 집적해 공식화해낼 것이므로. 예컨대, 흑연의 탄소 분자를 이용하면 현재의 반도체 집적도를 1만 배 이상 높일 수 있다는 어느 과학자의 인터뷰 기사를 나는 기억하고 있었다. 만일 죽을 때까지의 연도별 유행 패션 스타일이 공식화되고 나면, 그녀의 남은 생애 전체가 가늠되는 셈인데, 그때 그녀는 시간의 직선 위에 어떤 눈금들을 그리게 될까.

  그는 데크에 선 채 여전히,

  그리고 애처롭게,

  미동도 하지 않았다.

  수많은 별의 잔광들을 그녀는 오직 챙 넓은 모자 하나로 받아내고 있었다. 나는 단숨에 뛰어내려가, 보시오…… 하듯 내가 꼭꼭 여며놓은 커튼을 활짝 열고 싶은 충동을 느꼈다. 은하수는 북동쪽 산등성이에서 서남쪽으로 쏴아 흘러갔다. 별은, 적어도 한 은하계에 3백억 개 이상이 포함되어 있으며, 별과 별 사이에는 경우에 따라 수만 광년의 어둡고 추운 단애가 놓여 있었다. 1광년은 빛이 1년 동안 달려가는 거리이다……라고, 유효 두께만도 수십 광년에 이르는 은하계가 수천, 수만, 수억, 저기, 허공에 있다……라고 나는 생각했다. 그는 그의 얇은 모자챙으로 수천 수만 수억 광년을 달려온 별빛들을 받아내고 있었다. 그가 받고 있는 어떤 별빛은 이미 수천 수만 년 전에 그 빛의 몸주였던 발광체에서 떠났을 터였다.

마침내 그가 움직였다.

그는 올 때처럼 느릿느릿 옥수수밭 쪽으로 사라졌다.

아무런 당위성 없이, 영원이라는 낱말이 그때 툭, 하고 내 눈앞에 떠올랐다. 나는 재빨리 준비해둔 사다리를 타고 내려와 소리를 거의 내지 않고 화실 앞의 캄캄한 논두렁길을 가로질렀다. 예상은 적중했다. 동편 산기슭으로 난 길을 따라 멀리 돌아온 모자 쓴 그가, 고시원 어귀의 외등 아래 나타난 것은 내가 논을 가로질러 오고 나서도 한참 후였다.

그곳에서 길은 세 방향으로 흩어졌다.

곧장 내려온다면 마을이고, 45도쯤 틀어 나가면 분교장 뒤편으로 빠질 것이며, 직각으로 꺾이면 고시원 건물로 이어지는 비탈길이었다. 그는 직각을 그리고 곧 돌아들어갔다. 이제 그가 고시원에 입주한 캐디들 중 한 명이라는 건 의심의 여지가 없었다. 고시원 건물을 방마다 불이 꺼져 깜깜했다. 나는 소리를 내지 않도록 극도로 조심하면서 그의 뒤를 따라 고시원 앞마당으로 들어섰다. 지친 듯이, 느릿느릿, 영원 속으로 함몰되듯이, 층계를 밟고 이층으로 올라가는 그의 발소리가 났고, 잠시 후 한 방에 불이 켜졌다. 마침내 그가 나를 보았듯, 내가 그를 볼 찬스가 왔다는 걸 나는 알았다. 그의 불 켜진 방은 남쪽 끝에 위치해 있었는데, 다행히 베어내지 않은 노송 몇 그루가 그 방을 충분히 들여다볼 수 있는 곳에 위치해 있었다.

나는 밤짐승처럼 노송 한 그루를 타고 올랐다. 커튼은 완전히 열려 있었다.

나는 창밖의 어둠에 은신한 채 방 안의 밝은 곳에 있는 그를 숨죽여 바라보았다. 모든 것이 낱낱이 보였다. 청바지에 팔 없는 검정 셔츠를 입고 챙이 긴 운동모자를 쓴 아주 키 작은 젊은 여자가 형광등 불빛을 옆으로 받고 있었다.

천천히, 그가 비로소 모자를 벗었다.

아, 하고 내 입이 나도 모르게 벌어졌다.

치렁하게 긴 머리를 질끈 묶었지만 그것은 햇빛에 탄 붉은 머리가 아니라 눈부신 백발이었다. 이가 없는지, 프로필로 보이는 얼굴선이 합죽했고 주름살은 골이 깊을 대로 깊어 그 명암이 두렷했다. 풍진 세상의 시간이 오롯이 담겨진 침침한 얼굴로, 노파는, 팔 없는 검정 셔츠와 청바지를 차례차례 벗었다. 검버섯은 얼굴뿐만 아니라 몸 전체에 퍼져 있었다. 노파는 아주 천천히 움직였기 때문에 나는 마치 슬로 비디오로 그 광경을 보고 있는 것 같았다. 노파에겐 너무도 큰 청바지를 다 벗고 나자 노파의 몸은 쑤욱 줄어들어 한 줌밖에 되지 않았다. 그러나 겨우 1년이나 2년의 시간을 앞서 나가기 위해 밤마다 눈에 불을 켜고 깨어 있을 혜인과 달리, 노파의 표정은 수만 광년의 시간을 향해 이제 막 출발하려는 것처럼 무심했다. 바로 그때 고시원 비탈길로 택시 한 대가 들어섰다. 한 여자가 택시에서 내리더니 쾅, 쾅, 쾅…… 기운차게 층계를 밟고 올라왔다. 노파가 풀어 헤쳐진 머리에 쪽을 찌다 말고 황급히 쓰러져 누웠다.

할머니도 참, 홑이불도 안 덮고 노인네가 이게 뭐야.

방 안에 들어선 젊은 여자가 말했다.

운동모자와 청바지는 바닥에 버려진 채였다. 홑이불을 노파에게 덮어주려다가 그것들을 발견한 머리 긴 젊은 여자가 고개를 갸웃했다. 이게 왜 방바닥에 나와 있지……라고, 젊은 여자는 또 소리 내어 중얼거렸다. 젊은 여자는 장롱 안에 청바지와 모자를 쓸어 넣고 나서 옷을 벗기 시작했다. 붉은 머리에 키가 훤칠하게 크고 가슴이 풍만한 여자였다. 형광등 흰 빛이 젊은 여자의 윤기 나는 어깨 살을 타고 흘러내려와 잠든 척 눈 감은 노파의 각진 얼굴에 흡수됐다.

나는 죽은 듯한 노파의 얼굴을 보았다.

내 몸의 중심을 향해 순간, 별똥별, 하나가 날카롭게 졌다. 텅 빈, 내 화판의 중심에 한 줌밖에, 안 되는, 노파가, 들어와…… 주검처럼…… 조용히, 누워, 있었다.

빈방

1

집을 지으려고 설계사를 만났다.

모든 공간에 햇빛이 골고루 들게 할 수 있을까요. 설계사는 자못 기골이 장대했다. 글쎄올습니다, 라고 느릿느릿 말하면서, 기골이 장대한 설계사가 탁자 위에 놓인 지적도를 보려고 허리를 굽혔다.

남북으로 긴 땅이네요.

덥수룩한 설계사의 머리에서 비듬이 몇몇, 내 집을 짓게 될 땅의 지적도 위로 떨어졌다. 설계사의 기골이 장대한 것에 대해 나는 순간 터무니없이 화가 났다. 그가 갖고 있는 장대한 것들은 불필요한 여분에 불과했다. 나는 화가 난 것을 그에게 들키지 않으려고 짐짓 하품을 하고 나서, 남북으로 길지만 동서 길이도 충분하지 않소, 라고 말했다. 물론 가능합니다만, 건축비가 좀 많이 들지 모르겠네요. 기골이 장대한 설계사는 포커나 마작 따위로 밤을 꼬박 새운 눈치였다. 건축비는 고려할 것 없습니다, 라고 말할 때, 나는 여전히 확신에 찬 어조를 견지했다. 설계사가 셔츠 속으로 손을 넣어 장대한 제 가슴을 긁적긁적하고 있었다.

요컨대, 집 안에서도 햇빛 아래로 나앉고 싶으시다?

설계사의 시선이 슬쩍 내 앞이마를 훑고 갔다. 기골이 장대한 설계사의 눈빛은 여전히 웅덩이에 고인 물빛이었다. 집이란, 이라고 설계사가 갑자기 어조를 높였다. 집이란, 어두운 곳도 있어야 해요. 창을 넓게 내면 그만큼 벽이 없어지고요, 벽이 없으면, 쉴 곳도 없어지거든요. 서양 사람들도 혼자 쉴 용도로 다크룸을 일부러 밝은 방 옆에 배치하는걸요. 나는 설계사가 그렇게 많은 말을, 그것도 단숨에 쏟아놓을 줄 전혀 예상하지 못했기 때문에 잠시 당황했다. 스모그가 잔뜩 낀 도심 속 빌딩 위의 첨탑 꼭대기가 기골이 장대한 설계사의 어깨 위로 솟아 있었다.

나는 이 도시를 떠나려는 거요.

거기까지 말하고 나서 숨을 고르려고 나는 설계사의 눈을 바라보았다. 햇빛 속에서 쉴 생각입니다. 다크룸은 필요 없어요. 재론의 여지를 남기지 않겠다는 듯 단호한 내 말끝에서 기골이 장대한 설계사의 입이 찢어져라 하품을 했다. 우리가 한 번씩 주고받은 하품은 여분이었다. 나는 구역질을 느꼈다.

2

남북으로 흐르는 개천과 동서를 따라 내려가는 개천이 읍의 동쪽 끝에서 만났다. 개천은 길고 긴 T자(字)를 그리고 있었다. T자의 오른쪽 안이 읍의 중심이고, 반대편은 낮은 산비탈을 따라 학교와 그만그만한 빌라와 개인주택 등이 자리 잡고 있었는데, 언제부터인가, 갑자기 T자의 중심, 그러니까 동서로 흐르는 개천의 양안으로 새 건물들이 급격하게 들어서기 시작했다. 수지 지구에 인구가 급격히 유입되면서부터 군청 소재지인 읍내 풍경도 하루가 다르게 변화하고 있었다.

『뉴욕타임스』가 21세기 상징으로 T자를 선택했대요.

지난 정초였던가, 이발 가위를 들고 선 이발사가 했던 말을 나는 읍내에 나갈 때마다 상기했다. 스포츠형 머리를 한 이발사는 나와 동갑내기 마흔한 살로서 특수부대 출신이었다. 완강한 턱선 안쪽으로 무인다운 단단함을 감추고 있었으며, 그 선험적 운명을 제어하느라 날이면 날마다 신문이든 책이든, 활자를 놓지 않고 사는 사람이었다. T자의 첫 획은 모든 분야에서 폭넓은 지식을 습득해야 한다는, 정보의 다양성을 강조하는 상징이고, 두번째 수직선의 획은 최소한 어느 한 가지, 또는 어느 한 분야에서만은 우물처럼 깊은 전문적 지식을 갖추어야 21세기에 살아남을 수 있다는 것이었다.

말하자면, 넓고 깊어져야 한다는 뜻이지요.

그 말을 할 때 이발사의 가위가 내 머리칼 속으로 깊이 들어왔다. 읍내에 나갈 때마다 내가 움직여가는 동선 또한 T자였다. 집을 출발해 10분쯤 차로 달리다 보면 남북으로 흐르는 개천을 만났고 5분쯤 개천을 따라가면 내가 단골로 드나드는 대형 슈퍼마켓이 있었으며, 슈퍼마켓에서 나와 다리를 건너면 여러 가지 화려한 치장을 한 여관촌과 읍내 유일의 나이트클럽이 위치한 18층 빌딩이 있었다. 나는 아주 가끔 한낮에 여관에 들렀고, 자주 18층 빌딩으로 들어갔다. 서

울까지 가지 않고 주식을 거래할 수 있는 증권회사가 그 빌딩의 13층에 들어 있기 때문이다. 나는 보통 3층 한식당에서 밥을 먹고, 13층에서 내 유동자산이 늘고 주는 것을 확인했으며, 18층 스카이라운지에서 커피를 마시거나, 아니면 여관에 들러 여자를 샀다. 주로 근처의 단란주점에서 일하는 늙은 호스티스들이 불려 들어왔으나, 어쩌다가는 앳된 다방 레지, 혹은 골프장 캐디가 들어올 때도 있었다. 읍내를 둘러싸고 골프장이 여럿 들어서 있는 데다 카터를 사용하는 골프장이 많아 일 없는 캐디들이 여관으로 아르바이트를 나오는 것이었다. 나는 앳된 레지나 골프장 캐디보다는 오히려 늙수그레한 호스티스나 직업적인 창녀들을 선호했다. 한 달에 한 번 정도 여관에 들렀는데, 그나마도 발기는 잘되지 않았다.

빨아봐, 내 물푸레나무.

나는 곧잘 말했다.

물푸레나무 기둥이 총신이나 도끼 자루로 쓰인다는 걸 처음 일러준 것은 혜인이었다. 작년 봄이던가, 뒤란의 물푸레나무가 너무 무성해 잔가지를 치고 있을 때 불현듯 들른 혜인이 했던 말이 아직도 내 귓속에 남아 있었다. 자기 물푸레나무도 가지치기 좀 해봐. 그럼 또 누가 알아, 총대같이 기둥이 튼실해질는지. 정사가 잘되지 않자 혜인이 했던 말이었다. 늙은 과부든 호스티스든 젊은 캐디든 내게 그들이 지닌 속주머니는 필요하지 않았다. 더 열심히, 땀이 날 만큼 격렬하게 빨아보래도, 라고 나는 자주 채근을 했다. 여자의 얼굴에서 땀이 비 오듯 해야 나의 물푸레나무가 비로소 총대처럼 일어선다는 걸 나는 경험으로 알고 있었다. 성공할 때보다는 실패할 때가 훨씬 많았다. 팁을 늘 후하게 주었는데도 여자들이 최선의 노동력을 바치지 않았기 때문이었다. 나는 그래서 T자의 가로획에 해당하는 읍의 남북 라인에서부터 동서 라인의 개천을 쫓아 나의 동선을 넓혀나갔다.

T자의 수직획인 천변도로엔 오일장이 섰다.

차가 다녀야 할 시멘트 길에 닷새마다 한 번씩 수많은 장사꾼들과 읍내 사람들이 야성적으로 섞여 흘렀다. 그 이발소는 다리가 걸려 있는 천변도로의 중간쯤 되는 네거리 안쪽에 있었다. 장이 서는 날마다 제일 복잡해지는 곳이었다. 다리 위엔 개, 고양이, 병아리, 자라, 토끼, 오리 등을 팔러 온 사람들이 진을 쳤고, 다리와 이어진 네거리엔 과일장수와 옷장수와 싸구려 신발장수, 번데기장수 들이 잡다하게 섞여 있었다. 포장된 도로였지만 흙먼지가 뿌옇게 이는 것 같은 착각을 나는 느꼈다. 아주 역동적이었다. 이발소 낡은 표지등이 그 역동적 네거리 한구석의 색 바랜 이층 건물 출입구 기둥에 붙어 있는 걸 나는 물론 처음엔 보지 못했다. 내가 맨 처음 발견한 것은 사람들 사이를 흐르고 있는 내 어깨를 칠 듯이 지나간 자전거 한 대였다. 걷기도 힘든 인파 속을 짐 받침대가 유난히 큰 낡은 자전거가 잘도 가고 있었다. 자전거는 곧 네거리 한 켠에 멎었고, 키가 땅딸하고 어깨선이 단단한 한 남자가 자전거에서 내리며 헬멧을 벗었다.

정오 무렵이라 햇빛은 힘차고 단호했다.

나는 그제서야 그 자전거의 주인에게 주목한 것이 헬멧 때문이라는 걸 깨달았다. 낡은 자전거를 타고 오면서 헬멧을 쓰다니, 라고 나는 혼잣말을 했다. 검은 헬멧이었다. 힘차고 단호한 햇빛이 헬멧과 만나며 속수무책 미끄러지다가 헬멧의 표피 밑으로 재빨리 스며들었다. 헬멧을 벗어 든 남자의 머리는 짧게 깎은 스포츠형이었다. 둥글고 단단한 머리형 때문에 남자는 헬멧을 벗고도 헬멧을 쓰고 있는 것처럼 보였다.

저 남자, 어디서 보았더라?

나는 남자가 고개를 이쪽으로 돌린 순간, 내가 가끔 이용하는 여관 옆의 대중사우나를 떠올렸다. 남자는 그 대중사우나에서 일하는 이발사였다. 지난 정초에 이발 가위를 들고 『뉴욕타임스』와 T자와 21세기에 대해 말하던. 남자가 자전거를 댄 곳은 바로 수박장수 옆이었다. 역시 헬멧 같은 수박들이 시멘트 바닥에 수북이 쌓여 있었다. 남자는 목이 말랐던지 돌아서려다 말고 수박 더미 쪽으로 허리를 굽혔다. 말하자면, 넓고 깊어져야 한다는 뜻이지요. 남자의 말이 또렷이 상기됐다. 맛보기 시킬 요량으로 중심을 딱 짜개놓은 수박이 질펀히 주저앉은 수박장수 앞에 놓여 있었다. 비만한 중늙은이 수박장수는 팔아도 그만 안 팔아도 그만이라는 듯 게으른 손짓으로 코털을 뽑다가 남자를 발견하고 눈인사를 했다.

남자는 움직이지 않는 것처럼 움직였다.

남자는 고요하고 재빠르게 그러나 움직이지 않는 것처럼, 식칼 끝으로 갈라놓은 수박 한가운데, 별로 씨가 들어 있지 않은 부분을 동그랗게 도려냈다. 종이 위에 연필을 들고 그린다고 해도 그처럼 완벽하게 원을 그릴 수는 없을 터였다. 마치 컴퍼스를 사용하듯 원을 그리고 중심을 다시 칼끝으로 꼭 찍어 올리자 원뿔형의 수박 한 덩이가 소리 없이, 햇빛의 유속을 밀어내며 허공으로 올라왔다. 수박 속은 붉고 붉었다. 남자가 허리를 편 상태로 그것을 높이 들어 한 입 선뜻 베어 물었다. 남자는 무엇보다 중심을 알고 중심을 취할 수 있는 사람이었다. 흙먼지 피어오르는 듯한 야성적인 주변부의 부산함도 그 순간 남자의 중심엔 아무런 영향도 미치지 못했다. 물방울이 뚝 떨어졌다. 수박에서 흘러나오는 물인 줄 알았는데, 수박의 물이 아니라 땀방울이었다. 헬멧을 쓰고 인파 속을 가르고 왔으니 그럴 만한 것이었다. 잔뜩 젖은 남자의 턱에서 땀방울이 뚝, 뚝 떨어지고 있었다. 내 입이 절로 벌어졌다. 많이 파세요, 라고 남자가 말했던가. 남자가 헬멧을 든 채 수박 더미 뒤의 이층 건물 출입구로 빨려들어가고 나서야 나는 그 건물 기둥에 이발소 표지등이 먼지를 쓰고 붙어 있는 걸 보았다.

나는 누구에게 들킬세라, 얼른 발걸음을 떼어놓았다.

내 중심에 박혀 있는 나의 물푸레나무가 바지 한 켠을 슬그머니 밀어 올리고 있었다. 어떻게 이런 일이, 라고 나는 아무도 몰래 얼굴을 붉히면서 중얼거렸다. 남자가 대중사우나 내의 이발 권리와 그곳 지하 이발소를 같이 소유하고 있다는 걸 안 것은 나중의 일이었다. 지하 이발소는 여자들을 두고 안마 손님을 주로 받았다. 스물네 시간 이발소 문을 열어두었는데, 낮엔 거의 손님이 없었다. 남자는 낮에는 대중사우나에 주로 있었고, 어쩌다 지하 이발소에서 손님이 찾으면, 오토바이를 타고 출장 오듯 지하 이발소로 돌아왔다.

그날은 누가 오토바이를 타고 나가 돌아오지 않는 바람에, 다급해 자전거를 이용했습지요, 라고 남자는 나중에 설명해주었다. 나는 다리 위를 메우고 있는 개, 고양이, 병아리, 자라, 토끼, 오리 장수들 앞을 여러 차례 배회하다가, 남자가 다시 지하 이발소를 나와 대중사우나 쪽으로 자전거와 함께 떠나는 걸 본 뒤 슬쩍 이발소 표지등이 붙어 있는 이층 건물 출입구로 들어섰다. 아주 낡은 건물이었고, 먼지가 켜켜로 내려앉은 지하 계단은 불도 켜지지 않아 침침했다. 정오쯤 들렀던 18층 빌딩의 13층에 자리 잡은 증권회사 유리창이 불현듯 떠올랐다.

나는 잠시 망설이다가 이발소 문을 열었다.

출입구와 이어 붙여진 곳에 방이 하나 들여 있었다.

30대로 보이는 반라의 여자 셋이 고스톱을 치고 있다가 어서 오세요, 했다. 어린 나비가 어떻게 13층 높이까지 날아 올라왔을까. 나는 딴생각을 했다. 잔뜩 먼지가 낀 13층 증권회사 대형 유리창 한가운데 어린 나비 한 마리가 앉으려다가 미끄러지고 또 앉으려다가 미끄러지고 했다. 나는 나비 생각을 계속하면서, 한 여자의 안내를 받아 방 앞의 짧은 복도를 지나 안쪽으로 들어갔다. 여자가 형광등 불을 켜자 이발소 안의 전경이 드러났는데, 뜻밖에, 아주 넓은 공간이었다. 의자와 의자 사이에 간이벽이 쌓여져 있었고, ㄷ자형의 구획마다 대형 의자들이 대형 거울을 향해 놓여 있었다. 손님은 전혀 없었다. 색 바랜 붉은 카펫이 깔린 바닥에선 전혀 소리가 나지 않았으며, 재래시장의 소음도 뚝 끊어졌다. 대형 거울에 박힌 내 모습이 하나의 혼령처럼 느껴졌다. 어린 나비는 지상으로 내려가기엔 너무 멀리 날아왔다고 나는 잠깐 생각했다. 넓적다리가 다 드러날 만큼 짧은 데다가 어깨선 안쪽까지 깊이 팔을 떼어낸 검은 원피스를 입은 여자가, 커트할 거예요, 라고 물었다. 내가 고개를 젓자 여자가 메인 등을 끄고 대신 내 앞의 거울 위에 달린 희미한 조명등을 켰다.

  고요한 너른 공간이 거울 속에서 요술처럼 사라졌다.

  나는 한순간 어머니 자궁 속에, 혹은 오래된 지하 묘지에 들어와 앉은 것처럼 이상하고 야릇한 평화를 느꼈다. 유리창에 앉으려다가 미끄러지고 또 앉으려다가 미끄러지고 하던 어린 나비의 이미지는 더 이상 남아 있지 않았다. 여자가 내 머리칼 속으로 손가락 열 개를 부챗살처럼 펴서 쑥 집어넣었다.

3

 13층 대형 유리창에 앉으려다가 미끄러지고 또 앉으려다가 미끄러지곤 하던 정오의 나비가 어째서 하필 지하 이발소 층계를 내려갈 때 떠올랐는지, 그것은 알 수 없었다. 나비가 아니라 갓 부화한 나방이었는지도 모르겠다. 나비나 나방이 들이 유리창에 앉으려다가 미끄러지는 일은 읍내에서 8킬로미터쯤 떨어진 내 집에서도 얼마든 볼 수 있었다. 집 앞은 논이었고, 논 너머 낮은 산자락엔 외지에서 이사 들어온 사람들의 몇몇 단층 양옥이 자리 잡고 있었으며, 그 뒤로 부드럽게 올라앉은 산허리에 골프장이 있었다. 마을을 지그재그로 돌아 빠져 동편 산을 등지고 외지게 물러앉은 집은 정남향이었다. 4년 전, 집을 지을 때, 골프장은 공사가 끝난 상태였으나 논 건너편의 집들은 한 채도 없었다. 커다란 괴목들이 줄지어 서 있던 자리에 지금은 푸른 철제 지붕을 얹은 단무지 공장이 들어와 있었다. 괴목들이 베어지기 전까지만 해도 얼마나 그 주변에 새들이 많이 찾아왔는지, 백여 미터 논을 사이에 둔 내 집까지 새들이 우짖는 소리가 계속 들렸다. 새들도 아마 제 고유한 길이 있나 보았다. 괴목들 위에서 놀던 새들은 동북 방향을 병풍처럼 둘러친 산으로 가기 위해 곧장 논의 상공을 횡단해 내 집 쪽으로 날아오곤 했는데, 때때로 어린 새들은 냅다 돌진해 오다가 거실의 대형 남창에 탕, 머리를 부딪히곤 했다. 거실은 남쪽과 동쪽으로 대형 창을 통해 활짝 열려 있었다. 일광욕을 하기 위해서도 밖으로 나갈 필요가 없었다.

  햇빛 속에서 나는 매일 쉬었다.

  남창으로는 서편 도로 방향으로 나앉은 마을과 단무지 공장과 외지에서 들어온 몇몇 새로운 주택들과 골프장이 보였고, 동창엔 오로지 연접한 산들만 들어왔다. 남창과 동창이 만나듯 했으니 어린 새에겐 내 집 거실의 일부가 열린 길로 보였을 터였다. 유리창에 머리를 부딪힌 새들은 실신하여 베란다로 떨어졌다가 잠시 후 어질병이 난 것처럼 쭐렁쭐렁 이상한 동선을 그리며 날아갔다. 그러나 이제 괴목들이 모두 베어져 없었으므로 새 떼들은 몽땅 이사를 간 셈이었고, 새들의 길 또한 흔적조차 남아 있지 않았다. 새들이 날아들던 길을 따라 이따금 나비가 날아오고 나방이가 날아왔다. 나비는 앉지 못하지만 나방이는 밤마다 유리창에 몸을 바싹 붙이고 수직으로 앉았다. 초저녁 유리창 상단에 간신히 발붙여 앉는 데 성공한 놈은 알게 모르게 조금씩 미끄러져 자정쯤이면 보통 유리창 하단 쪽에 내려와 있었다.

저것들은 저 자신의 추락을 알고 있을까.

언젠가, 혜인이 말했다.

혜인이 가장 경멸하여 마지않는 낱말이 있다면 바로 추락이었다. 그녀의 삶에서 추락이라는 말은 받아 마시면 즉각 명줄이 끊기는 양잿물 같은 의미를 갖고 있었다. 파리에서 함께 살 때, 미술 유학이라는 명분과 달리 그림 한 점 변변히 그리지 않고 하릴없이 빈둥거리던 나와 달리, 거의 폭력적으로 느껴지던 격렬한 정사 끝에도, 그녀는 새 아침의 여자처럼 다시 일어나 재봉틀 앞에 앉아 곧잘 밤을 새웠다. 가난 때문에 대학을 중퇴한 바 있는 그녀의 꿈은 패션디자이너로서의 화려한 비상이었다. 비몽사몽간에 듣는 그녀의 재봉질 소리는 때때로 얼마나 끔찍했던가.

그러나 나의 화판은 언제나 비어 있었다.

나의 오브제들은 유리창에 수직으로 붙어 있으면서, 자신은 붙어 있다고 느끼지만 사실은 조금씩 미끄러져 내려가는 나방이처럼, 화판의 중심으로부터 천천히, 그러나 내가 어찌해볼 수 없게 속수무책으로, 미끄러져 흘렀다. 말하자면 화가로서 나는 언제나 고무줄이 후줄근히 늘어진 팬티를 입고 사는 꼴이었다. 나의 물푸레나무가 혜인의 젖꼭지처럼 단호하게 일어설 수 있다면 고무줄 늘어진 팬티도 받쳐 세우련만, 물푸레나무는, 언제부터인가 오브제의 추락을 쫓아 하강곡선을 그리고 있었다. 모르지, 모를걸, 이라고 나는 혜인의 검고 차진 젖꼭지를 건드리며 말했다. 나방이가 만약 저 자신의 추락을 안다면 왜 끈질기게 유리창에 붙어 있겠는가. 나방이는 추락을 모르기 때문에 다시 날아 본래 앉았던 유리창 상단으로 되돌아가려고 시도하지 않는 것이라고 나는 생각했다. 혜인의 젖꼭지는 그렇지만 용수철 같아서 손끝만 대도 전천후로 솟구쳐 일어났다. 잠들어 있을 때조차 그랬다. 젖가슴이 없다시피 작은 그녀의 가슴에서, 젖꼭지는, 그녀가 잠든 방향으로 누워 있다가 살짝 건드려주자 맹렬히 몸을 뒤채면서 머리를 일으켜 세우는 것이었는데, 살아 있는 물푸레나무였다.

굉장하네. 영락없이 남자의 그것 같아.

나는 목을 움츠리며 중얼거렸다.

나는 자주, 골프장 나인 홀에서 골퍼들이 쳐낸 공이 직선으로 날아와 거실의 남창을 뚫고 들어오는 꿈을 그 여름에 꾸었다. 춘계 패션쇼를 성공적으로 끝낸 혜인은 더 이상 오지 않았다. 결혼한다는 말이 들렸고, 나는 그것을 다행으로 생각했다. 골프장과 마을 사이엔 아주 깊은 저수지가 있었다. 내 집에서 보이진 않지만, 저수지와 야트막한 언덕과 논

밭을 사이에 두었으니 골프장 나인 홀은 직선거리로 쳐도 1킬로미터는 될 터였다. 나인 홀 페어웨이 중앙엔 커다란 노송이 두 그루 있었다. 나는 골퍼들이 소나무를 등지고 서서 힘차게 샷을 날리는 걸 자주 망원경으로 바라보곤 했다. 일광욕을 위해 나는 보통 발가벗은 채 거실의 햇빛 속에 앉아 있었다. 굿샷, 이라고 외치는 골퍼들의 목소리까지, 망원경을 들이대고 있으면, 들리는 듯했다. 왜 자기는 골프를 안 치는지 모르겠다. 성미에도 잘 맞을 것 같은데. 혜인이 말했다. 혜인은 나에게 무엇이 맞는지 잘 모르고 있었다. 드넓은 잔디밭 끝 어디쯤, 겨우 그녀의 젖꼭지를 끼우면 꼭 맞을 것 같은 검은 구멍 하나 파놓고, 거기 공을 굴려 넣는 짓거리가 나로선 한심하기 이를 데 없었다. 나하곤 맞지 않아. 나는 대답했다. 대답은 그렇게 했지만 나하고 맞지 않는 것이 무엇인지는 나 또한 오리무중이었다. 맞고, 안 맞고, 그걸 생각하는 것부터 짜증이 났다.

4

여름이 끝날 때쯤 망원경으로 나인 홀의 골퍼들을 올려다

보고 있다가 나는 깜짝 놀라 망원경을 떨어뜨렸다. 한 골퍼가 쳐 날린 희고 단단한 골프공이 수평선을 그리면서, 마치 강렬한 빛처럼, 내 집 거실 유리창으로 날아오는 걸 분명히 보았다고 느꼈기 때문이었다.

쨍그랑하고 유리창이 박살 났다고 나는 느꼈다.

나는 질겁을 하면서 벌거벗은 몸의 상반신을 본능적으로 옆으로 쓰러트려 골프공을 피했는데, 골프공이 내 텅 빈 몸의 중심을 관통해 지나간 것일까, 거실은 아무 일 없다는 듯 물속처럼 고요했다. 골프공이 뚫고 간 내 몸의 중심에 난 구멍이 터미네이터의 상처처럼 소리 없이, 그리고 재빨리 봉합되고 있었다. 나는 옷을 입었고, 거실 앞의 대형 유리창을 피해 밖으로 나왔고, 투명하고 힘찬 정오의 햇빛 아래에서 잠시 우두망찰 서 있다가, 이윽고 화가 잔뜩 나서 엄마에게 바깥일을 일러바치러 가는 소년처럼 입술을 한 자쯤 빼물고 차를 몰아 급하게 읍내로 나갔다.『뉴욕타임스』가 21세기의 표상으로 지정한 T자형의 개천 중에 나는 먼저 넓은 정보 라인의 가로획을 달리다가 18층의 빌딩과 여관들이 밀집된 지점 못미처 차를 우회전시켰다. 동서로 길게 누운 깊은 정보 라인의 세로획이 그곳에서 시작되어 있었다. 남북으로 흐르는 정보 라인을 따라 자리 잡고 있는 여관촌에 들르는 일은 요즘에 전혀 없었다. 지하 이발소의 단골손님이 되었기 때문이었다. 나는 T자의 수직선에 해당되는 개천가에 자리 잡은 지하 이발소에서 날로 더 깊어졌다.

5

그 여자의 허리가 개미처럼 잘록한 건 아니었다.

뚱뚱하진 않았지만 넓적다리도 속이 꽉 차 있었다. 쌍꺼풀이 없는 눈이었고 볼은 도톰했으며 입술은 문신을 한 양선이 분명했다. 왜 결혼을 안 하세요, 라고 그 여자가 물을 때 나는 그 여자의 특별한 팔을 바라보았다. 첫째는 아이를 낳기 싫고 둘째는 이혼하기 싫어서, 라고 내가 대답했다. 서른네 살인 그 여자는 스물둘에 결혼해 아이를 둘 낳았으나 양육권을 남편에게 빼앗겼다고 했다. 지금은 아이들이 어디 사는지도 몰라요. 그 여자는 남의 말을 하듯 밝게 웃으며 말했다. 내가 이발소에 들른 첫날에 나를 의자까지 안내한 여자였다. 의자를 뒤로 젖히고 의자와 거울 사이에 받침대를 놓은 뒤 발을 뻗고 나자 의자가 깊숙이 내 몸을 받아주었다.

지하 이발소는 정말 고요했다.

너무 고요해서 의자를 비롯해 그곳의 모든 사물들이 고려 시대나 신라 때부터 거기 그렇게 놓여 있어온 것 같았다. 수천 년을 견디며 풍화된 왕릉 속이 아마 그럴 것이다. 여자는 움직이지 않는 것처럼 움직였고, 나는 거대한 지하 묘지의 황금관을 쓴 이집트 어린 왕처럼 가만히 있었다. 단골이 된 후에도 여자의 이름 같은 것은 알고 싶지 않았다. 나는 그저 어이, 오목렌즈, 라고 그 여자를 불렀다. 오목렌즈, 그 여자는 첫날, 상투적으로 내 물푸레나무에 오일을 잔뜩 바르고 나서 손으로 끝장을 보려고 했다. 나는 눈살을 찌푸렸다. 최소의 노동력으로 평균적인 수확을 거두려는 속셈이었다. 좀 더 애써봐, 팁은 충분히 줄게. 내가 말했고, 그 여자가 헐렁한 원피스의 위쪽을 벗어 내렸다. 조명은 거울 상단 네모진 상자 속의 촉수 낮은 불빛뿐이었다. 그것은 제한적으로 나의 하반신만 어슴푸레 비출 뿐이었기 때문에 너른 이발소의 나머지 공간은 지워지고 없었다.

혜인과 달리 그 여자의 가슴은 희고 풍만했다.

다른 손님이 있으면 이렇게 못 해줘요, 라고 그 여자가 말했다. 젖혀진 의자의 끝에 맞추어 간이 칸막이가 되어 있어서 우리가 함께 있는 왕릉의 현실(玄室)은 ㄷ자를 이루고 있었다. 불빛이 닿는 곳과 불빛이 가려진 곳의 명암이 너무 뚜렷해서 그 여자의 상반신은 아주 그로테스크한 느낌을 주었다. 나의 물푸레나무가 이윽고 그 여자의 모아 쥔 젖가슴 사이로 들어갔고, 부르르릉 시동이 걸리자마자 터빈이 돌기 시작했다. 조명을 등지고서 내 몸의 양편으로 다리를 벌리고 앉은 그 여자는, 역광을 받고 있어 그 윤곽이 아주 커 보였다. 먹이를 향해 날개를 활짝 펴고 활강을 시작하려는 거대한 검은 새, 혹은 여전사의 검은 신상 같은 느낌이었다. 뒤로 젖혀졌지만 드넓은 침대가 아니라 그 여자와 나는 비좁은 의자 위에 있었다. 터빈을 돌리는 것이 힘들었다기보다 의자 위에 기마 자세로 올라앉아 상반신을 잔뜩 숙이고 움직여야 하는 그 자세가 아주 불편하고 힘들었을 터였다. 지하 묘지의 현실(玄室)은 내가 감지하는 바로는 알맞게 부식했고 알맞게 서늘했고 알맞게 습했다. 그 여자의 얼굴을 보려고 했지만 어두워서 윤곽만 겨우 보일 뿐이었다. 시간이 오래 걸리진 않았다. 헛소리로 교성을 내지르면서 가열차게 터빈을 돌리는 그 여자의 턱에서 한순간 무엇인가 후두둑 떨어졌다. 역동적인 그 여자의 터빈 사이로 틈입해 들어오는 불빛을 받아 반짝 빛나는 것은 놀랍게도 땀방울이었다.

  아주 호쾌한 섬광이 아닐 수 없었다.

나의 물푸레나무는 비로소 총신으로 사용할 수 있을 만큼 단단해졌고, 지하 묘지를 떠받들며 단호하게 일어섰으며, 그 서슬에 놀라 터무니없이 빨리 결말에 도달했다. 직진 강하의 추락은 참혹하고도 황홀한 것이었다. 그 여자가 물수건으로 희고 꽉 찬 제 가슴 사이의 균열진 골에 묻은 내 정액을 닦아낼 때 잠깐, 그 여자보다 더 희고 풍만한 다른 젖가슴이 떠올랐다.

그것은 기습적인 틈입이었다.

연둣빛에 보라를 섞어 푼 듯한 어머니의 꼿꼿한 젖꼭지를 나는 보았다. 어머니보다 더 희고 풍만한 젖가슴을 가진 여자를 나는 여태껏 본 적이 없었다. 뙤약볕 밑에서 콩밭 맨 기분이네요, 라고 여자가 말했다. 여자는 두 팔을 제 어깨 위로 올리고서 흐트러진 머리를 새로 묶고 있는 중이었다. 그 여자의 남다른 팔에 비로소 내 시선이 닿았다. 오목하네. 내가 말했고, 뭐가요, 라고 팔을 내리면서 그 여자가 반문했다. 팔꿈치에서 어깨까지 올라가는 팔의 상단 근육이 중앙에서 오히려 툭 꺼져 있어 오목한 느낌을 주고 있었다. 깡마른 여자라고 할지라도 그렇게 오목한 팔뚝 선을 가진 사람을 나는 별로 본 적이 없었다. 결코 마른 편이 아닌데도 쇄골 안쪽이 깊이 파인 게 연이어 눈에 들어왔다.

비정상으로 생겨서 징그럽지요, 내 팔뚝.

그 여자가 갑자기 수줍음을 탔다.

아냐, 에로틱한걸, 이라고 내가 말했다. 아령으로 단련해 온 나의 팔 상단은 이두근(二頭筋)이 발달되어 툭 튀어나와 있었다. 나는 볼록한 내 팔의 볼록렌즈를 그 여자의 상완(上腕)의 오목렌즈에 갖다 대고 싶은 충동을 순간적으로 느꼈다. 오목렌즈가 근시 안경을 만드는 데 쓰이고 볼록렌즈가 망원경을 만들 때 쓴다는 걸 생각해낸 것은 이발소 출입문을 막 밀고 나올 때였다. 현실(玄室)로부터 연도(羨道)를 걸어 나오는 수천 년 전 제왕의 혼령처럼, 나는 짐짓 허리를 펴고 연도의 난간 하나하나를 짚으면서 천천히, 지상으로 올라왔다. 무엇인가, 아주 소중한, 예컨대 나의 어떤 중심을 지하 묘지에 놓고 나온 것 같은 느낌이 들었다.

그러나 나는 되돌아갈 수는 없었다.

나는 가야 한다, 라고 생각했다. 재래시장의 한복판은 살아 있는 그 목숨들을 소진하느라 격렬해 보였고, 서편으로 많이 기울긴 했지만 햇빛은 아직도 힘차고 잔인했다. 싸구려 신발전 주인이 땀을 뻘뻘 흘리면서 악다구니를 쓰고 있었고, 개와 고양이와 오리 따위가 울었으며, 수박장수는 커다란 식칼로 수박의 멱을 따고 있었다. 사람들이 내 어깨를 치고 지나갔다.

나는 햇빛에 눈을 찔려 잠시 비틀했다.

삼미복집과 희망철물점과 꿈나라슈퍼와 해피보신탕집 앞의 추녀 밑을 나는 조심조심 지나갔다. 어디에 무엇을 두고 온 것일까. 자꾸 무엇인가를 잃어버리고 온 것 같아 나는 더듬더듬 주머니들을 만져보았다. 지갑은 둔 그대로 있었고, 나머지 주머니엔 뭉쳐진 먼지뿐이었다. 나의 볼록렌즈는 더러운 여분이야, 라는 말이 목젖에 걸려 넘어졌다. 그 여자는 지하 묘지에 사니 오목렌즈를 사용한 근시 안경으로도 불편할 게 없겠지만, 나의 볼록렌즈는 명백히 쓸모가 없었다. 나는 그날 밤 오래오래 뜰에 나와 앉아 별을 올려다보았다. 볼록렌즈는 광속(光束)도 수렴할 수 있었다.

골프장 나인 홀은 어둠에 묻혀 있었다.

봄부터 내버려둔 뜰은 엉겅퀴와 망초와 억새밭이 되어 있었다. 망초꽃은 다 졌고 억새는 이제 막 영글기 시작하고 있었다. 가을이 오고 있는지 그 어느 때보다도 은하수가 잘 보였다. 수백억 개의 별이 밀집되어 있다지만 은하계는 내 눈에 다만 순정적으로 흐르는 작고 아련한 강일 뿐이었다. 골프장 나인 홀 위로 빛나는 것은 아마도 물고기자리 1등별일 터였다. 큰곰자리, 작은곰자리는 알 수 없었다. 동편 하늘의 저 별이 아마 직녀성 베가일까. 오리온좌의 전갈자리와 안드로메다와 견우성 알타이르도 이름과 짝을 맞춰 찾아낼 만큼 내 눈이 깊은 것도 아니었다. 힘 있는 사람이 죽으면 큰 별이 되고 아이가 죽으면 작은 별이 된다는 말을 들은 적이 있었다. 어떤 별들은 그 빛이 제 몸에서 떠나 지상에 닿는 데 수십 수백 년이 걸린다 했고, 어떤 별들은 너무 멀어서 아예 지상에 이르지 못한다고 했다. 별도 생로병사가 있어 젊은 별이 있고, 늙은 별과 죽은 별이 있었다.

불멸이라는 낱말이 밑도 끝도 없이 떠올랐다.

나는 억새 사이에 쭈그려 앉아 있었다. 숲은 가만히 있었다. 바람도 불지 않았고, 어둠은 뒤란의 뽕나무 그늘에 은신하고 있었으며, 밝지도 어둡지도 않게, 멀고 가까운 별빛이 숲을 적시고, 키 큰 억새들을 적시고, 내 이마를 적시고, 아침저녁 아령체조로 단련된, 하릴없이 단단한, 여분의 내 볼록렌즈를 적셨다. 내 볼록렌즈로 보기에 별들은 너무도 멀었다. 나는 흘끗 내 집의 동창에 실루엣으로 떠 있는 이젤을 바라보았다. 오래전부터 중심을 채우지 못해 비어 있는 화판의 그림자는 이지러진 네모꼴이었다. 나는 반드시 패션계의 한복판에 들 테야, 라고 말하는 혜인의 목소리가 들렸다. 어머니는 마흔 살에 이미 화단의 중심에 들어 있었다. 혜인은 스텝 바이 스텝이라고 말했고, 어머니는 뛰어난 재능은 스텝이 필요 없다고 말했다. 별이 되어 떠오르면 누구나 목이 부러져라 뒤로 젖히고 올려다보기 마련이야. 어머니는 눈 감아 이승을 떠나기 훨씬 전에 별이 되었다고 믿었던 사람이었다. 별빛은 아무런 경계도 없었다. 별빛이 따로 길을 내지 않으니 왜 경계를 수반하겠는가. 노령의 별들은 초신성으로 한차례 화려하게 오르가슴에 오를 걸 꿈꾸면서, 저희들끼리 둥근 모양으로 늘어서서 어깨동무하듯 서로 의지하고 있다는 말을 어디에선가 읽은 일이 있었다. 내가 받고 있는 별빛 가운데엔 어머니가 아리따운 처녀였을 때쯤 제 몸을 떠난 별빛도 섞여 있을 것이었다. 나는 좀더 깊이 별빛에 젖으려고 고개를 한껏 뒤로 꺾었다. 억새가 가만히 흔들리고 망초가 가만히 흔들렸다. 밤이 얼마나 깊었을까. 숲에서 밤새 몇 마리가 별빛에 부드럽게 젖은 목소리로 울었다. 모든 것을 경계 없이 흐르는 대로 흐르게 두고 보면, 시간도 중심도 없는 셈이었다. 내 머리가 조금씩 내려왔다. 가만가만 흔들리는 억새잎에서 후두둑후두둑, 별빛이 내 머리 위로 물방울처럼 떨어졌다.

 나는 세례받는 소년처럼 더 깊이 머리를 숙였다.

 천변의 지하 묘지가 불현듯 떠올랐고, 눈물겨웠다. 조금씩 낮아져서 이제 내 키는 겨우 억새풀의 정강이에 닿고 있었다. 정강이를 타고 흐른 별빛은 억새의 뿌리로 가고 있었다. 밤새 몇 마리가 별빛으로 담뿍 젖은 제 보금자리에서 뒤채이며 돌아눕는 소리가 뒤란에서 났고, 그리고 나는 갑자기 그 여자의 오목렌즈와 내 볼록렌즈를 떠올리며 짐짓 우는 시늉을 했다. 눈물은 나오지 않았다.

6

혜인이 찾아왔을 때 나는 9시 뉴스를 켜놓고 상반신은 벗은 채 아령체조를 하고 있었다. 아령을 들어 올릴 때마다 이두근(二頭筋) 삼두근(三頭筋)의 볼록렌즈가 힘 있게 솟아올랐다. 볼록렌즈의 힘 있게 솟아오르는 중심이 텅 비어 있다곤 생각하지 않았다.

도대체 왜, 언제나 생각이라는 것을 해야 한단 말인가.

어둠의 심지 같은 뽕나무 그늘이 뒤란을 꽉 채울 시간이라는 걸 나는 알고 있었다. 마을을 지나 내 집 쪽으로 돌아드는 굽잇길에 섬광이 번뜩인 건 그 순간의 일이었다. 자동차였다. 헤드라이트 불빛에 놀라 남쪽 유리창에 간신히 붙어 있던 나방이 한 마리가 주르륵 미끄러지고 있었다.
 아직도 그림이 그대로네.
 혜인의 첫마디였다. 마지막으로 그녀를 만난 게 언제였던가. 반년 만인지 1년 만인지 알 수 없었다. 그리다 만 화판의 중심은 여전히 비어 있었고, 그 빈 중심으로 그녀가 천연스럽게 걸어 들어왔다. 나는 채 아령을 내려놓지도 못하고 엉거주춤 서서 그녀의 눈웃음을 피해 탁자 위를 내려다보았다. 지난주 배달돼 온 청첩장이 탁자 위에 놓여 있었다. 파혼하고 온 게 아니야, 라고 그녀가 말했고, 청첩대로 내일 그 시간에 결혼한다구, 라고 그녀가 사이를 두었다가 덧붙였다. 그녀의 결혼 상대자는 나이가 많은 만큼 사업 기반도 굳건하게 다져 기성복 브랜드를 두 개나 갖고 있었다. 그녀는 이제 그 브랜드의 옷들을 디자인만 하는 게 아니라 디자인해서 스스로 시장을 확장해나가는 경영자가 될 터였다. 파리 한복판에서 최고로 화려한 패션쇼를 여는 게 그녀의 요즘 꿈이었다. 우리 패션계의 중심에 들 터이니 세계 패션계의 중심이 스텝 바이 스텝, 그녀의 전진적인 스텝에 추가될 것이었다.
 옷 입어. 자기랑 함께 가고 싶은 데가 있어.
 그녀가 말했다.

나는 아령을 내려놓고 샤워를 했고 옷을 입었다. 그사이 차를 바꾸었던가 보았다. 검은 말과도 같이 탄탄해 보이는 외제 승용차 앞에서 그녀가 자동차 열쇠를 내게 던졌다. 내 차로 가는 게 좋겠어, 라고 그녀가 말할 때 동편 산 너머로 날카롭게 별똥별 하나가 졌다. 그녀의 차 안엔 밝은 라벤더 향이 잔뜩 배어 있었다. 읍내에 당도하자 언제나 그렇듯 T자의 중심에서 우회전해 깊은 정보 라인을 따라 나는 차를 몰았다. 왜 고속도로로 가지 않아, 라고 그녀가 물었고 신갈에서 들어서면 돼, 라고 내가 대답했다.

밤늦은 천변도로는 비어 있었다.

지하 이발소 표지등이 눈에 들어왔고, 스포츠형 머리를 한 남자가 때마침 이발소 앞에서 오토바이를 세우고 있는 게 보였다. 내 헤드라이트 불빛이 거슬렸던지 스포츠형 머리의 이발소 주인 남자는 한순간 고개를 휙 돌려 헤드라이트 불빛을 정면으로 받았다. 밝은 곳에서는 오히려 신문이나 책 따위로 감추고 있던 눈빛이었다. 날카로운 섬광이 번뜩하고 타오르는 걸 나는 남자의 두 눈에서 보았다. 함께 소주까지 나누어 마실 만큼 친분이 쌓여 있었지만, 나는 차를 세우지 않고 모르는 척, 천천히 남자 곁을 지나쳤다.

아는 사람이야.

그녀가 물었다.

응, 내 단골 이발소거든.

건물 쪽으로 돌아서 걸어가는 남자의 뒷모습은, 찰나적으로 내쏘던 눈의 섬광은 간데없이 조금 피로하고 지친 느낌을 주었다. 살인이 금지된 세상에서 사는 게 그에겐 얼마나 힘이 들까. 나는 잠깐 생각했다.

빈 젖을…… 아슈?

남자는 함께 천변 포장마차에서 소주를 마시던 날, 그 비 젖은 저녁, 아주 기습적으로, 뜻밖의 것을 물어온 적이 있었다. 빈 젖, 이라고 남자를 흉내 내듯 내가 입속으로 중얼거렸다.

경부고속도로는 쾌적하게 뚫려 있었다.

검은 말과 같은 외제 승용차에선 소리가 나지 않았다. 시간은 충분해. 그녀가 말하면서 안전벨트를 맸다. 속도계의 눈금은 금방 150을 넘어섰다. 빈 젖이, 무인의 그것처럼 단단한 턱 선과 완강한 어깨뼈로 무장한 그 남자의 중심에 심지로 박혀 있었다. 그가 살인자가 된다면 아마 그 심지에 끈질기게 타고 있는 불 때문일 터였다. 어머니는 마흔아홉에 날 낳았지요. 남자가 계속 말했다. 꽉 채워서 열번째 아이를 낳았을 때 신산한 삶을 살았던 그의 어머니는 나이와 관계

없이 팔순을 넘긴 노파의 그것과 같은 피폐한 육체를 갖고 있었다. 젖꼭지는 혜인의 그것처럼 크고 검었을 것이다. 크고 검은 추를 매달고 한 뼘쯤이나 축 늘어져 있는 빈 젖을 간절히 물고 있는 스포츠형 머리의 남자가 보이는 듯했다.

차는 어느덧 청원 톨게이트로 들어서고 있었다.

자정을 막 넘긴 시각이었다. 자긴 찾을 수 있겠어, 그 집을? 그녀가 미심쩍은 표정을 했다. 그녀가 찾고자 하는 곳은 대청호 주변의 어느 카페였다. 호수가 가까이 내려다보였던 것은 확실했다. 몇 차례나 낮은 언덕길을 돌아 넘다가, 길이 없는 듯이 나 있는 비포장 외길을 쫓아 사뭇 가파른 언덕을 훌쩍 넘었을 때, 그 카페가 보였었다고 나는 회상했다. 그녀가 가난 때문에 대학을 막 중퇴했을 때니까 벌써 15년여 전의 일이었다. 나는 대학을 졸업하고 국전에 출품할 그림을 그리다가 말고 뭐에 씐 듯 집을 나온 참이었다.

우리가 처음 만났을 때도 자정이 넘은 시각이었어.

그녀가 그녀답지 않게 불현듯 아득한 목소리를 냈다.

한적한 조치원읍의 네거리에서 차를 세우던 쌍갈래로 머리를 묶은 15년 전의 그녀가 선연히 떠올랐다. 그녀는 아주 깡마른 처녀였고 눈은 깊었으며 이마가 단단한 느낌으로 튀어나와 있었다. 서울까지 좀 태워다 주세요, 라고 스물한 살의 그녀가 말했다. 서울 안 가는데요, 라고 내가 대답했고, 차량 번호판 쪽을 짐짓 바라보는 시늉을 하면서, 서울 번호잖아요, 화가 난 것처럼 그녀가 반문했다. 자정이 넘은 시간인데도 자신의 운명을 맡길 이편의 신분이나 사람됨됨이 따위엔 전혀 관심이 없는 듯 보였다. 이 근처에 대청호가 있다고 들었는데요, 라는 내 말에 그녀는 손뼉을 쳤다. 그녀는 대청호를 다녀오는 참이었고, 나는 고속도로를 하행하다가 문득 대청호 생각이 나서 막 톨게이트를 빠져나온 참이었다. 그녀가 대학에 자퇴서를 내고 나서 대청호 물 밑으로 사라진 고향 집을 떠올린 것이 나와 관계 맺는 최초의 실마리가 되었다. 그녀는 내 차에 올라탄 뒤 고향 집을 찾을 수 없었다고 고백했다. 어디가 어딘지 하나도 알 수가 없었어요. 내가 심은 감나무가 호수 밑에서도 쑥쑥 자라는 꿈을 곧잘 꿔요. 그녀와 함께 밤을 보낸 방갈로 딸린 카페의 상호는 산새였다.

산새 소리가 날이 샐 때까지 계속 들렸다.

진입로인 짧고 가파른 비포장 언덕길 좌우엔 키 큰 소나무들이 꽉 차 있었다. 그녀와 나는 깜깜한 대청호의 수면을 내려다보며 술을 마셨고, 소나무 숲 그늘에 놓인 인형의 집 같이 생긴 방갈로에서 새벽녘까지 밤새들이 우는 소리를 함께 들었다. 놀랍게도 그녀의 육체를 열고 들어간 것은 내가 처음이었다. 시트를 적신 혈흔을 보고 자기가 당황하던 모습이 생각나. 그때만 해도 자기 정말 소년 같았었어. 그녀가 소년 같았다고 기억하는 20대 후반의 나는 이미 여자 경험도 많이 쌓은 상태였고, 그림에의 순도 높은 열정 때문에 밤마다 깨어 있는 상태였다.

내 몸은 밤낮없이 신열로 들끓고 있었다.

나는 그 무렵 내가 천재라고 믿었다. 30호, 50호의 그림을 하루 밤낮으로 완성하는 것도 다반사였다. 어머니가 남긴 풍족한 유산이 있어, 홀로 살았지만 걱정할 건 아무것도 없었다. 내 화실은 한강이 환히 내려다보이는 곳에 있었고, 나는 내 젊은 영혼의 신열을 못 견뎌 흔히 웃통을 벗어부치고 밤을 밝혀 그림을 그렸다. 박명이 터올 때, 화필을 들고 내려다보던 강의 신새벽을 어떻게 설명할 수 있으랴. 물안개는 흐르고, 안개 사이로 빛의 입자들이 쏟아져 들어왔으며, 수면은 빛의 입자에 민감하게 반응하면서 툭, 툭, 투둑, 제 속살을 앞다투어 터트리고 있었다. 그것은 그대로 내 젊은 신열의 피바람, 각성, 빛이었다. 나는 모든 빛을 내 화판에 옮겨놓을 수 있다고 생각했다. 나의 천재성은 부드러웠으며 동시에 날카로웠고 또 동시에 순정적이었다. 그녀가 나를 소년처럼 생각했다면 나의 순정적인 천재성을 본 것이었다.

아무래도 찾을 수 없을 것 같아.

내가 말했다.

호수를 둘러싸고 그만그만한 높이로 끝없이 연접된 산은 예전보다도 더 숲이 울창했다. 차는 벌써 지나갔던 도로를 세 번째 지나가고 있었다. 구불구불 내장처럼 이어진 길이었다.

잠깐, 저기 길이 있네. 소나무 숲 사이 말야.

그녀의 지적에 나는 차를 후진시켜 좁은 소나무 사이로 방향을 바꿨다. 소나무 숲 사이로 뻗어 올라간 언덕길이 미상불 낯이 익었다. 나는 캄캄한 언덕길을 향해 액셀러레이터를 힘 있게 밟았다. 그날 새벽에 자기, 꼭 화난 사람 같았어, 라고 그녀가 말했고, 화났었지, 라고 내가 냉큼 대구(對句)를 놓았다. 나는 물론 그녀의 처녀막이 찢어지면서 흘린 혈흔에 당황했다. 나로서 그런 건 첫 경험이었을 뿐 아니라, 내가 자신만만 그녀의 살〔肉〕 속으로 내 살을 박아 넣을 때, 손쉽게 길 위에서 주운 그녀가 당연히 경험이 많으리라고 상상했기 때문이었다. 나는 그래서 뒤통수를 맞은 것처럼 화가 났다. 우리는 어둠이 걷히기 전에 그곳을 떠났고, 서울에 올 때까지 피차 아무 말도 하지 않았다.

어, 여기 아까 지났던 길이잖아.

내가 담배를 꺼내 물고 말했다. 언덕길을 올라갔다가 두 굽이쯤 돌고 난 다음이었다. 장사를 안 한 지 오래된 듯 불 꺼진 식당을 헤드라이트가 핥고 지나갔다. 벌써 두 시간째 이런 식이었다. 숲은 캄캄했고, 차들은 거의 없었으며, 동굴 같이 열린 길은 동굴 같은 다른 길로 이어져 끝이 없었다. 가다 보면 좀 전에 지났던 카페가 또 나오고, 방향을 틀어 돌다 보면 호수를 끼고 나가다가 역시 낯익은 이정표와 다시 만났다. 이제 물안개까지 급격히 차오르고 있었다. 상호도 바꾸고 건물도 새로 지었을지 몰라. 그녀는 말했으며, 호숫가로 커다란 바위가 내려다보였었는데, 라고 더욱 간절해진 어조로 토를 달았다. 건물이 헐리고 없다면 그 터라도 찾고 싶은 눈치였다.

대체 오늘 밤 왜 여길 오자고 생각한 거야?

나는 마침내 아까부터 묻고 싶은 걸 물었다.

이제 열 시간쯤 후면, 나는 한 남자를 완성시킬 수 있게 돼, 라던 자신의 말처럼 그녀는, 삶의 완성을 위해, 그녀라는 마지막 찬스를 맞고 있는 늙은 남자 곁에 서서 오늘 혼인 서약을 하게 될 터였다. 시간은 강물처럼 흘러가는 게 아니라 끝없는 계단으로 놓여져 있으며, 따라서 스텝 바이 스텝, 직진 보행의 길을 쫓아 여기까지 온 그녀였다. 그녀가 디자인하는 옷들은 과거에 존재할 수 없었다. 더 앞으로, 더 빠르게, 시간을 가불할 수밖에 없는 것이 패션디자인의 숙명이었다. 그런데 15년여 전으로의 이 회귀는 무엇을 뜻하는 것일까. 자동차 실내의 전자시계는 어느덧 2시를 훨씬 넘고 있었다. 나는 캄캄한 호수의 수면을 향해 차의 방향을 부드럽게 돌린 뒤 피우던 담배를 비벼 끄고 차를 세웠다.

고향 집이 보고 싶어 여기 온 거야?

내 말에 그녀가 낮게 한숨을 쉬었다.

처녀막은 그녀에게 하나의 난막(卵膜)과 같았다고, 오래전 파리에서 재봉질을 하다 말고 그녀가 고백한 일이 있었다. 알을 깨고 나왔으니 그녀의 삶은 그것으로부터 새롭게 시작된 셈이었다. 그렇다면 그녀는 결혼 직전 새로운 난막을 깨기 위해 여기 왔는가. 차의 시동을 끄자 어둠이 한 자쯤 갑자기 내려앉았다. 별빛도 없었다. 비가 오려는지 어둡고 습한 호숫가를 안개 떼가 저희끼리 살을 섞으면서 낮은 포복으로 올라오고 있었다. 이제 돌아가야 돼, 라고 대답 없는 그녀에게 내가 볼멘소리를 했고, 그녀의 손이 그때 불현듯 뻗어 나와 내 손을 자신의 가슴으로 가져갔다. 브래지어를 하지 않아 그녀의 셔츠 위로 단번에 대추알만 한 젖꼭지가 만져졌다. 나는 당황해 손을 빼내려고 했는데, 그녀의 두

손이 수갑처럼 채워져 있어 움직일 수 없었다. 젖무덤의 융기는 빈약했으나 젖꼭지는 언제나 그렇듯 잔뜩 긴장해 분주한 수축으로 이내 단단해졌다. 말해봐, 언젠가 내 젖꼭지를 보고 자기 성기 같다고 말했었는데, 지금도 그래? 그녀가 숨찬 어조로 들이대 물었다.

일어서는 그녀의 젖꼭지는 그녀의 자의식과도 같았다.

나의 물푸레나무는 대퇴부 사이에 잔뜩 눌려 있었다. 빈 젖이라고, 스포츠형 머리의 남자가 비 젖은 포장마차에서 살의를 한사코 앙다문 턱 선 밑으로 감추면서 말하는 소리가 불현듯 들렸다. 나는 막둥이였으니까 초등학교 졸업할 무렵까지도 젖을 먹었다구요. 소주병을 거꾸로 입속에 밀어 넣고 남자는 그날, 갈증 때문에 죽을 뻔한 사람처럼 반병이나 남은 소주를 단번에 쏟아부었다. 젖꼭지라기보다 시간의 퇴적층 맨 밑에서 검은 추로 매달려 있는 그것을 남자는 빨고 또 빨았을 터였다. 결핍이 없었다면 왜 열 살이 넘을 때까지 그것을 빨았겠는가. 남자는 태어나면서부터 계속 빈 젖을 먹었고, 빈 젖이라 계속 헛것을 먹었고, 장구통배처럼 배가 불렀을 때조차, 그 중심은 언제나 텅 비어 있었다고 했다. 남자가 평생 눌러야 되는 살기가 있다면 모두가 그 빈 중심의 빈 것들로부터 나오는 것이었다.

보슈, 여기 빈 구멍을 좀 보슈.

남자는 짐짓 농담하듯 말하려고 필사적으로 애쓰면서, 그러나 젖은 핏빛의 시선을 한사코 내 눈 속에 박아 넣었다. 빈 것들이 타고 있다고, 빈 것들이 평생 텅 빈 이곳에서 불타고 있으니 죽을 지경이라고, 말하자면 빈 젖이 자신을 피 흘리게 한다고, 스포츠형 머리를 한 남자는 빈 소주병으로 제 앞가슴을 툭툭 치고 있었다.

나는 공연히 몸서리가 쳐져서 찔끔, 몸을 움츠렸다.

어느 방향에서 달리고 있는 차일까, 헤드라이트 불빛이 호수의 한쪽 면을 날카롭게 가르고 지나갔다. 15년여 전, 그녀와 내가 섬과 같은 좁은 방갈로에서 함께 들었던 순정적인 산새 소리는 아무 데에서도 들리지 않았고, 소나무 숲은 마왕처럼 우뚝했다. 밤을 새워도 문제의 카페를 찾긴 틀렸다고 나는 생각했다. 나는 그녀의 수갑에서 간신히 풀려난 손으로 재빨리 차의 시동키를 올렸다. 결혼할 사람, 내 젖꼭지가 좋대. 부자가 될 상(相)이라는 거야. 그녀가 짐짓 고양된 목소리로 말했다.

나는 고속도로 이정표 방향을 쫓아 차를 몰았다.

우리가 보냈던 그 첫날밤의 기억들은 내게 아무런 감흥도 주지 않았다. 도대체 그녀는 무엇을 찾아 여기에 오자고 한 것일까. 내가 그 당시 느꼈던 순정적인 천재성이 여분의 헛것이었듯이, 스물한 살의 그녀가 쏟았던 혈흔도 여분의 헛것일 뿐이었다. 온 길을 잃어버리지 않고 실수 없이 되돌아오려고 빵 조각이나 떨어뜨리며 걷는 짓 따위는 내 취미에 맞지 않았다.

나는 앞날을 믿지 않아.

내가 동문서답하듯 대답했다. 굽잇길을 몇 차례 더 돌고 나자 비로소 숲 사이로 고속도로의 줄지은 헤드라이트 불빛이 눈에 들어왔다. 그녀에겐 스텝 바이 스텝의 앞날이 있겠지만, 내겐 앞날이 없듯 지난날도 없었고, 그러므로 나의 시간엔 언제나 스텝이 없었다. 전에도 말한 적 있잖아, 나는 한 남자를 완성시킬 수 있다고. 그녀의 어조가 한결 고즈넉했다. 안개 떼는 더 이상 쫓아오지 않았다.

나는 말없이 차를 고속도로에 진입시켰다.

여명이 트기 전에 용인 읍내에 도착할 수 있을 것 같았다. 그 사람이 예순넷이라는 건 내게 의미가 없어. 벗고 나면 그 사람 아직 청년이야, 완성되기를 갈망하고 있는. 그녀의 말들은 내게 스포츠형 머리를 한 남자의 이발 가위가 머리칼 속으로 들어오는 것과 같은 느낌을 주었다. 남자는 가위를 들고 있는 시간, 오토바이 핸들을 잡는 시간을 빼면 활자로

된 것들을 손에 들고 있었다. 아주 오래전부터, 라고 그녀는 그러나 계속 똑같은 어조를 견지했다. 차는 천안 인터체인지 부근을 재빨리 통과하고 있었다. 아주 오래전부터, 누구에게든 묻고 싶었어. 젖꼭지가 큰 것이 차 있는 것일까. 젖무덤이 큰 것이 차 있는 것일까. 그녀는 거기까지 말하고 나서 아주 마음에 쏙 드는 개그를 구사한 개그맨처럼 키득득하고, 입을 가리는 시늉을 하며 웃었다. 스포츠형 머리를 한 남자의 묘사에 따르면 그의 어머니 젖은 축 늘어져 있는 품이 지방 흡입을 과도하게 한 것과 같았다고 했다. 젖은 빈 껍데기였고 젖꼭지는 화석같이 단단한 검은 추였다. 나는 갈 때와 달리 신갈 인터체인지까지 와서 영동선으로 길을 바꾸어 잡은 뒤 용인 톨게이트로 빠져나왔다. 내 집으로 가려면 톨게이트를 빠져나와 좌회전해서 T자의 가로획에 걸린 다리를 넘어야 할 것이었다.

 나는 잠시 망설이다 읍내 쪽으로 방향을 잡았다.

 몇 시간이 넘도록 운전대를 잡고 있어 온몸이 뻐근했으므로 이발소에 들러 안마나 받자고 생각했기 때문이었다. 집으로 안 가고 어디 가는 거야, 라고 그녀가 물었고, 이발소, 라고 내가 짧게 끊어 대답했다.

 나는 물론 그때까지 아무런 의도도 갖고 있지 않았다.

머지않아 여명이 트고 해가 떠오를 터이니, 망토를 걸친 뱀파이어처럼 지하 묘지에서 쉬고 싶은 생각뿐이었다. 차가 T자의 깊은 정보 라인에 해당되는 개천을 따라가다 이발소 앞에 멎었다. 자기 어머니의 그림을 몇 점 샀어, 라고 사이드 브레이크를 잡아 올리는 내 손등을 슬쩍 쓸면서 그녀가 말했다. 어머니가 애용했던 오브제의 하나는 무리 져 서로 몸을 꼬고 있거나 핏빛 정사를 치르고 있는 화사(花蛇)였다. 살아 있는 것보다 더 통절하게, 살아 있는 꽃뱀의 일어선 비늘 하나가 내 빈 중심의 어딘가를 예리하게 긁고 지나갔다.

피곤할 텐데, 안마를 받고 싶다면 받고 가도 좋아.

나는 차 문을 열고 서서 머뭇머뭇 말했다.

여기, 발 안마를 아주 잘하거든.

경찰 백차 한 대가 개천 건너편 빈 도로를 쏜살같이 지나갔다. 지하 묘지엔 다행히 다른 손님이 없었다. 졸고 있다가 화들짝 놀라 일어선 오목렌즈 그 여자가 혜인과 동행한 나를 향해 고개를 갸웃했다. 사장님을 불러줘, 라고 나는 담담히 말했다. 처음 이발소에 들른 날 이후 오목렌즈 그 여자는 오목렌즈만으로 실수 없이 나를 사로잡았다. 팔을 접어서 나의 물푸레나무를 끼우고 나면 그 여자의 터빈이 돌기도 전에 내 터빈이 먼저 돌아갔다. 노동력은 필수적이었다. 도

구가 팔이든 무엇이든 간에 나는 헌신적인 노동의 역동성을 언제나 간절히 원했다. 오목렌즈에 미끈미끈 땀이 차오르면 내 볼록렌즈도 땀이 차올랐고, 터빈은 격렬하게 돌아갔으며, 더, 더, 더, 라는 세 박자 외마디 비명 끝에 지하 묘지의 관뚜껑이 황홀하게 열렸다가 덮이는 것이었다.

아휴, 어쩜 이렇게 발가락이 이쁘세요.

혜인을 안내해 간 여자의 말소리가 들렸다.

내 몸무게를 받아 안으며 의자가 뒤로 떨어졌다. 저 여자, 사장님이 안마를 좀 해주세요. 나는 이발소 주인 남자의 귓구멍에 대고 낮게 속삭였다. 오늘 결혼할 여자예요. 나는 덧붙였다. 급하게 불려 나온 스포츠형 머리의 남자가 허리를 굽히는 듯하면서, 유리창이 갈라진 것처럼 혈점(血點)들이 찢어져 흘러 나간 눈으로 내 눈을 잠깐 들여다보았고, 나는 남자의 눈빛을 피해 눈뚜껑을 닫아버렸다. 내가 어떤 의도를 갖고 있다고 이발소 주인 남자가 느꼈는지 어쨌는지, 그것은 알 수 없었다.

맹세컨대, 아무런 의도도 나는 갖고 있지 않았다.

지하 묘지의 어두운 현실(玄室)엔 결코 해가 뜨지 않을 것이었다. 반대편 끝에 있을 혜인과 나 사이엔 촉수 낮은 부분조명의 경계를 따라 어둠이 들어차 있었다. 사실적 거리와 상관없이, 나는 그녀와 나 사이가 별과 별보다 멀다고 느꼈다. 공간적 거리는 물론 시간적 거리도 그러했다. 이를테면 그녀가 신라의 왕릉 속에 있을 때, 이집트 테베 서쪽 지역의 불타는 바위 언덕 깊은 지하 묘지에 6백 킬로그램의 황금 마스크를 쓰고, 나는 누워 있다고 생각했다. 열여덟의 어린 나이로 불멸을 향해 이승을 떠난 투탕카멘의. 오목렌즈 그 여자가 따뜻한 향유(香油)로 어린 내 발가락들을 정성껏 씻고 있었다. 내 부탁을 받은 직후 이발소 주인 남자의 눈빛에 한순간 스쳐 지나던 섬광이 떠올랐다. 그러자 갑자기 피로가 몰려왔고, 조금씩 내 전신이 어둠 속으로 침강된다고 느꼈다. 잠은 부드러운 어둠으로 뒤덮인 연도를 끝없이 흐르는 것과 같았다.

나는 비명 소리 때문에 홀연히 잠에서 깼다.

오목렌즈 그 여자가 내 허리를 타고 앉아 어깨 근육을 섬세히 풀어내고 있는 중이었다. 비명 소리가 다시 났고, 나는 그것이 혜인의 비명 소리라는 걸 알아차렸다. 그냥 날카롭다고만 말할 수 없는, 아주 깊고 절실한 울부짖음이었다. 스포츠형 머리의 남자가 회칼로 수박의 붉은 중심을 도려내듯이 혜인의 어떤 중심을, 가령 젖꼭지와 젖꽃판을 재빠르고 정확하게, 원뿔로 도려내고 있다고 나는 생각했다. 그 붉은 원뿔의 중심이 이내 젖은 채 한 몸뚱어리로 엉겨 붙었고, 파죽지세, 어떤 중심을 향해 타올랐다. 빈 것들이 타는 것인지, 차 있는 것들이 타는지는 물론 헤아릴 수 없었다. 살기를 애써 감추고 있는 스포츠형 머리를 한 남자의 단호한 턱선이 빚어내는 섬광 때문에 나는 한순간, 다시 눈을 질끈 감았다.

7

  햇빛이 거실 깊숙이 들어오고 있었다.
  창을 그러니까 대략 반으로 줄이라는 말씀이시네요, 라고 건축업자가 말했다. 건축업자라고 해봤자 온전하게 고급주택을 지어본 적도 없이 이 집 저 집 뜨내기로 집수리나 해주는 사람이었다. 체격이 장대하신 분이군요, 라고 내가 동문서답을 했고, 업자가 겸연쩍게 웃으면서, 뭘요, 싱겁게 키만 크지요, 라고 대꾸했다. 이 집을 설계했던 설계사 양반도 기골이 장대했었거든요. 나는 혼잣말하듯 말하고는 업자에 앞장서 내가 잠자는 침실로 들어갔다.
  침실조차 서편과 동편으로 창이 두 개였다.

어쩌다가 남겨진 어머니의 유화 몇 점이 서창을 반쯤 가리고 포개진 채 세워져 있었다. 뒤꼍 창고에 두었다가 습기가 차는 바람에 일부 볕 잘 드는 내 방으로 옮겨다 놓은 것이었다. 뱀을 주로 그리시네요, 라고 업자가 야릇한 미소를 띠고 말했다. 업자가 보고 있는 그림은 화사들을 떼로 그려 놓은 것인데, 어떤 꽃뱀은 목과 등에 깃털이 그려져 있었다. 비늘이 일어서서 깃털처럼 보이는지도 몰랐다. 붉고 푸르고 검은 원색의 깃털들이었다. 고대 멕시코의 구조물들 일부에 깃털 달린 뱀이 나온다는 어떤 평론가의 설명을 나는 상기했다. 깃털 달린 뱀은 고대 멕시코에서는 끝내 죽지만 언젠가 살아서 돌아올 군주의 상징이라 했다. 어머니의 그림들 중 일부는 확실히 악마주의적 판타지를 갖고 있었다. 어머니가 남긴 그림들이지요. 내가 대꾸했고, 업자가 이마를 찡그리며 고개를 갸웃했다. 이상한 어머니를 두었다고 말하고 싶은 눈치였다. 간밤의 짧은 꿈속에서, 어머니는 셔츠를 활짝 연 채 당신의 만월 같은 젖을 꺼내 누군가에게 먹이고 있었다.

젖을 먹는 남자의 얼굴은 보이지 않았다.

어릴 때, 어머니의 화실 밖에서, 문구멍으로 몰래 들여다보았던 순간의 기억에서도, 어머니의 젖을 먹는 남자의 얼굴은 지워져 있었다. 그러나 백 호는 됨 직한 아주 큰 화판 앞에서 상의를 벗어 던지고 신들린 듯 땀을 흘리며 화필을 역동적으로 움직여가던 어머니의 모습은 상기도 생생했다. 햇빛이 너른 화실 안쪽까지 깊이 들어와 있던 여름이었다. 화실 문을 열려다가 안의 고요가 수상해서 베란다를 낮은 포복으로 기어가 쭈그려 앉은 채 떨면서 보았던 삽화였다. 아마 중학교 1학년이나 2학년 때였을 것이다. 투명한 하오의 햇살을 정면으로 받고 있는 어머니 젖은 충만한 반구였지만 내 눈엔 조금도 모자람 없는 만월의 그것이었다. 어머니는 선 채로 미친 듯 화필을 놀리고 있었는데, 머리가 덥수룩한 어머니보다 젊은 한 남자가 허리를 굽힌 자세로 겨드랑이 사이에 머리를 밀어 넣어 어머니의 만월을 일구월심 빨고 있었다. 어머니는 그림에의 천재적 열정 때문에 땀을 흘렸고, 남자는 제 안의 빈 것을 허겁지겁 채우느라 땀을 흘렸다. 때때로 어머니는, 끝없이 젖꼭지를 쫓아 입에 무는 젊은 남자가 성가시다는 듯, 남자의 머리를 쿡 쥐어박기도 하고 화필로 툭툭툭 두드리기도 했는데, 남자는 그래도 땀을 뻘뻘 흘리면서 한사코 어머니의 겨드랑이 사이로 머리를 들이밀고 있었다. 그림과 젖꼭지로 각각 갈라졌지만 어머니나 남자나, 아주 격렬한 추구를 보여주고 있었다. 내가 한 번도 먹어보지 못한 어머니의 젖이었다. 에미는 젖꼭지가 없다, 라고 어머니가 말한 적이 있었다. 함몰유두라는 뜻인지, 나에게 젖을 물려본 적이 없는 것에 대한 상징적 주석이었는지는 모르겠으나, 죽음으로 가는 사고를 만나기 얼마 전, 밑도 끝도 없이 어머니는 내게 그 말을 했다. 내가 고등학교 3학년 때였다.

어머니는 대형 트럭과 정면으로 부딪쳐 즉사했다.

나는 내가 보았던 만월 같은 어머니의 젖이 하나의 판타지라고 생각했다. 화필을 들고 선 어머니의 겨드랑이 사이로 머리를 틀어박고 죽어라 만월 같은 어머니의 젖을 빨았던 남자가 혹시 스포츠형 머리를 한 그 이발소 주인 남자가 아니었을까.

알았습니다요. 서쪽 창은 완전히 막아드릴게요.

기골이 장대한 업자가 대답하고 있었다. 이제 침실과 나란히 붙은 방이 남은 셈이었다. 내가 평소엔 거의 쓰지 않는 그 방의 문을 열 때, 업자가 덧붙여 물었다. 그럼 혹 아버님께서도 화가셨나요? 나는 업자를 돌아다보며 서양 사람처럼 장난스럽게 어깨를 으쓱해 보였다. 사생아였는걸요, 라고 내가 심드렁하게 말했고, 업자는 내 말에 금방 심각하고 근엄한 표정이 되었다. 우리 어머니, 굉장한 천재 화가셨어요. 아름답고도 씩씩했으니까요. 어머니 한 분이었으나 어머니 아버지 합친 것보다 나았다구요. 뜻밖에 많은 말을, 그것도 단숨에 쏟아놓은 내 기세에 기골이 장대한 업자는 자못 당황한 눈치였다. 눈두덩이가 멍든 듯, 그늘과 함께 주저앉아 있는 걸로 보아 업자는 간밤에 무리한 정사를 견딘 것 같았다. 마지막 방은, 마을의 한쪽과 읍내로 흐르는 도로와 그 너머 전나무 숲을 일시에 끌어들일 수 있도록 설계된 시원한 서쪽 창을 갖고 있었다. 저 창도 완전히 막아주세요, 라고 나는 말했다. 완전히 말인가요. 기골이 장대한 업자가 반문했다. 네, 완전히요.

내가 냉큼 대답했다. 서양 사람들은 혼자 쉴 용도로 일부러 다크룸을 배치한다던 설계사의 말이 생각났다. 완전히 창을 막아버리고 나면 한낮에도 이 방은 수천 년 전의 지하 묘지처럼 고요하고 부드럽고 깊을 터였다. 저 보기엔 전망이 제일 좋은 창인데요, 라고 기골이 장대한 업자가 토를 달 때, 나는 재론의 여지를 남기지 않겠다는 듯 단호한 눈빛으로 업자의 눈을 바라보았다.

필요한 건 다크룸이에요.

나는 어둠 속에서 때때로 아주아주 깊이 쉴 예정이오. 읍내로 나가는 아스팔트 위에 햇빛이 작살처럼 내리꽂히고 있었다. 나는 잠깐 어머니가 그린 깃털 달린 꽃뱀들을 떠올렸다. 죽더라도 언젠가 반드시 살아서 되돌아올 나의 군주를 상상하는 건 눈물겨웠다. 깨어나라, 벌써 하늘이 장밋빛이다, 라고 어머니는 아침마다 늦잠꾸러기 내게 말했다. 기골이 사뭇 장대한 업자가 서쪽 창을 내다보며 습관처럼 이마를 찌푸렸다. 집수리 업자로서 남자의 장대한 기골은 불필요한 여분에 불과했다. 아령체조로 잔뜩 부풀어 오른 내 상완의 볼록렌즈처럼. 나는 갑자기 화가 났고, 화가 난 것을 기골이 장대한 업자에게 들키지 않으려고 짐짓 찢어져라 하품을 했다.

  여분의,

  구역질 나는 하품이었다.

항아리야
　항아리야

1

 늙은 여류작가―오늘날의 여성 작가들은 여류라는 말에 짜증을 좀 내겠지만―는 용암사까지 이어진 굴암산 에움길을 천천히 걸어 내려왔다. 나는 들고 있던 군용 쌍안경의 초점거리를 재빨리 맞추었다. 쌍안경도 있네요. 봄에, 집 안에 들어와서도 한참이나 앉지 않고 거실을 둘러보던 늙은 여류작가가 맨 처음 내뱉은 말이었다. 내 집 뒤란에서부터 벋쳐 올라간 북쪽 능선과 단무지 공장 뒤란에서부터 벋쳐 올라간 남쪽 능선이 미묘한 삼각 구도로 교접하는 지점이 먼저 파인더 안에 잡혀들었다. 내 집 뜰에서 볼 때 굴암산의 음부쯤 되는 곳이었다.

 늙은 여류작가는 이미 그 지점을 통과하고 있었다.

해는 완전히 저서 굴암산 서녘 하늘의 놀 속엔 어느덧 저녁 어스름이 까뭇까뭇 끼어들고 있는 중이었다. 놀빛의 마지막 잔영이 늙은 여류작가의 양어깨와 머리에 후광으로 얹혀 있었다. 육이오 때 저런 쌍안경을 메고 있는 미군들을 자주 봤어요. 만약 그날, 봄에, 그 말만 하지 않았다면 나는 지금껏 여류작가의 나이를 겨우 마흔 살이나 갓 넘긴 것으로 생각하고 있을 터였다. 늙은 여류작가는 얼굴빛이 수은처럼 희고 입술과 광대뼈는 툭 튀어나왔으며 병적으로 마른 데다가 도수 높은 뿔테 안경을 썼다. 선병질적인 아주 못생긴 얼굴이긴 했지만 이상하게도 주름살은 거의 없어 처음부터 나이는 요령부득이었다. 조금 떨어진 곳에서 보면 회칠한 가면 같은 얼굴. 쌍안경의 초점거리를 완벽하게 맞추었을 때, 늙은 여류작가는 마을에서 공동으로 사용하는 대형 물탱크 옆을 지나오고 있었다. 이를테면 굴암산의 클리토리스를 여류작가가 천천히 걷지도 않는 것처럼, 밟고 지나치는 중이라고 나는 느꼈다. 암회색 바바리에 맞춰 암회색 모자를 쓴 차림이었으나 바바리코트와 모자는 색깔만 같을 뿐 전혀 어울리지 않아 보였다. 옆은 깃털로 장식하고 앞챙은 짧은 그 모자는 빅토리아 왕조의 백작부인이 말 탈 때나 썼음 직한 영국산인데, 봄에 내가 여류작가에게 준 것이었다. 아주 우아하게 생긴 것이 여성용인가 봐요……라고, 거실 벽에 걸린 모자를 쓰다듬으면서 늙은 여류작가는 말했고, 좋아 보이면 가지세요…… 나는 익살스런 말투로 툭 내뱉었다. 오래전 혜인과 영국 여행을 할 때 에든버러에서 혜인에게 선물했던 모자였다. 예전 애인에게 선물했던 것인데요, 청첩장을 갖고 와선 그 모자를 놓고 갔지 뭐예요……라고 나는 아무렇지도 않게 덧붙였다. 여류작가가 그 모자를 쓴 걸 보기는 오늘이 처음이었다.

혹시 내가 보고 있는 것을 알고 있을까.

나는 전광석화, 잠깐 생각했다.

놀이 암갈색으로 바뀌는 이런 시각에 여류작가가 걸어 내려오고 있는 곳에서 창 안쪽의 내 모습이 보일 리는 만무했다. 늙은 여류작가는 에움길을 다 돌아 내려와 머리가 잘린 듯 평면 슬래브로 마감한 고시원 옆으로 다가들고 있었다. 말이 고시원이지 고시생은 없고 근처의 골프장 캐디들 몇이 들어 있다는 그 건물 아래쪽엔 키 큰 소나무로 싸인 목조주택 한 채가 풍경과 어울리지 않게 시근벌떡 솟아 있었다. 혼자 사는 변호사가 지난여름에야 입주한 주택인데 마흔도 채 안 된 변호사는 비대한 데다가 머리가 훌렁 벗겨져 쉰 살은 돼 보였다. 늙은 여류작가가 변호사의 나이라고 하고, 변호사가 늙은 여류작가의 나이라면, 오히려 딱 맞을 것이었다. 10년 전에 썼다는 늙은 여류작가의 마지막 소설책 속에도 나이는 나와 있지 않았다. 하지만 6·25 때 본 미군에의 기억을 아직껏 갖고 있다면 늙은 여류작가는 최소한 50대 중반은 됐을 터였다.

 목조주택 앞에서 늙은 여류작가는 잠깐 멈춰 섰다.

 새 몇 마리가 목조주택을 에워싼 키 큰 소나무에서 훌쩍 솟구쳐 오르더니 곧 단무지 공장 지붕 너머의 골프장 아웃코스 나인 홀 페어웨이 쪽으로 날아갔다. 삐이요 삐이요, 하고 울며 파도타기로 날아가는 게 직박구리가 틀림없었다. 내 집 거실에서 정남향에 자리 잡은 나인 홀 페어웨이엔 벌써 땅거미가 잔뜩 내려앉아 있었다.

 늙은 여류작가는 난데없이, 선 채로 모자를 벗었다.

 직박구리 때문에 잠시 흔들렸던 쌍안경 파인더에 늙은 여류작가가 다시 담겼을 때, 나는 반사적으로 한 발 뒷걸음질쳐 물러났다. 모자를 벗은 늙은 여류작가가 나를 향해 고개를 휙 돌렸기 때문이었다. 파인더를 통해서지만, 한순간 늙은 여류작가와 내 시선이 딱 맞닥뜨린 느낌이 들었다. 물론 늙은 여류작가와 나 사이에는 200여 미터가 훨씬 넘는 거리가 있었고, 놀빛이 거의 다 스러져 어둠이 속수무책 먹물로 번져 나가는 중이었고, 여류작가는 길에, 나는 불 켜지 않은 내 집 창 안쪽 거실에 있었다. 착색유리여서 낮에도 밖에서 창 안쪽이 보이지 않으니 늙은 여류작가의 눈에 내가 보인다는 건 말도 되지 않는 소리였다.

 늙은 여류작가는 나를 보았다……. 그래도 나는 그렇게 느꼈다.

 무엇보다도 여류작가가, 늙은 여류작가……이기 때문에 그랬다. 작가는 어떤 사람인지 늘 궁금했어요……라고, 봄에, 내가 말했을 때, 우물 밑을 볼 수 있는 사람이지요…… 여류작가는 대답했다. 내 인식 체계 속으로 파죽지세, 늙은……이라는 말이 날아 들어온 건 그 순간이었다. 굵은 뿔테 안경이 번쩍하고 날아 들어오는 것 같았다. 생물학적 나이와 상관없이, 굵은 뿔테 안경만으로도 여류작가는 충분히, 늙은 여류작가……가 될 수 있었다. 할아버지의 뿔테 안경을 고향 집 우물에 빠뜨린 단편적인 기억이 수포가 솟아오르듯 솟아오른 것도 그때였다. 이를테면 채 서른 살도 되지 않아 어떤 날 핫팬츠에 구찌나 에스까다 선글라스를 끼고 홍대 앞 카페 골목을 활보하는 여류작가가 있다고 하더라도 모든 여류작가는, 암튼, 늙은 여류작가……라고 나는 거의 확신했다. 내가 굳이 여성 작가들이 언짢아할지 모르는 여류작가라는 말을 사용하는 것도 그 때문이었다. 여류라는 말은 지금보다 더 남성 중심의 사회였던 흘러간 연대의 불건강한 말이지만 늙은……이라는 수식 뒤엔 어쨌든 흐를 류(流), 여류가 붙어야 한다고 나는 생각한 것이었다. 깊은 우물 밑을 바라보는 뿔테 안경 너머, 수많은 늙은 여류작가의 눈들 때문에 그날 이후 나는 가끔 가위에 눌리곤 했다.

늙은 여류작가는 다시 그 자리를 떠났다.

어스름이 여류작가의 하반신에 잔뜩 엉겨 붙어 있어 늙은 여류작가는 상반신만 둥 떠서 흐르는 것처럼 보였다. 평소보다 빠른 직진이었다. 길은 개천 따라 흘러 내려왔다. 늙은 여류작가는 개천을 따라 흐르는 길가에 줄지어 서 있는 조팝나무 사이로 유연한 장애물경기 선수처럼 흐르고 있었다. 직선거리 200여 미터도 되지 않는 가을걷이 끝난 골답을 사이에 두고, 현대적 기하학 도형 같은 모던한 두 채의 쌍둥이 양옥이 내 집과 마주하고 있었다. 아니 마주 보고 있는 게 아니라, 피차 남향집이므로, 내 집은 쌍둥이 양옥을 보고 있으나 쌍둥이 양옥의 뒤통수를 보고 있는 셈이었다. 한쪽 집은 영문학 교수 부부가 별장으로 사용했고 다른 쪽 집은 바로 늙은 여류작가가 혼자 살았다. 단무지 공장은 여류작가의 양옥보다 더 남쪽에 있었고, 마을은 늙은 여류작가의 집에서 백여 미터 떨어진 곳에 있었다. 서쪽 편을 턱 가로막고 서 있는 굴암산 능선이 용암사 등 뒤에서 남북으로 갈려 나가 삼태기 같은 아늑한 품을 만들어놓았는데, 나의 집만이 북편 능선자락에 자리 잡고 있어, 거실에 앉아 있어도 삼태기 품 안의 모든 집들이 막힘없이 한눈에 들어왔다. 더구나 영문학 여교수와 늙은 여류작가의 집은 골답 너머 정남쪽, 바로 코앞인 셈이었다. 나는 쌍안경을 내려놓고 창 곁 의자에 앉아서 늙은 여류작가가 영문학 여교수 집 앞을 지나 개천 위에 걸린 작은 다리를 돌아들어 자신의 집 현관문을 따고 들어서는 걸, 보는 듯 세세히 상상했다. 폭 좁은 개천 위의 다리로 들어설 때 늙은 여류작가는 바바리코트 주머니에서 현관 열쇠를 꺼내 들 터였다. 대형 항아리를 좌우에 거느린 현관문은 날렵한 쇠문. 집을 짓기 전부터 그 자리에 있었던 키 큰 소나무와 산벚나무 그늘과 수집해서 줄지어 세워놓은 항아리들 사이를 지나 늙은 여류작가는, 쇠문의 열쇠구멍에 열쇠를 집어넣을 것이었다.

  우물 밑을 볼 수 있는 사람이지요.

  나는 여류작가의 목소리를 뚜렷이 들었다.

깊고 어두운 우물 밑을 보고 사니 열쇠구멍을 못 찾아 더듬는 일은 별로 없을 게 확실했다. 하나, 둘…… 나는 소리 내어 숫자를 헤아리기 시작했다. 아래층은 부엌과 거실로 꾸며져 있으나 식사 때 이외엔 거의 사용하지 않으므로 늙은 여류작가는 곧장 이층으로 올라가 바바리코트를 벗을 것이라는 사실을 나는 알고 있었다. 열을 세는 것과 동시에 이층의 불이 켜지면 내가 좋아하는 장어구이를 먹으러 읍내로 나갈 작정이었다. 내가 정면으로 보고 있는 곳은 늙은 여류작가의 집에선 북쪽이기 때문에 창이 유난히 높고 작았다. 커튼을 닫지 않으면 늙은 여류작가가 켤, 이층 서재의 불빛은 단번에 내 눈까지 뛰어들어올 게 확실했다. 일곱, 여덟, 아홉, 열……에서 과연 이층 창의 안광 같은 불빛이 내 눈을 찔렀다. 나는 만족하여 앉은자리에서 벌떡 일어났다. 날로 요술집 같은 새 여관들이 들어서고 있는 읍내 천변 여관촌 어귀에 내가 단골로 드나드는 장어구이집이 있었다. 나는 고소한 장어의 육질을 혀끝으로 느끼곤 꼴깍 생침을 삼켰다.

2

 반 고흐는 썼다. 진정한 화가는 캔버스를 두려워하지 않는다……라고. 그리고 미치광이 반 고흐는 또한 덧붙였다. 오히려 캔버스가 그를 두려워한다……라고.
 반 고흐의 그 말을 해준 것은 늙은 여류작가였다.
 늙은 여류작가는 반 고흐에 대해 명색이 화가라고 불리는 나보다 훨씬 더 상세히 알고 있었다. 가을이 깊어질 무렵, 장어구이를 목구멍까지 찰 만큼 먹고, 끈적한 포만감 때문에 갑자기, 목매기 좋은 부드러운 명주천 살 데는 없을까, 하고 용인 천변의 오일장을 어슬렁거리다가 늙은 여류작가와 딱 맞닥뜨린 날이었다. 여류작가가 앞서 들어간 지하 카페의 한쪽 벽면에 고흐의 해바라기 그림 복사화 한 점이 먼지를 뒤집어쓴 채 걸려 있었다.
 나는 고흐가 그린 해바라기를 다 좋아해요.
 늙은 여류작가는 말했다.
 둥글잖아요……라고, 여류작가는 또 이내 덧붙였다. 꽃병에 꽂힌 열네 송이 해바라기 중 어떤 해바라기는 꽃잎이 달려 있고 어떤 해바라기는 꽃잎이 떨어져 씨만 촘촘히 박혀 있었다. 반 고흐가 해바라기를 주로 그린 것은 아를에서 고갱을 기다리고 있을 때였다. 고갱을 위하여 '오직 커다란 해바라기로만' 작업실을 장식하고 싶다고, 반 고흐가 그의 동생 테오에게 보낸 편지에 썼던 걸 나는 기억해냈다.

둥글잖아요…….

늙은 여류작가의 그 말이 내 안에서 둥, 울렸다.

이쪽 편의 동의를 구하겠다는 것인지, 스스로 자기에게 묻는 것인지 애매했지만, 둥글잖아요…… 둥글잖아요…… 둥글잖아요……라고, 둥글잖아요……라는 말이 그 후로도 계속 나의 텅 빈 중심, 텅 빈 어떤 대롱 속에, 계속 꼬리를 물고 울려 나가는 걸 나는 느꼈다.

그녀에게 남다른 관심이 생긴 건 그때부터였다.

늙은 여류작가와 단둘이 차를 마신 것도 생각하면 그날이 처음이었다. 더러 영문학 교수 부부와 섞여 내 집이나 그 집 뜰에서 차를 마신 일은 있었다. 또 늙은 여류작가가 이사 들어오고 얼마 지나지 않아, 깊은 밤, 한번은 해열진통제를 그 집에 가져다준 적도 있기는 있었다. 저, 저기요……라고, 숨 넘어가는 듯한 목소리로, 머, 머리가 깨질 것 같아서요, 혹시, 혹시, 게보린이나 펜잘 같은 게 있나 해서요……라고, 늙은 여류작가가 전화기 저 너머에서 말했을 때, 거실 벽시계는 1시 40분을 가리키고 있었다. 일반적 규범으로 보면, 단지 머리가 아파서 혼자 사는 여자가 혼자 사는 남자에게 한밤중에 전화를 걸어 해열진통제를 찾는다는 것은, 이해하기 쉽지 않을 터였다. 그러나 내가 비록 속이 텅 빈, 그림을 완성해본 것이 벌써 몇 해 전인 화가 아닌 화가일지라도, 늙은 여류작가가 언젠가 쇼펜하우어의 말을 인용한바, 인생의 본문을 다 써버린 마흔한 살이나 되었으니, 삶의 모든 시간이 규범대로 운영되는 것은 아니라는 점, 충분히 알고 있었다. 게다가 여류작가는 마지막 책을 출간한 이후, 아직껏 완성되지 않은 '필생의 야심작'을 쓰고 있었다. 쓰고 있다……라고 여류작가는 현재형으로 말했다.

개구리들이 악쓰고 울어대는 봄밤이었다.

맨 처음 이 골짜기로 들어왔을 때, 너무도 적막해서였을까, 한동안 나 또한 두통에 시달렸던 일을 나는 상기했다. 늙은 여류작가에게 필요한 것은 어쩌면 게보린이 아닐지도 몰랐다. 그러나 나의 천박한 상상을 깨고, 늙은 여류작가는, 언제나 그랬듯이, 셔츠의 단추를 맨 위까지 단단히 잠근 차림으로, 이편이 행여 무슨 짓이라도 할까 경계하는 빛이 역력한 포즈로, 겨우 한 뼘쯤만 현관문을 열고 말없이 게보린을 받았다. 열도 있으신가요……라고, 내가 어색하게 말을 건넸을 때, 여류작가는 이미 현관문을 닫고 있었다. 딸그락

하고 현관 자물쇠와 안전 보조키가 차례로 잠기는 소리가 사뭇 사납게 들렸다. 나는 고흐의 복사화, 해바라기를 바라보면서 잠시 그날 밤의 일을 떠올렸다. 그날 밤의 일에 대해 감사의 인사는커녕 마치 아무 기억도 안 난다는 듯 여태껏 단 한 마디도 해오지 않는 여류작가를 이해하긴 쉽지 않았다. 어느 편이냐 하면 늙은 여류작가는 항상 셔츠의 단추를 끝까지 잠갔고, 허드렛말은 절대 하지 않았으며, 차를 마실 때에도 소리 내는 법이 없었다. 단단하고 반듯하니 예의범절에서도 결벽증이 느껴질 정도였다. 혹시 신열에 들떠 그날 밤의 일은 모두 잊어버린 것이 아닐까…… 하고 나는 생각했다. 고흐의 복사화를 바라보는 늙은 여류작가의 표정에 그때, 다시 충만감이 떠올랐다. 둥글기로 치면 꽃잎이 달린 해바라기보다 꽃잎이 다 떨어지고 씨앗만 잔뜩 품고 있는 해바라기가 훨씬 더 둥글었다. 그것은 단순히 둥글다기보다 내면으로부터 아주 강력하게, 둥근 것들이 마구 밀려오는 것 같았다.

  수많은…… 아이를 배고 있어요. 저 해바라기.

  여류작가의 얼굴이 홀연히 둥글어졌다.

  나는 막 가져온 커피를 마시다 말고 늙은 여류작가의 둥근 시선을 따라 고흐의 복사화를 또다시 노려보았다. 노란

배경과 노란 꽃병 때문에 열네 송이 해바라기는 보면 볼수록 팽창을 거듭하고 있었다. 수많은 태아들이 촘촘히 박힌 정면의 어떤 해바라기에선 내부 팽창에 따른 놀라운 빅뱅이 지금이라도 당장 일어날 것만 같았다. 한번 폭발하면, 신생아들은 빛의 속도로 천지사방 날아갈 것이었다. 수백 수천의 해바라기 둥근 신생아들이 전 우주를 향해, 둥글게 둥글게, 날아가는 상상이 내 몸의 중심으로 사정없이 틈입해왔다. 내가 이제껏 좋아했던 반 고흐의 그림은 야릇하게도, 일찍이 스케치한 적은 있었지만, 죽기 두세 달 전에 비로소 완성했다고 알려진 유화 〈울고 있는 노인〉이었다. 수의 같은 푸르스름한 작업복을 입은 머리 빠진 대머리 노인이 허름한 나무 의자에 앉아 두 주먹으로 얼굴을 가린 채 울고 있는 그림으로서, 그 〈울고 있는 노인〉은, 중심이 여전히 텅 비어 있을 말년의 나를 가감 없이 보여주고 있다고 나는 느꼈다. 시간이 만들어낸 비극적인 그림이었다. 그러나 놀라운 빅뱅을 향해 둥글게 부풀어 오르고 있는 고흐의 해바라기 앞에서, 나는 한순간 '대머리 노인'에겐 아이를 밸 애기보가 평생 없었다는 사실을 깨달았다. 시간의 천적이 바로 애기보라는 것을, 늙은 여류작가가 천연스런 표정으로 내게 일러준 셈이었다.

나는 해바라기를 보고, 늙은 여류작가를 보았다.

늙은 여류작가의 얼굴에선 어느덧 좀 전에 떠올랐던, 둥근 충만감이 사라지고 없었다. 목까지 단추를 단단히 여며 채운 하얀 셔츠 위에 검은 정장을 갖춰 입은 늙은 여류작가는 이미 고흐의 해바라기로부터 빠져나와 제자리로 돌아간 것이었다. 함부로 셔츠의 단추를 열고 사는 헐렁한 나의 스타일과는 너무도 다른 곳에 늙은 여류작가는 앉아 있었다.

편하게, 헐렁하게 옷 입은 건, 한 번도 못 봤어요.

내 입에서 생각하지 않은 말이 더듬거리며 나왔다. 과연 여류작가는 단번에 천박한 그 무엇을 본 듯 눈살을 찌푸렸다. 무슨 뜻이냐고 묻는 것처럼, 여류작가가 도수 높은 뿔테안경 너머로 나를 바라보고 있었다. 아, 아니에요. 명주천을 살까 했거든요. 명주천으로 목을 매달면…… 혹시…… 부드러워서, 혹시 덜 아프지 않을까요……라고, 나는 이내 당황하여 딴소리를 했다. 장어구이를 목구멍에 찰 때까지 먹으면서, 끈적한 포만감이 오면 죽고 싶어진다는 걸 나는 미리 알고 있었다. 살해 욕구는 밑도 끝도 없이 찾아오고 밑도 끝도 없이 사라지니 물론 아무런 실천적 힘도 없었다. 용인 읍내에서 질 좋은 명주천을 구하는 일도 불가능할 터였다. 늙은 여류작가는 내가 썰렁한 농담을 한다고 생각했는지, 한

심하다는 듯 상반신을 살짝 펴며 낮게 한숨을 쉬었다.
 바로 그때, 나는 보았다.
 병적으로 말랐으니 특별히 포만한 둥근 것들을 늙은 여류작가가 갖고 있으리라곤 전혀 상상하지 못했던가 보았다. 내 가슴에서 둥 하고 북소리가 났다. 숨이, 늙은 여류작가의 숨구멍을 흘러내려가 앙가슴을 고요히 울리고 강하할 때, 늙은 여류작가의 젖가슴이 고흐의 해바라기처럼 둥글다는 걸 선연히 느꼈기 때문이었다.
 해바라기 씨앗이 촘촘히 박혀 있었다.
 깡마른 몸집과 달리, 뜻밖에 늙은 여류작가의 젖가슴에 해바라기 씨앗이 수없이 박혀 있다는 걸 나는 순간적으로 알아차렸다. 전 우주를 향해 둥글게 둥글게, 수많은 신생아의 씨앗들을 날릴, 빅뱅의 순간을 왕릉처럼 큰 여류작가의 젖가슴은 기다리고 있다고 나는 느꼈다.
 웅크려 있던 내 그것이 갑자기 포신처럼 일어났다.
 천변 여관에서 불러주는 젊은 처녀들이 정성껏 빨아줄 때조차 한사코 누워 있던 놈이었다. 내가 쌍안경을 끄집어내 잘 닦은 것은 그날 밤이었다. 나는 작가가 아니므로, 늙은 여류작가와 달리, 깊고 어두운 우물 밑을 볼 수 없었다. 나의 그림들은 오래전부터 중심이 텅 비어 있었고, 가을은 날로 깊어 산지사방 열매들이 익어 떨어졌다. 나는 밤마다 늙은 여류작가가 밥 먹고 똥 싸고 잠자는, 손바닥만 한 이층 서재 창을 쌍안경으로 바라보았다. 창은 너무 높고 작아서 아무것도 보이지 않았다. 그렇지만 불이 켜져 있을 때, 그 작은 창은 내가 우주로 들어가는 문 같았고, 그 문을 통과해 실제로 먼 별들로 둥글게 둥글게, 날아가는 짜릿한 경험을 하기도 했다. 나의 성기 끝에서 날아간 씨앗들은 그 환한 창문을 통과해 정말 둥글게 퍼졌으며, 둥글잖아요…… 둥글잖아요……라고, 우주로 날아간 씨앗들이 꼬리에 꼬리를 물고 소리치는 것도 나는 들었다.

깜찍한 내 신생아들이 내는 소리였다.

3

결혼한 혜인은 다시 내게 오지 않았다.

돈 많은 남자와의 결혼식은 하객이 천 명 이상 될 만큼 규모가 컸고 화려했다. 요즘은 결혼식에 하객으로 참석하는 알바도 없대……라고 언젠가 혜인은 말한 일이 있었다. 이미 저명한 디자이너의 반열에 오른 혜인에게도 하객들은 적지 않았겠지만 사고무친한 그녀로선 어쩌면 친척이나 친구들을 아르바이트생으로 동원해야 했을지도 몰랐다. 웨딩드레스는 파리에서 패션디자인 스쿨을 다닐 때 그녀가 직접 디자인하고 만든 것이었다. 그녀와 함께 보냈던 십몇 년의 시간에 박힌 낡은 사진들이 두서없이 떠올랐다가 꺼지곤 했다. 상처투성이 어린 시절에 대한 복수심 때무에 유달리 야망이 강했던 그녀가 유일하게 실수한 것이 있다면, 애를 낳고 싶어……라는 한마디 말이었다.

나는 물론 스무 살이 되기 전부터 사랑을 믿지 않았다.

결혼이라니, 그것은 물론 사랑보다 끔찍했다. 어떻게 사랑과 결혼을 가리켜 끔찍하다고 표현할 수 있나요……라고, 늙은 여류작가는 봄에, 내 집 거실에서, 연민이 가득 찬 눈으로 나를 바라보며 낮게 소리쳤다. 에든버러에서 혜인에게 선물했던 영국산 모자가 늙은 여류작가의 품에 안겨 있었다. 늙은 여류작가가 쉰 살을 훨씬 넘길 때까지 결혼하지 않은 이유를 나는 알 수 없었다. 혜인의 결혼식은 과연 끔찍했다. 하객들은 결혼식이 시작되기 전부터 엄청난 식욕으로 뷔페 음식들을 먹어치우기 시작했고, 화장실과 축의금 접수대 앞엔 금 장신구를 주렁주렁 단 중년 여자들이 줄지어 섰으며, 무엇보다도 유리구슬로 아름답게 치장된 웨딩드레스의 앞가슴이 당당한 원형으로 과도하게 솟아 있었다. 그사이 실리콘 주머니라도 넣은 것일까. 혜인은 원래 젖가슴의 볼륨이 거의 없었다. 나는 행여 혜인의 시선에 뜨일세라 맨 뒤에 숨듯이 서서 유리구슬들을 앞쪽으로 밀어내고 있는 그녀의 가짜 젖가슴을 보고 있었다. 우물 밑을 볼 수 있는 늙은 여류작가가 그곳에 있었다면 혜인의 웨딩드레스 앞을 둥글게 밀어내고 있는 중심이 가짜라는 걸 알아보았을 터이지만, 멍청한 하객들은 아무도 그 빈 중심을 알지 못하고 있었다.

고통은 광기보다 강한 법이다…….

반 고흐는 말했다. 뉴욕 메트로폴리탄에 전시돼 있는 고흐의 〈쓰러진 해바라기〉는 바람에 날리는 유선형 잎들에 둘러싸여 둥글다기보다 중심이 쭈그러져 파인 것처럼 보였다. 나의 문제는 고통도 광기도 모른다는 사실에 있었고, 혜인의 문제는 가난을 고통으로, 야망을 천재적 광기로 혼동한다는 사실에 있었다. 다만 형태를 가졌을 뿐 아무런 둥근 것도 품지 못한 불모, 혹은 불임(不姙)……에서 결혼한 혜인과 결혼하지 않은 내가 다를 건 없었다. 그러나 늙은 여류작가는, 고통은 광기보다 강한 법이다……라는 반 고흐의 말을 이해하고 있다고 나는 생각했다. 사람에 대해 유난히 의심이 많은 나로선 드문 일이었다. 매일 늙은 여류작가는 굴암산 용암사를 터닝 포인트로 삼아 정해진 시간에 산책을 했고 나는 쌍안경을 통해 여류작가를 보았다. 재수가 좋은 날은 뜰 한 켠에 나와 앉은 여류작가를 볼 수도 있었다. 한번은 뜰에 앉아 있던 여류작가가 안경을 벗어 든 채 방심한 포즈로 하품하는 것을 목격하기도 했는데, 그렇게 방심한 순간은 본 적이 없었으므로, 온종일 마음이 들떠 지냈다.

나는 아침마다 하던 아령체조를 한밤에도 했다.

이뻐, 팔뚝이……라고 혜인은 노상 말하곤 했다. 오래 전에도 혜인은 새벽마다 수영을 했고, 나는 아침마다 아령체조를 하고 역기를 300번씩 들었다. 내 팔뚝과 대퇴부의 단단한 근육질은 내가 보기에도 아름다웠다. 이뻐, 팔뚝이……라고 말하면서, 혜인은 몇 시간이고 나의 이쁜 팔뚝과 팔뚝 같은 전신을 빨아 먹었다. 하지만 내가 최종적으로 보고 싶은 것은 늙은 여류작가가 내밀하게 품고 있을 그 어떤, 둥근 것이었다. 둥글게 둥글게, 수만 광년의 우주까지, 둥글게 둥글게, 날아가고 말 씨앗들을 품고 있는.

4

그림을 그리기 시작한 것은 여름 끝물이었다.

나는 집광력이 육안의 265배나 되는 굴절식 망원경을 갖고 있었다. 별이 나의 관심을 끈 것은 물론 심심하기 때문이었다. 밥 먹고 똥 쌀 때, 그림을 그릴 때, 혜인의 차진 고약 같은 젖꼭지, 혹은 용인 읍내 여관촌에서 불러준 젖통 큰 여자들에게 잠자는 내 그것을 물릴 때, 장어구이를 꾸역꾸역 목구멍 속으로 밀어넣을 때, 심지어 잠의 터널 속에 빠져 있을 때조차 나는 심심했다. 굴암산 아래 나의 외딴집엔, 혜인이 결혼한 이후로는 아무도 찾아오지 않았다. 내버려둔 뜰에선 잡초와 덩굴식물들이 내 키를 넘게 자라 있었고, 추녀 밑엔 거미들이 진을 쳤으며, 현관으로 올라가는 나무 계단은 함부로 썩어 주저앉았다. 만약 여름이 좀더 길다면 풀이 추녀보다 높이 자라 내 집은 잡초 우거진 거대한 봉분처럼 될 것이었다.

어떤 날 나는 망원경을 600여만 원이나 주고 샀다.

접안렌즈만 해도 31.7밀리미터 되는 망원경이었다. 한동안 나는 별에 빠져 지냈고 성도(星圖)를 참고해 88개의 별자리를 밤마다 찾아 헤맸다. 거문고좌는 헤라클레스와 고니 사이 하늘 한가운데 있었고 카시오페이아·큰곰좌는 북쪽에, 전갈·켄타우루스·바다염소·물병좌·활잡이·안타레스·이리는 남쪽 하늘에 있었다. 오르페우스의 정한이 깃든 거문고자리의 으뜸별 직녀성을 망원경으로 볼 때, 나는 그 백색 광채가 너무 눈부셔 여러 번 눈가를 손수건으로 닦았다.

왜 눈물이 나는지 모를 일이었다.

망원경으로 보는 별들은 다채로운 스펙트럼을 보여주었고 희고 푸르고 노랗고 또 붉었다. 붉은색보다는 노란색, 노란색보다는 청백색의 별이 더 온도가 높다는 걸 나는 알고 있었다. 이를테면 고흐의 노란 해바라기가 신생의 빅뱅을 일으켜 우주로 날아가 박힌다면 대략 6천 도의 빛깔을 보여줄 터였다. 청백색 직녀성은 그러므로 26광년의 거리에서 섭씨 1만 도가 넘는 온도로 불타고 있는 셈이었다. 차가운 청백색 광채와 섭씨 1만 도의 경계에서, 다만 팔뚝이 이쁠…… 뿐인 내가 빛의 속도로 26광년을 날아온 직녀성의 광채에 속절없이 젖고 있었다. 나는 울었다. 직녀성의 청백색 광채가 여섯 자도 되지 않는 내 몸을 품어준다고 느꼈던 것일까. 마침내, 나는 거실로 후닥닥 들어와 벌써 오래전부터 내 손길을 기다리고 있는 캔버스 속으로 뛰어들었다. 때마침 내가 속한 그룹에서 그룹전 출품작을 내도록 재촉을 받고 있었다. 나는 먼저 캔버스의 변방에 여러 각을 가진 도형들을 그리기 시작했는데, 그 도형들은, 내 상상 속에선 별이었다. 나는 삼각형의 도형들과 사각형, 오각형, 육각형의 도형들을 그렸다. 캔버스의 중심에 자리 잡게 될 하늘의 아크라이트 알파별은 점안하듯, 맨 나중에 그릴 작정이었다.

그렇게 여름이 지나가고 있었다.

본래부터 중심에 대한 아무런 신념도 없었으므로 무엇이든 지속적으로 흥미를 느끼는 일이 거의 없었다. 시간이 흐름에 따라 은하수는 날이 갈수록 기울었고, 캔버스의 중심은 계속 비어 있었다. 어쩌다 폭발 직전의 초신성을 보거나 혜성을 발견할 때도 있었으나 그 광채들은 재빨리 나의 내부를 통과해 지나가버렸으며, 그래서 캔버스 앞에 앉으면 처음 망원경으로 보았던 알파, 직녀성을 형상화해낼 수가 없었다. 직녀성의 청백색 광채가 준 감동은 너무도 찰나적인 것이었다.

나는 깊은 밤 가끔 여류작가의 뜰에까지 찾아갔다.

가을이 아주 깊어진 어느 날 밤엔 늙은 여류작가의 이층 침실 외벽에 등을 기대고 앉아 있다가 잠든 적도 있었다. 고흐의 고통과 광기를 이해할 수 있는 어떤, 둥근 것을 품고 있는 늙은 여류작가라면, 알파별의 흰 광채가 품은 선과 색과 공간도 알고 있으리라, 나는 믿었다. 할 수만 있다면 늙은 여류작가 목에 밧줄을 걸어서라도 내 망원경 앞으로 끌어오고 싶었다. 망원경으로 황홀하게 퍼져 나가는 성단의 스펙트럼을 보면서, 둥글잖아요, 둥글잖아요……라고 말해주기를 나는 너무도 간절히 바랐다.

여류작가는 그러나 아무 소리도 내지 않았다.

뜰엔 소나무와 벚나무가 있었다. 나는 소나무를 타고 올라가 여류작가의 너른 서재 창과 침실 창을 보았으나 커튼이 내 시선을 차단했다. 굴암산을 관상할 요량으로 만든 서창과 내 집을 향해 난 손바닥만 한 북쪽 창은 들여다볼 방법도 없었다. 여류작가는 아직도, 여전히, 완성되지 않은 필생의 야심작……을 쓰고 있을 터였다. 10년 전부터 쓰고 있고, 쓰고 있는, 쓰고 있을 뿐인. 직접 볼 수 없다면 하다못해, 쓰고 있는…… 소리라도 듣고 싶어 침실 외벽에 귀를 대보기도 했다. 먼 우주로부터 대성단이 지나는 것 같은 소리가 어쩌다 들렸지만 늙은 여류작가가 내는 소리는 아니었다. 한번은 서창 밑에 엎어져 있는 커다란 항아리 위에 올라서려는데 옆집의 영문학 교수 부부가 뜰로 나오는 바람에 들킬 뻔한 적도 있었다. 나는 얼결에 황급히 항아리 곁에 앉았고, 그 순간, 항아리가 내 곁에 있다는 걸 깨달았다.

항아리……라고, 나는 입속으로 발음해보았다.

별빛들은 항아리의 포만된 외피에서 미끄럼을 타고 흘러내렸다. 둥글잖아요…… 둥글잖아요……라고, 늙은 여류작가가 말하는 소리가 들리는 것 같았다. 여류작가의 마당엔 크고 작은 항아리들이 많았다. 어떤 것들은 나란히 있고 어떤 것들은 포개져 있었다. 담장도 없이 휑 열려 있는 대문 자리의 양쪽에 놓인 대형 항아리를 가리키며 전라도 구례에서 직접 화물차에 싣고 왔다고 설명할 때, 여류작가는 환하게 미소했다. 그때까지만 해도 그 항아리들을 나는 무심히 보아 넘겼다. 교외의 어떤 카페나 음식점 마당에서도 용도 없이 포개져 놓인 항아리들을 여러 번 보았으므로 공연히 옛것들을 앞세우는 요즘의 키치적 문화 현상쯤으로 여기고 말았던 것이었다. 하지만 항아리 곁에서, 둥글잖아요…… 여류작가의 한마디를 생생히 상기하고 나자 침침한 뜰의 이곳저곳에 놓인 항아리들이 이상한 광채를 내뿜으며 내게 다가드는 걸 나는 느꼈다. 어둠 속에서, 어두운 빛깔의 항아리들이 어둠에 묻혀지는 게 아니라 오히려 어둠을 당당히 밀어내고 있다는 느낌에 나는 당황했다. 항아리들의 중심은 텅 빈 속이 아니라 임산부처럼 배가 잔뜩 부푼 팽창부위에 있었다. 어둠 속이기 때문에 항아리들은 더욱 부풀었고, 터질 것만 같았다.

  나는 이유 없이, 부푼 항아리들로부터 뒷걸음질 쳤다.

  둥글잖아요……라고 늙은 여류작가가 말할 때 보았던 고흐의 〈열네 송이 해바라기〉와 달리, 항아리들은, 만삭의 터질 듯한 배로 내게 이상야릇한 공포감을 주었으며, 나를 위협했고, 나를 몰아내었다. 나는 식은땀을 흘리면서 한밤중의 논두렁길을 달려 내 집으로 돌아왔다.

  캔버스의 중심은 여전히 비어 있었다.

  나는 다음 날 청계천으로 나가 인터넷을 통해 미리 수소문해둔 몰래카메라용의 초소형 카메라 장비를 구입했다. 늙은 여류작가는 가끔 여러 날씩 집을 비웠으므로 찬스는 얼마든지 있을 것이라고 나는 생각했다. 백오십은 최소한 주셔야 합니다……라고 늙수그레한 중년 남자가 말했다. 27만 화소에 이르는 직경 1밀리미터의 초소형 고화질 일제 카메라였다. DVC-P332를 차의 뒷자리에 싣고 한강대교 남단을 지나 고속도로 어귀로 들어설 때, 비상경적을 울리며 앰뷸런스 한 대가 압구정동 쪽으로 돌아 들어가는 게 얼핏 보였다. 앰뷸런스가 진행하는 방향의 로데오 거리 어디쯤 욕망의 돛을 높이 세우고 자본주의 바다를 향해 파죽지세, 날로 사업을 확장해가고 있는 혜인의 의상실이 있을 것이었다. 그 남자는 일찍이 정관수술 했다니까 이 나이에 아이 낳을 일은 없을 거야……라고, 결혼 이야기를 처음 꺼내던 날 혜인이 한 말을 나는 상기했다. 상처한 지 10년 만에 재혼한 혜인의 남편은 이미 대학을 졸업한 두 아들을 두고 있었다. 내 눈에 잠깐 동안, 내가 일으켜 세워주곤 했던, 검은 고약과 같은 부리부리한 혜인의 젖꼭지를 밤마다 일으켜 세우느라 땀을 흘리고 있는 한 늙은 남자가 실루엣으로 떠올랐다. 슬프고 참혹한 상상이었다. 세상에 대해 앙갚음해야 할 것이 아직 혜인에겐 많이 남아 있었고, 그것이야말로 혜인의 힘이었다. 야망을 좇아 평생 달려온 혜인의 항아리는 세계화의 수선스런 길목에서 더욱더 팽창하여 날로 배가 불러가고 있을 터였다.

그룹전 출품 시한은 금방 지나갔다.

5

가을은 재빨리 스러졌다.

첫서리가 내린 날 정오에 나는 잎이 다 져버린 굴암산 숲으로 들어갔다. 햇빛이 밝았고 바람은 불지 않았다. 10여 년 전까지만 해도 굴 앞에서 동제(洞祭)를 지내곤 했다는 말은 여러 번 들은 적이 있었으나 문제의 굴을 본 적이 없었기 때문에 그날은 기필코 굴암산 중심에 있다는 굴을 찾아보자고 생각하고 나선 길이었다. 굴 앞에서 연기를 피우면 그 연기가 글쎄 몇십 리 밖 남한산성 어느 구멍에서 솟아 나온다는 말을 어른들한테 들은 적도 있지요……라고, 나와 동갑내기 마을 이장은 말했다. 좁은 구멍으로 한참 기어가면 수십 명의 사람들이 둘러앉음 직한 넓은 데가 나온다는 설명도 덧붙였다. 6·25 때는 몇몇 사람들이 굴속으로 피신해 목숨을 구하기도 했다는 것이었다.

길은 산자락을 지나자마자 금방 끊어졌다.

길 없는 숲길엔 낙엽이 켜켜로 쌓여 있었고, 쌓인 지 얼마 되지 않은 젊은 낙엽들은 밟힐 때마다 바스락바스락 경쾌한 비명을 내질렀다. 이장이 손가락으로 가리켜준 굴암산 중심부에 도달했으나 굴은 쉽게 눈에 들어오지 않았다. 이년이 나하고 숨바꼭질을 오래 할 셈이군…… 하고, 나는 무심결에 중얼거렸다. 하긴 작년만 해도 몇 차례나 찾아 헤맸지만 끝내 찾지 못한 굴이었다. 아무나, 찾아오는 대로 제 몸 안의 굴을 스스로 열어주는 여자는 거의 없었다. 서쪽으로는 마을이, 동쪽으로는 인적 없는 쇠락한 용암사가 한눈에 들어왔다. 대처승인 용암사 주지는 고령으로 오랫동안 몸져누운 상태였는데, 주지와 내연의 관계가 확실한 초로의 보살이 대웅전 앞마당을 쓸고 있었다. 주지가 죽고 나면 아마도 아직껏 고운 티가 가시지 않은 보살 혼자서 절을 지키게 될 터였다. 가시덩굴이 유난히 많은 곳이었으므로, 장갑 착용은 물론 트레이닝복으로 무장했음에도 불구하고 여기저기 찍히고 긁힌 상처들이 생겼다. 어쩌면 천둥 번개를 맞고 돌들이 우르르 무너져 내려 굴의 입구가 아예 막혔는지도 몰랐다.

굴은 둥글 것이라고 나는 생각했다.

땅속 몇십 리를 둥글게 둥글게, 은밀하고도 매혹적으로 흘러가고 있을 둥근 길로 갑자기 곱게 성장(盛裝)한 젊은 어머니가 두리둥실, 신묘한 광채에 싸여 흘러오는 것 같은 환영을 일순간 나는 보았다. 아니, 젊은 어머니가 아니었다. 어떤 고혹적 예감을 좇아 고개를 휙 산 아래로 돌렸을 때, 뜨락의 항아리들 사이에 나와 선 늙은 여류작가가 어머니 대신 나의 눈 속으로 뛰어들어왔다. 늙은 여류작가는 이쪽 편을 보고 있는 것 같았다. 공연히 가슴이 철렁 내려앉았고, 그래서 나는 곧 덤불 사이로 몸을 낮추었다. 항아리들은 때마침 서쪽으로 한껏 기운 햇빛을 날카롭게 반사해내고 있었다.

늙은 여류작가를 보는 건 대략 2주일 만이었다.

동네 어귀에서 우연히 마주친 영문학 여교수의 말에 따르면, 늙은 여류작가는 그동안 멀고 먼 타클라마칸 사막에 다녀왔을 것이었다. 갑자기 미치도록 사막이 보고 싶다면서, 황급히 떠났어요……라고 영문학 여교수는 말해주었다. 지도에서 찾아본 타클라마칸 사막은 파미르 고원과 톈산 산맥(天山山脈), 쿤룬 산맥(崑崙山脈)에 싸여 아시아 중앙부의 고원에 위치하고 있었다. 나는 영화에서나 보았던 유연하고 둥근 사구들의 실루엣을 늙은 여류작가가 집을 비운 동안 여러 번 꿈속에서 보았다. 그것들은 둥글었지만 불안했다. 남북 길이가 천 리, 동서 길이가 삼천 리나 된다고 하지 않는가. 꿈속에서 거대한 타클라마칸의 사구들은 끝없이, 불가항력적으로 흐르고 있었다. 늙은 여류작가의 무덤 속 같은 서재로 숨어들어가면서 나는 중얼거렸다. 나는 늙은 여류작가가 열쇠를 어디에 숨기고 다니는지 이미 알고 있었다. 커튼을 열자 흘러드는 외등 불빛에 이층 서재가 서서히 제 그림자를 드러냈다.

이층은 서재와 침실로 나뉘어 있었다.

묵은 서책들과 몇몇 작은 항아리들과 오디오와 앉은뱅이 책상 사이를 나는 어슬렁거리고 걸어다녔다. 그리고 앉은뱅이 책상 위에 놓인 액자 속의 사진을 나는 한참이나 외등 잔영에 비춰보았다. 부동자세로 딱딱하게 서 있는 한 젊은 군인과 한 자쯤 떨어진 곳에 역시 긴장한 듯 잔뜩 찡그리고 있는 쌍갈래 머리를 한 한 여고생이 서 있었는데, 늙은 여류작가였다. 젊은 군인이 여고생의 오빠인지 아니면 남자 친구인지는 물론 알 수 없었다. 젊은 군인도 똑바로 앞을 보고 있었고 여고생인 늙은 여류작가도 똑바로 앞을 보고 있었다. 평행선은 결코 좁혀지지 않을 것처럼 완강해 보였다.

나는 또 늙은 여류작가의 침실에도 들어가보았다.

수도자의 침실처럼 정결했다. 키 작은 화장대와 옷장과 희끄무레한 무명천으로 감싼 싱글 침대 하나가 전부였다. 거실이든 침실이든 장식품이라 할 만한 것은 몇몇 항아리들뿐 거의 전무했고, 묵은 서책들과 최소한의 생활용품들도 단순한 설계도면처럼 흐트러진 거 하나 없이 정갈하게 정돈되어 있었다. 언제나 단추를 목까지 채운, 백랍같이 창백한 늙은 여류작가의 모습이 그 어두운 무덤 속에 찍혀 있는 걸 나는 오래오래 보았다. 늙은 여류작가의 흰 침대 위에 가만히 누워보기도 했는데, 아주 조용했고 아무런 냄새도 없었다. 나는 오디오의 스피커에 청계천에서 구입한 직경 1밀리미터의 초소형 고화질 카메라를 숨겨 달았다. 서재의 중앙부와 침실, 화장실 문을 동시에 염탐해볼 수 있는 위치였다. 무선 시스템이니 이젠 원하기만 한다면 언제든 밖에서도 늙은 여류작가의 일거수일투족을 샅샅이 들여다볼 수 있을 것이다.

해가 설핏 기울었다.

굴은 끝끝내 제 모습을 보여주지 않았다.

수십 리의 땅속 깊은 어둠 사이로 흘러가고 있을 둥근, 길 없는 길과 달리, 내가 걸어 내려오는 산길은 더욱 위태롭고 어두웠다. 다리는 무겁고 팔꿈치에선 피가 흐르고 있었다. 그러나 가시덤불을 헤치면서 뒤란의 숲으로부터 내 집 뜰로 내려설 때, 나는 아, 하고 가볍게 탄성을 내질렀다. 열흘 동안 내내 캄캄했던 여류작가의 창들이 밝게 빛나고 있었기 때문이었다. 너무도 반가워 콧날이 다 시큰해졌다. 이제 참으로 더욱 깊고 더욱 둥근 것을 밤마다 볼 수 있을 테니, 그까짓 굴암산의 굴이야 찾지 못해도 상관없었다.

14인치 모니터는 현관에서 나를 기다리고 있었다.

타클라마칸이란 위구르어(語)로 '들어가면 나올 수 없는 곳'이라는 뜻이었다. 그러나 여류작가는, 늙은 여류작가이기 때문에, 타클라마칸의 흐르는 사구를 지나 다시 돌아왔다고 나는 생각했다. 설레는 가슴을 진정시키려고 나는 웃통을 벗은 채 대형 거울 앞에 서서 다른 때보다 훨씬 오래 아령체조를 했다. 무선으로의 송수신 거리가 청계천 상인의 말과 달리 예상보다 짧았으므로 늙은 여류작가의 모습을 GCN-1014N에 담아내려면 여류작가와 우리 집 사이에 놓인 골답의 반은 건너가야 할 터였다. 그래도 문제는 없었다. 밤이 깊어지기를 기다리기만 하면, 끝없이 흐르는 둥글고 둥근 사구 사이를 늙은 여류작가가 어떻게 얹혀 흐르는지, 어떻게 둥근 것들을 지나왔는지 낱낱이 보게 될 것이었다.

땀이 투두둑 떨어졌다.

이뻐, 팔뚝이…… 하면서, 만날 때마다 혜인이가 파먹던 상박근(上膊筋)과 가슴살이 산맥처럼 골을 만들고 부풀어오르는 걸 나는 거울 속에서 보았다. 쇄골과 갈비뼈는 있는 대로 날렵하게 솟았고 근육의 산맥들은 뼈들과 교묘하게 접합되어 아령 든 손의 동선을 따라 고혹적으로 움직였다.

상현달이 엷은 구름 위로 지나고 있었다.

나는 모니터 가방을 들고, 밤이 이슥해졌을 때, 마을과 맞붙은 비닐하우스 사잇길로 해서 야행성 동물처럼 소리 없이, 여류작가의 어둠침침한 뜰 안으로 들어섰다. 마을은 물론 삼태기 같은 골 안이 모두 고요했다. 나는 소나무 그늘로 들어가 대형 항아리를 가리개 삼아 은신해 앉았다. 늙은 여류작가의 이층 창은 불빛이 어슴푸레 밝았고 오디오를 켜 놨는지 가느다란 현악기의 소리가 울려 나왔다. 잠옷에, 내가 옷장 속에서 보았던 치렁한 실크 가운을 입고 있을까. 가슴이 더욱 두근거렸고 입안은 타는 듯했다. 끝없이 광활한 충적토 위를 윙윙거리며 날아가는 머나먼 타클라마칸 사막의 모래 폭풍이 보이는 것 같았다.

  모니터를 켜고, 나는 눈을 부릅떴다.

  진실로 말하건대, 실망하진 않았다. 나는 성적 자극만을 찾아 헤매는 상투적 색광도 아니었고 변태적 관음증 환자도 아니었다. 단지 탄탄한 젖가슴과 개미 같은 허리와 깊은 굴속 같은 음부의 성긴 털이나 보고 싶다면, 지금 당장에도 여자를 열 명쯤 불러올 수 있었다. 많은 포르노 테이프도 갖고 있었고, 또 수많은 인터넷 섹스 사이트의 주소도 알고 있었다.

  적어도 나는, 내가 미학적이라고 생각했다.

  늙은 여류작가는, 잠옷 차림이 아니라 평상시 입던 긴 치마와 남방셔츠, 카디건 차림이었다. 남방셔츠의 목까지 단추를 채웠음은 물론이고, 앉은뱅이책상 앞에 앉은 자세도 단아했다. 스탠드 불빛을 코끝에 받으면서, 늙은 여류작가는 이마를 살짝 숙인 채 책을 읽고 있었다. 잠옷 차림의 흐트러진 자세보다 나는 오히려 그런 늙은 여류작가의 모습이 좋았다. 뭔지 모르게 마음이 탁 놓이며, 두근거리던 가슴도 가라앉았다. 여류작가는 미동도 하지 않았다. 너무 골똘하게 빠져 있어 한참 동안 모니터를 보고 있자 여류작가를 보는 게 아니라 내가 직접 책을 읽고 있는 듯한 착각을 일으켰다. 그것은 내가 바라던 착각이었다.

달은 빠르게 흘러가고 있었다.

여류작가의 정물 같은 포즈는 계속됐고, 시간은 달보다 빨리 흘렀으며, 그리하여 계속 여류작가와 함께 책을 읽는 자세에 빠져 있을 것인지, 모니터를 끄고 집으로 돌아가야 할는지 결정해야 할 때가 자연스럽게 찾아왔다.

밤공기는 차디찼다.

하지만 모니터를 끄려다 말고 나는 멈칫했다.

스탠드 불빛을 반사시키며, 눈물인가, 늙은 여류작가의 볼을 타고 어떤 광채가 주르륵 흘러내렸기 때문이었다. 나는 숨을 몰아쉬며 미간을 찌푸렸다. 놀랍게도 늙은 여류작가는 울고 있었다. 필생의 야심작……을 아직도 완성하지 못해 우는 건지, 읽던 책의 내용에 감동받아 우는 건지, 아니면 두고 온 타클라마칸의 사구들이 그리워 우는 것인지는 알 수 없었다. 면도날로 살짝 긋고 가는 듯한 통증이 내가슴에 지나갔다. 울고는 있었지만, 늙은 여류작가는 결코 내 기대를 저버리지 않고, 소리 없이, 아주 정결하게 울었다. 그것은 우는 게 아니라 하나의 고요하고 아름다운 마임 같았다. 차라리 소리쳐 울었다면 내가 그처럼 마음 아프진 않았을 터였다.

가을이 굴암산 품을 빠져나가고 있었다.

광대한 대지 위로 날아가는 모래 폭풍들과 신생의 아침, 이곳저곳에 새로 만들어져 있을 풍만한 모래언덕들이 떠올랐다. 타클라마칸 둥근 모래의 집 속에 눕는다면 이승 바깥 사람인 듯, 늙은 여류작가의 저 눈물처럼 고요하고 편안해질까…… 하고 나는 생각했다. 타클라마칸에서 방금 돌아온 늙은 여류작가는, 여전히 미동도 없이 고요히 앉아 있었다.

6

나는 마침내 보았다.

내가 그 희한하고 감동적인 삽화를 목격한 것은 달이 완전히 차올라 완형(完形)을 이룬 날이었다. 초저녁엔 구름이 제법 끼어 있던 날씨였는데 자정을 넘기고 나자 구름은 씻은 듯 없어지고 휘영청 달이 밝았다. 나는 새벽 2시가 넘을 때까지도 내 집 거실에 앉아서 무연히 월색에 젖은 빈 논과 쓸쓸하면서도 차 있는 굴암산 숲과 맞은편 집들을 바라보았다. 새벽 1시가 넘어서고 나서 불 켜진 곳은 늙은 여류작가의 이층 서재와 침실뿐이었다. 밤이 늦었는데도 모니터를 싸 들고 늙은 여류작가를 보러 가지 않은 것은 처음 기대하고 흥분했던 것에 비해 갑자기 흥미를 잃었기 때문이었다. 나는 물론 그사이 나의 모니터를 통해 열심히, 아주 진지하게 늙은 여류작가를 만나고 보았다. 모니터를 들고 나갈 늦은 시각을 기다리기 위해 하루하루를 사는 것 같은 느낌을 받은 적도 많았다. 그러나 늙은 여류작가는 여러 날이 지나도 변화가 전혀 없었다. 대개는 첫날 보았던 대로 앉은뱅이 책상 앞에 앉아 책을 읽거나 글을 썼으며, 아주 가끔 창밖을 내다보면서 음악을 들었고, 어쩌다간 장식용으로 놓인 빈 항아리들을 가만가만 닦았다. 아주 소중한 것을 다루는 것처럼 정결한 표정으로 항아리를 닦을 때의 여류작가는 아름다웠으나 책을 읽고 있을 때의 표정과 크게 다른 것도 아니었다. 화장실에 들어갔다 나올 때조차 옷차림이 흐트러져 있었던 적이 전혀 없었다.

　사람도 아니네……라고 나는 중얼거렸다.

더 이상 우는 일도 없었고, 밤참으로 뭘 먹는 일도 없었고, 코를 풀거나 하품을 한 일도 없었고, 남방셔츠의 단추 하나 편하게 열어놓은 걸 보여준 일도 없었다. 초소형 카메라가 전송해오는 그림은 항상 똑같았다. 곧 싫증을 느꼈고, 그래서 어떤 순간은 모니터를 내던져버리고 싶었다.

하지만 오늘은 음력으로 치면 시월 상달이었다.

구름이 다 비켜나자 달빛은 더욱 흐드러지게 흘렀고, 달빛에 젖은 풍경은 이쪽과 저쪽의 경계가 모두 허물어져 모노크롬의 화면처럼 보였다. 말하자면 늙은 여류작가의 침실과 내 침실 사이에 아무런 경계가 없어 조청같이 서로 엉겨 있는 느낌을 주는 것이었다. 모니터 가방을 들고 내가 논두렁길을 건너간 것은 그러므로 늙은 여류작가에 대한 흥미 때문이 아니라 둥근 것들을 더욱 둥글게 하고 모난 것들조차 모두 둥글게 하는 달의 미혹 때문이었다. 마을 어느 한켠에서 컹컹컹 하고 개 몇 마리 짖다가 말았다. 영문학 교수의 별장은 며칠 새 비어 있었다. 나는 늘 그래 왔듯이 소나무 그늘 속의 대형 항아리에 등을 기대고 앉았다.

모니터에 떠오른 서재는 처음에 텅 비어 있었다.

원시인들은 달빛이 처녀막을 뚫고 들어와 애를 배게 한다고 믿었다……라는 문장이 밑도 끝도 없이 떠올랐다. 어느

책에서 읽은 문장인지, 기왕에 입력돼 있는 정보를 조합한 나의 문장인지는 확실하지 않았다. 남성의 성 기능은 단지 여성의 처녀막을 찢어 달빛이 잘 들어갈 수 있도록 통로를 넓혀주는 역할을 할 뿐이라고 믿는 종족의 이야기도 어디선가 들은 것 같았다. 만월의 망(望)으로부터 삭(朔), 신월(新月)의 삭으로부터 다시 망까지, 부풀어 올랐다가 꺼지고 다시 부풀기를 반복하는 자궁 속을 나는 상상했다. 더구나 말〔馬〕에게 시루떡 동제를 올리곤 했던 상마일(上馬日)로서, 달리는 말의 힘이 최고조에 이르는 시월 상달의 만월이었다. 모니터에 비쳐진 서재의 둥근 스탠드 불빛은 물론, 달빛에 흥건히 젖어 나무와 논과 건물들의 경계도 다 사라진 삼태기형 골짜기 전체가, 내 눈에 한껏 부풀어 오른 자궁 속 같아 보인 건 순간적 감흥이었다. 아아, 말〔馬〕이 되어 저기 굴암산 둥근 골을 내달릴 수 있다면…… 하고, 나는 나도 모르게 속으로 비명을 내질렀다. 부풀 대로 부푼 굴암산 골은 세상의 모든 부푼 것들을 다 빨아들여 더욱 둥글어졌고, 나는 그 속에 잔뜩 사지를 오그린 채 앉아 있었다. 그것은 어둡지도 밝지도 않았으며, 동시에 어둠과 밝음을 모두 빨아들여 간직한 둥근 원형(原形) 혹은 둥근 원형(原型)이었다. 늙은 여류작가는, 만약 화장실에 들어갔다면 볼일을 보고 나올 시간이 훨씬 지났는데도 아직 모습을 드러내지 않고 있었다.

혹시 잠든 것일까.

그때, 아주 낮게 무슨 소리가 들렸다.

나는 귀를 나발처럼 열고 감각을 집중시켰다. 물이 흐르는 소리인가 했으나 물이 흐르는 소리가 아니었고 바람이 숲을 건드리고 자맥질해 들어가는 소리인가 했으나 바람소리가 아니었다. 좀더 문제의 소리가 고조됐을 때, 나는 그것이 화장실 쪽에서 나는 울음소리라는 걸 단박에 알았다.

소리 내어 울다니, 뜻밖의 사태였다.

울 때조차 너무도 단단하고 빈틈없이 자신을 절제하는 모습만 보여주었을 뿐이므로, 늙은 여류작가가 깊은 밤 혼자 화장실에 들어가 소리 내어 울 수도 있다는 걸 상상해본 적은 한 번도 없었다. 울기만 하는 게 아니라 뭐라고 단속적으로 내뱉는 말소리도 사이사이 들렸는데, 혼잣말이라기보다 누군가, 분명히 대상을 두고 하는 말 같았다.

그럼 혹시 누구랑 함께 있단 말인가.

나는 아연 긴장했다. 내가 기억하는 여류작가의 화장실 역시 침실과 서재가 그렇듯 거의 장식이 없는 휑한 공간이었다. 인상적인 게 있었다면 꽤 넓은 화장실의 한쪽 벽면이 온통 거울로 되어 있다는 것뿐이었다. 여류작가는 눈만 뜨면 언제든 막힘없이 거울에 비쳐든 자기 자신을 보게 될 것이었다. 방문객이라곤 거의 없이 혼자 사는 늙은 여류작가에게, 그렇다면 혹시 거울 속에 숨겨놓은 정부라도 있었던가 하고 나는 생각했다. 대형 거울에 비치는 벌거벗은 남녀의 모습이 상상 속에서 떠오르다가 재빨리 사라졌다. 만약 정부가 있다면 울고 있는 늙은 여류작가를 어떤 말로써라도 달래야 할 터인데, 여류작가의 말소리뿐 대거리하는 낯선 목소리는 전혀 느낄 수가 없었다. 여보……라고, 여류작가가 누군가를 불렀다고 느낀 순간, 여보……가 아닌, 아가……라는 말이 난데없이 내 귓구멍 속으로 박혀 들어왔다.

아가……라니, 나는 마른침을 삼켰다.

거울 안으로 난 은밀한 길을 어쩜 늙은 여류작가는 알고 있을는지도 몰랐다. 거울 안으로 난 길은 세상의 모든 우물을 지나 그 누구도 찾아내지 못할 굴암산 깊은 굴속까지 닿아 있을 수도 있었다. 어둡고 환한, 어둡지도 않고 환하지도 않은 미로에서 불러낸 작가의 아가……를 나는 상상해보려고 애썼다. 아주 둥근, 고흐의 해바라기 같은 아가를.

마침내 화장실 문이 빠끔 열렸다.

손돌이추위라서 내 온몸은 이미 뻣뻣이 얼어 있었지만,

오랜 시간을 기다린 끝에 여류작가의 화장실 문이 열렸을 때, 나는 본능적으로 이제까지 내가 보고 아는 늙은 여류작가와는 아주 다른, 오래오래 잊지 못할 늙은 여류작가의 모습을 보게 되리라는 강력한 예감을 느꼈다. 쪽 찌거나 묶었던 여류작가의 머리는 산발로 자유롭게 풀려 있었다. 감은 지 얼마 되지 않았는지 길고 치렁한 머릿결은 모니터 속에서도 빛이 났다. 그토록 자유롭게 풀린 빛나는 머릿결을 전엔 본 적이 없었으므로 그것만으로도 나로선 충분히 감동했을 터인데, 늙은 여류작가는 머리만 풀어 산발한 게 아니라 옷도 완전히 벗고 있었다.

나는 헙, 하고 숨을 막았다.

마치 내 오관에 마른번개가 번쩍 친 듯했다.

벌거벗은 채 늙은 여류작가가 아주 희한한 말 위에 올라앉은 채 화장실에서 나온 것이었다. 말(馬)이 분명했다. 화장을 하고 있었던지, 아니면 울면서 화장을 한 것인지, 마스카라가 번져 검은 눈물이 흐르고 있었고 입술은 선홍빛이었다. 늙은 여류작가는 허리를 꼿꼿이 세우고 말 잔등 위에 위풍당당 앉아 있었다. 호, 호, 호피티(hoppity)……라고, 나는 더듬거리며 중얼거렸다. 그것은 서너 살 아이들이 갖고 노는 장난감 고무제품의 말이었다. 오래전 어느 후배 화가의 첫아이 돌 때 내가 직접 골라 사간 적도 있는, 요즘은 자취를 감추어버린 구식 장난감으로서, 귓구멍엔 두 개의 손잡이가 있고 몸통은 머리에 비해 턱없이 큰 완구형(完球形)인데, 바람을 빵빵히 넣고서 공 위에 엉덩이를 내려놓고 뜀뛰며 놀 수 있게 설계된 것이었다.

히이히잉…….

늙은 여류작가의 입에서 말의 울음소리가 났다.

병적으로 말랐다고만 생각해왔으나 병적으로 마른 곳은 얼굴과 목과 허리와 대퇴부와 종아리였다. 늙은 여류작가의 젖가슴은 정말 놀랄 만큼 풍만했고, 고무말 위에 앉혀진 엉덩이도 터질 것 같은 호피티의 배보다 더 둥글게, 만월처럼 부풀어 올라 있었다. 히잉히잉히잉…… 말은 기세 좋게 울면서 늙은 여류작가를 태운 채 원을 그리고 달리기 시작했다. 검은 눈물이 호피티의 목 언저리에 뚝, 뚝, 뚝 떨어졌다. 늙은 여류작가가 뛰어오를 때마다 치렁한 머리 또한 하늘로 솟았다가 꺼지기를 반복했으며, 한껏 부푼 젖가슴도 배부른 말과 함께 힘차게 출렁였다. 그것은 단숨에 굴암산 겨울 숲을 가로질러 가 멀고 먼, 둥근 우주에까지 달려갈 수도 있을 것 같았다. 그렇지만 동시에 그것은, 고흐의 해바라기와 달리, 씨앗을 품고 있지 않은, 불모의, 중심이 텅 빈 항아리였다.

  나는 차마 끝까지 볼 수 없어 모니터의 스위치를 껐다.

  아니, 끄려고 하는 순간, 달리던 말이 갑자기 멈추는 듯하더니, 쨍하고 빛나는 광채, 늙은 여류작가의 시선이 초소형 카메라에 똑바로 꽂혔다. 늙은 여류작가의 시선과 나의 시선이 찰나적으로 초소형 카메라를 통해 딱 맞닥뜨렸다고 나는 느꼈다. 나는 황급히 모니터 스위치를 껐고 그곳으로부터 도망쳤다.

  늙은 여류작가는 내가 보고 있다는 걸 알았을까.

  그럴 리가 없다고, 나는 내 집 거실로 돌아와 비로소 확신했다. 카메라는 너무도 작았으며 오디오 스피커에 교묘히 숨겨져 있었다. 그렇다면 늙은 여류작가는 어떻게 카메라를 똑바로 노려보았을까. 말 울음소리가 계속 들렸다. 날이 샐 때까지 늙은 여류작가는 무기물의, 오직 배가 부를 뿐인 말을 타고 히잉히잉, 불모의 우주를 향해 날아갈 것이었다.

  나는 옷을 다 벗고 차가운 거실 바닥에 엎드렸다.

  항아리야, 항아리야…….

  나는 소리 내어 말하면서, 내 엉덩이를 쓰다듬어보았다. 항아리야, 항아리야, 항아리야……라고 말했을 때, 돌연 나의 성기가 쭈뼛 머리를 들고 일어나는 걸 나는 느꼈다. 헛배가 불러오는 것 같은 기분이었다. 항아리야, 항아리야, 항아리야, 항아리야, 항아리야……에서 후두둑, 슬프지도 않은데 눈물이 쏟아졌다. 나는 둥근 나의 헛배를 안고, 비틀거리며 이젤 앞으로 다가갔다.

캔버스는 나를 기다리고 있었다.

캔버스의 중심에 과연 무엇을 그려야 할지는 여전히 알 수 없었다. 헛배인지, 헛배가 아닌지, 암튼 나의 배는 점점 불러와 이제 곧 터질 것 같았다. 할 수만 있다면 늙은 여류작가의 호피티가 되고 싶었다. 나는 모처럼 붓을 잡았고, 눈을 부릅떴고, 무기물의 말이 불모의 우주를 향해 달려가는 소리를 들었다. 캔버스 한가운데 일필휘지, 나는 먼저 원 하나를 크게 그렸다. 너무나 오랫동안 그리고 싶었던 것을 그리고 있다고 나는 생각했다. 둥근 말들의 최고조에 달한 울음소리가 골답 너머, 시월 상달의 만월에 둘러싸인 늙은 여류작가의 서재로부터 계속 들려오고 있었다.

7

나는 여류작가의 집 근처에 더 이상 가지 않았다.

무엇인가가 내부로부터 쑥 빠져나간 듯 힘이 없었고 심심했다. 모처럼 시작한 그림은 알록달록한 어릿광대의 얼굴 같은 형상으로 거의 완성되어가고 있었다. 늙은 여류작가가 정해진 시각, 산책 코스에 나타났다고 느낄 때에도 짐짓 창밖을 내다보진 않았다. 혜인은 여전히 전화 한 통 걸어오지 않았는데, 서울과 파리에서 대규모 서혜인 패션쇼가 열린다는 신문기사를 본 일은 있었다. 계획된 길을 계획했던 대로 혜인은 가고 있었다. 나는 가끔 용인 읍내로 나가 천변 여관촌 어귀에서 장어구이를 먹었고, 여관에서 불러준 젊은 여자들과 섹스를 시도했다. 내 궁둥이를 이렇게 쓰다듬으면서, 항아리야, 항아리야 해봐……라고 나는 화류항의 처녀들에게 주문했다. 아저씨 같은 변태는 처음 봐……라고 어떤 여자는 말했다. 여자들은 내 엉덩이를 둥글게 둥글게 쓰다듬으면서, 항아리야, 항아리야, 항아리야…… 노래를 불렀다. 어떤 순간은 성기가 섰고 어떤 순간은 여전히 죽어 있었다. 외피가 화려한 천변 여관촌에도 자주 북풍이 불어왔고, 그러면 창문들이 이따금 <u>드르르르 드르르르</u> 하고 떠는 소리를 냈다. 육덕이 좋아 덩달아 젖이 큰 한 여자는 유난히 목청이 좋아, 항아리야, 항아리야…… 그 가락이 곱고 슬펐다.

  나는 엎드린 채 멀고 먼 별들을 자주 생각했다.

거문고자리의 직녀성을 떠올릴 땐 눈이 부셨고, 오른손엔 종려나무 잎새를, 왼손엔 밀 이삭을 든 형상의 처녀자리를 떠올릴 땐 황홀했고, ㄹ자로 휘어져 흐르는 에리다누스 강을 떠올릴 땐 슬펐다. 오리온좌가 그려내는 거인의 발밑을 구부러져 흐르는 별자리 에리다누스 강은 이승과 저승 사이를 흐르는 강이었다. 그 강엔 하프의 명인이었던 오르페우스의 정한 많은 신화가 깃들어 있었다. 항아리야 항아리야……가 너무 쓸쓸해서 차라리 에리다누스 강으로 가고 싶은 날도 있었다.

겨울이 그렇게 깊어졌다.

삭(朔)으로부터 망(望)으로 차오른 달은 다시 삭으로 짚불처럼 꺼져 내리며 임종과 만났다. 항아리야……를 아무리 노래 불러도 세상의 모든 둥근 것들이 꺼지고 말 때, 이를테면 달은 이승과 저승 사이, 에리다누스 강을 달마다 넘어가는 것이었다. 늙은 여류작가가 어떤 날 전화를 했다.

새벽 3시쯤의 일이었다. 구름이 끼었는지 온통 캄캄한 어둠에 갇힌 밤,' 깊은 겨울날, 늙은 여류작가는 물었다.

혹시…… 망치 있나요…….

늙은 여류작가의 목소리는 지하실을 울리고 나오는 것 같았다. 막 잠들 뻔하다가 퍼뜩 깨어난 내 눈에 헛배 빵빵히

부른 호피티가 선연히 떠올랐다. 시멘트 못 박을 일이 있는데…… 망치가 없어서요……라고, 늙은 여류작가는 덧붙였다. 내겐 물론 망치가 있었으며, 늙은 여류작가에게도 망치가 있을 터였다.

 망치…… 없는데요.

 그럼…… 드라이버는 있나요…….

여류작가가 두번째로 물었다.

 …… 드라이버도 없는데요.

커튼 틈새로 늙은 여류작가의 밝은 서재 창을 나는 바라보고 있었다. 여류작가의 이층 창을 빼고 골 안의 모든 산 것들은 다 어둠 속에 있었다. 너무도 캄캄해서 서재의 불 밝은 사각 창이야말로 유일한 세계의 숨구멍 같은 느낌이 들었다. 늙은 여류작가는 잠시 침묵했다. 비잉, 하고 전화선을 타고 흐르는 금속성이 늙은 여류작가와 나 사이를 간신히 잇고 있었으나 캄캄절벽 어둠에 비해 너무도 연약한 이음선이었다. 늙은 여류작가는 한참 동안 말을 끊고 있다가 좀 전보다 훨씬 더 또렷해진 사무적인 목소리로 세번째 물었다.

 머리가 너무 아파서요. 펜잘이나 게보린은 없나요.

 없습니다. 펜잘도 게보린도 없습니다.

 똑 전화가 끊어졌다. 펜잘과 게보린이 없다는 건 사실이었다. 늙은 여류작가의 어조를 따라, 없습니다, 펜잘도 게보린도 없습니다…… 나의 마지막 말이 지나치게 사무적이었던 것은 아닐까 하고 잠시 생각했지만 가책을 느끼진 않았다. 나는 여류작가의 창을 짐짓 보지 않으려고 커튼을 빈틈없이 닫아버리고 곧 잠들었다.

 다음 날 늦잠에서 깨어났을 때였다.
 늙은 여류작가의 집 앞에 경찰차와 앰뷸런스가 와 있는 걸 나는 보았다. 겨울 햇빛이 아주 투명한 날이었다. 한밤중 외출했던 것인지 현관문이 열려 있는 걸 이상히 여긴 영문학 여교수가 집 안에 들어가봤을 때 늙은 여류작가는 이미 에리다누스 강을 건너간 후였다. 어디서 구했을까, 늙은 여류작가는 아주 부드럽고 질 좋은 명주천으로 층계참에 목을 맸다고 했다. 유서는 없었다. 남동생에 의해 화장된 늙은 여류작가의 유해는 오래 몸져누웠다가 간신히 일어난 노스님에 의해 인적 없는 굴암산 용암사에 안치되었다.
 나는 거의 완성된 내 그림을 보았다.
 알록달록한 색깔로 평면을 구획한 어릿광대 같은 둥그런 얼굴 하나를 나는 그렸는데, 늙은 여류작가의 유해를 안치하던 날 밤에 다시 보니, 홀연히 스위스 출신의 화가 파울 클레가 내 그림에 겹쳐 떠올랐다. 내가 오랜만에 그린 그림은 내 그림이 아니라 파울 클레의 〈세네치오〉를 모사한 것이었다. 파리에서 지낼 때 나는 잠시 분석적인 군더더기를 대담히 잘라내버린 듯한 클레의 그림에 빠진 적이 있었다. 가면은 예술을 의미하고, 그 배후에 인간이 숨어 있다……라고 파울 클레는 말했다. 〈세네치오〉의 원화를 본 것은 스위스 베른의 미술관에서였다. 오래전에 내 안에 입력된 가면의 둥근 어릿광대 얼굴 〈세네치오〉가 둥근 것에 대한 욕망에 이끌려 나와 캔버스에 단순히 인화된 셈이었다.

8

가끔, 나는 늙은 여류작가의 빈집으로 갔다.

항아리들은 어둠 속에 그대로 있고, 현관문은 굳게 잠겨 있었다. 모니터에 떠오르는 빈 서재는 단무지 공장 앞의 외등 잔영을 받아 희끄무레했는데, 자궁 속처럼 은밀하고 고요했다. 달은 여전히 차올랐다 꺼지기를 반복하고 있었다. 한 해가 지나가는 섣달그믐께야 나는 비로소 고물상을 통해 호피티 하나를 구해 집으로 돌아왔다. 늙은 여류작가가 그랬듯이, 벌거벗고서 무기질의 배부른 호피티를 타고 히잉 히잉, 나는 밤새 놀았는데, 쓸쓸하기 그지없었다. 호피티의 둥근 배는, 씨를 품고 있지 않아서, 고흐의 해바라기와 달리 쓸쓸하게 헛배만 부를 뿐이었다. 호피티를 타고선 우주로 갈 수 없었다. 모처럼 달이 밝은 밤이었고, 나는 달빛에 듬뿍 젖어 늙은 여류작가의 빈집을 찾아갔다. 모니터는 더 이상 필요 없었고, 굴암산 둥근 골엔 바람도 불지 않았다. 늙은 여류작가의 항아리들은 달빛 아래에서 둥글게 둥글게, 한껏 부풀어 올라 있었다. 둥글잖아요, 둥글잖아요, 둥글잖아요……라고, 에리다누스 강 건너편에서 고혹적으로 속삭이는 늙은 여류작가의 목소리가 들렸다.

나는 남몰래 대형 항아리 속으로 들어갔다.

괜찮아,
정말 괜찮아

1

틈입자……라고, 나는 중얼거렸다.

그래, 틈입자야. 침입자가 아니라 틈입자라는 낱말이 먼저 떠오른 것은 그 흔적이 너무도 미미했기 때문이었다. 봄이 무르익으면서 굴암산 너머로 훌쩍 기울어진 오리온좌를 쫓아 망원경, 코펠, 버너, 침낭까지 메고 나갔다가 이틀 만에 돌아왔을 때였다.

우선 현관.

혼자 살면서, 헐렁한 생활습관을 가진 건 틀림없지만 내겐 몇몇 이상한 결벽증이 있는데, 이를테면 침실이나 거실은 엉망진창이 될 때까지 놔둘망정 현관만은 늘 깨끗이 유지하는 것도 그중 한 가지였다. 용인 변방의 굴암산 산자락, 텃밭까지 낀 외딴집이라서 나갔다 들어올 때 매번 신발에 흙을 묻히고 들어오게 되어 자연스럽게 그런 버릇이 생긴 것이었다. 마지막으로, 분명히 현관을 쓸고 문을 잠그지 않았던가. 그런데 현관 바닥 여기저기 흙고물이 떨어져 있는 건 물론이고 뜰에 드나들 때 주로 신는 흰 고무신 코가 흙물로 얼룩져 있으니 이상한 일이 아닐 수 없었다.

나는 고개를 갸웃했다.

거실과 주방은 특별히 달라진 게 없는 것 같았다. 아니 달라진 게 없다고 생각한 순간, 두 가지 사물이 거의 동시에 내 주의를 확 끌어당겼다. 하나는 설거지 그릇함에 거꾸로 꽂혀진 국자이고, 다른 하나는 당구대 커버 모서리. 혼자 살면서 혼자 할 수 있는 놀이시설로 너른 거실 한 켠에 당구대를 설치했으나, 최근엔 커버조차 벗겨본 적이 없었는데, 당구대를 씌운 커버 한쪽 모서리가 접힌 채 깡뚱하게 올라가 있는 게 수상했다. 게다가 국자는 내 식대로라면 싱크대 큰 서랍에 넣어져 있어야 할 물건이었다.

틈입자가 있었단 말인가.

얼핏 혜인이 떠올랐지만 나는 이내 고개를 가로저었다.

서울과 파리에서의 패션쇼를 성공적으로 끝내고 그 여세를 몰아 올여름은 뉴욕 패션쇼를 기획하고 있다는 기사를 본 게 얼마 전의 일이었다. 자본주의의 세계 중심을 향해 부나비처럼 달려가고 있을 그녀가 이미 사라진 연대의 화석과도 같은 이곳에 예고 없이 찾아왔을 리가 없을 것이며, 또 찾아왔더라도 국자를 쓰거나 당구대 커버를 벗길 일은 절대 없을 터였다. 그렇다고 도둑이 들었다는 느낌도 전혀 들지 않았다. 탁자 위에 무심히 빼놓은 한 냥짜리 금목걸이가 그대로 놓여 있었다.

내가 착각한 것일지도 몰라.

무엇보다 모든 문이 내가 잠가놓은 그대로 있지 않은가. 나는 웃통을 훌훌 벗고 목욕탕으로 들어갔다. 현관을 떠나기 전 나는 쓸지 않았고, 국자를 내가 꺼내 썼으며, 당구대 커버도 내 스스로 만졌던 것이라고 나는 생각했다. 이틀 밤이나 밤이슬 맞으며 새우잠을 잔 데다가 20킬로그램 넘는 장비를 메고 산길을 걸어왔으므로 몸이 천 근처럼 무거웠다. 포식한 짐승처럼 오직 어서 잠들고 싶었다.

나는 그러나 비누를 더듬어 찾다 말고 멈칫했다.

언제나 욕조 모서리에 알몸으로 꺼내놓고 쓰는 비누가 어쩐 일인지 얌전히 비눗갑 속에 들어가 있었다. 거참, 이상하네……라는 말이 절로 나왔다. 그제야 현관 열쇠를 차고 한 편의 철제 귀퉁이에 숨겨두고 떠났었다는 사실에 생각이 미쳤다. 모든 문이 제대로 잠겨 있는 걸로 보아 누가 만약 들어왔다면 내가 숨겨놓은 열쇠를 찾아내 사용했다고 봐야 옳을 터였다. 아니, 어쩌면 틈입자는 열쇠 따윈 필요 없었을 지도 몰랐다. 창틀이나 벽난로 연통이나 내가 미처 인지하 지 못한 수많은 바람구멍을 통해 스리슬쩍 내 집을 드나들 고 있는 미지의 그 무엇을 나는 상상해보려고 애썼다. 완전 히 잠가놓은 빈집에도 벌레들은 때로 경계 없이 드나들었 다. 어떤 날 한밤엔 외부에서 돌아와 현관 불을 켜려다 말고 어떻게 들어왔을까, 쓸쓸하고 화려하게, 빈 거실 어둠 속을 혼자 날고 있는 반딧불이를 본 적도 있었다.

 나는 목욕을 끝내고 이내 잠들었다.

 꿈속에서, 나는 달의 여신 아르테미스를 사랑한 죄로 한 때 죽었으나, 마침내 우주로 날아가, 불멸의 꿈을 완성한 무 적의 사냥꾼 오리온을 쫓아가는 길에, 광채로 둘러싸인 작 은 것들이 호위하듯 나를 둘러싼 채 날고 있는 걸 보았다. 반딧불이 같지만 반딧불이가 아니고, 꼬마별 같지만 꼬마 별도 아니었다. 나는 단번에 그것들이 내 집의 틈입자라는 걸 알아차렸다. 도대체 너희처럼 작고 가벼운 것들이 어떻게 내 국자를 서랍에서 꺼내 설거지 그릇함에 옮겨놓은 거니……라고, 나는 물었다.

우리는 사냥꾼 오리온의 리겔(Rigel)에서 온걸요.

작은 광채들이 분주하게 흐르며 합창 소리를 냈다.

리겔은 사냥꾼 오리온좌의 발목에 박힌 청백색 베타 별의 이름이었다. 그렇다면 틈입자 무리는 오리온을 둘러싼 오리온 대성운의 가족들이 틀림없다고 나는 생각했다.

나는 꿈속에서 환하게 웃었다.

2

오래전, 나는 한때 사냥꾼이 되고 싶었다.

총이든 활이든, 사냥꾼들은 자신이 쏘아 날린 총알이나 화살이 목표물의 심장을 뚫고 들어가는 순간을 선연히, 마치 자신의 심장에 총알이 박히는 것처럼 느낀다는 이야기를 들은 적이 있었다. 이를테면 노루나 사슴, 심지어 표범 같은 맹수가 총을 맞고 순간적으로 허공에 분출했다가 거꾸로 쓰러질 때, 사냥꾼의 온몸 또한 강력하게 팽창했다가 극적으로 수축한다는 것이었다. 사냥꾼이 겨냥하는 것은 노루, 사슴, 표범이 아니라 노루, 사슴, 표범의 중심일 터였다. 단 한 알의 총알, 한 대의 화살로 단번에 중심을 꿰뚫어서, 살아 있는 그의 온몸을 우주에 이를 만큼 팽창시켰다가 블랙홀처럼 동시에 수축시키는 사냥꾼의 손놀림을 상상하면, 매번 숨이 턱 막히는 기분이 들었다. 만약 사냥꾼이 되지 못한다면 하다못해 도살자라도 되고 싶었다. 망치를 뒤로 숨겨 들고 마지막에 소의 눈을 가까이서 봅니다……라고, 마장동 선술집에서 우연히 만난 어떤 도살자는 말했다. 눈의 정기로 우선 소를 제압해야 망치가 빗나가지 않는다는 뜻이었다. 중심을 향해 전광석화처럼 내려치는 도살자의 망치질을 상상하면 가슴이 뻐근해졌다.

오리온좌는 겨울에야 하늘의 중심부로 돌아왔다.

그러나 역동적인 나의 사냥꾼 오리온은, 머물 새도 없이, 곧 동진을 시작해 3월이면 벌써 굴암산 머리 쪽으로 쑥 기울었다. 머지않아 내 집 뜰에선 오리온이 보이지 않을 것이므로 오리온을 쫓아가는 숨 가쁜 어둔 밤에 주로 이동해야 하는 고난에 찬 여정이 나를 기다리고 있었다. 때론 가시에 찔리고, 때론 벼랑에 미끄러져 구르고, 때론 산짐승을 만나 놀라 주저앉기도 하는 산행이었다. 진달래 필 무렵엔 굴암산 능선까지만 올라가도 오리온을 볼 수 있지만 철쭉이 온

산을 불 지를 때쯤 되면 굴암산에서 능선을 따라 십 리 길, 말아가리산(馬口山)까지 나아가야 오리온을 만날 수 있었다. 성남과 용인의 경계를 이루고 있는 말아가리산은 다시 동북 방향으로 더 높은 태화산과 연접해 있는데, 근동에서 제일 높은 해발 644미터 태화산 줄기를 헤매고 있을 때면 보통 아카시아가 피기 시작했다. 망원경과 코펠과 버너와 식품과 침낭까지 합치면 20킬로그램이 넘기 마련. 종일 걸어도 사람 하나 만날 수 없는 길이므로, 이틀 사흘씩 집 떠나 있으면 눈은 쑥 들어가고 수염은 턱없이 자라지만, 그래도 그리운 오리온을 쫓아가는 길이니 무섭거나 외롭지는 않았다. 오리온은 유대인들에겐 무적의 삼손이었고, 아랍인들에겐 거인 알 자바드였으며, 고대 이집트인들에겐 죽음의 신 오시리스였다. 대(大)피라미드가 오리온좌와 일직선을 이루도록 설계되었다는 보고서를 나도 읽은 적이 있었다.

내가 지향하는 것은 무엇일까.

상처투성이로 능선까지 쫓아 올라갔다가 막상 구름이라도 잔뜩 끼어 오리온을 볼 수 없을 때, 켜켜로 쌓여 부식해 가고 있는 낙엽 위에 지친 몸을 뉘고, 깊은 밤 나는 가끔 생각했다. 오리온좌의 별들이 정말 보고 싶었던 것인지, 세계의 중심을 단 한 대의 화살로 꿰뚫을 수 있는 무적의 사냥꾼이라는 관념의 그림자를 좇아온 것인지, 열네 토막으로 잘려 죽었으나 다시 복구되어 마침내 불멸을 얻은 죽음의 신 오시리스를 지향해온 것인지 알 수 없었다. 불멸이라는 낱말은 언제 들어도 눈물겨웠다.

태화산 골골은 아카시아가 무성했다.

낙화한 아카시아꽃들이 눈처럼 쌓이고 발정 난 향기가 골골마다 들어차면 밤은 미혹에 빠진 우주처럼 깊고 넓어졌다. 무적의 사냥꾼 오리온도 더 이상 세계의 중심을 알아볼 수 없을 정도였다. 나는 자주 망원경에서 눈을 떼고 아카시아 향기의 미혹에 빠져 눈을 감곤 했다. 이제 숨 가쁜 여로의 끝이 가깝다는 걸 나는 본능적으로 알고 있었다. 태화산 정상에 다다르면 불의 강 중부고속도로가 발밑으로 보이고 대도시 서울의 불빛이 밤하늘을 희부옇게 밝혀놓고 있었기 때문에, 더 이상 오리온좌의 별들을 볼 수 없을 터였다. 무적의 사냥꾼 오리온도, 죽음의 신 오시리스도, 세계 통합을 향해 파죽지세로 나아가는 자본주의적 욕망 앞에선 속수무책이라고 나는 생각했다. 태화산보다 더 높은 산이 근동에 없으니, 마침내 망원경의 렌즈에 캡을 씌울 때가 온 것이었다. 나는 망원경의 렌즈를 닫고 삼각대를 접고 배낭을 묶으면서, 욕망의 한가운뎃길을 질주하고 있을 압구정동의 혜인을 가끔 떠올렸다. 젖꼭지가 내 성기처럼 크고 부리부리한. 오리온좌는 물론 더 이상 보이지 않았다. 렌즈에 캡을 한번 씌우고 나면 망원경은 아무 쓸모도 없는 것이 됐다.

나의 오리온은 어디 있는가.

쓸쓸하게, 나는 곧잘 혼잣말을 했다.

돌아오는 길은 아카시아 꽃향기의 미혹에 빠져 자주 헛걸음질을 했다. 혜인의 부리부리한 젖꼭지가 밤마다 늙수그레한 남편을 향해 뿜어내는 향기도 그럴 터였다. 문명의 불빛은 오리온좌는 물론이고 안드로메다, 도마뱀, 페가수스, 전갈, 카시오페이아, 외뿔소, 사자, 이리, 독수리, 고니, 봉황, 날치, 양자리도 잡아먹고, 종려나무 잎새를 들고 선 아름다운 처녀좌도 잡아먹고, 이승과 저승의 경계인 유장한 에리다누스 강도 한입에 잡아먹었다. 오리온은 이제 여름과 가을을 보내고 나서야 다시 내게 돌아올 것이었다. 접안렌즈 31.7밀리미터의 망원경도 잠자고 있을, 쓸쓸한 계절이 나를 기다리고 있었다.

나는 비틀거리며 걸었다.

아카시아 향기는 속이 텅 빈 내 몸으로 물처럼 스며들어 중심이 없는 나의 중심이 됐다. 내가 사냥꾼 오리온을 쫓아서 굴암산, 말아가리산, 태화산 골골을 헤매는 사이, 버려진 내 집 뜰엔 어느덧 개망초만 무성할 터였다. 그사이 내 몸은 가시덤불에 찢기고 바위에 부딪혀 상처투성이였고, 얼굴은 청동빛으로 그을렸으며, 수염은 입술을 덮고 내려와 있었다.

무엇을, 나는 쫓아갔던가.

내가 봄부터 여름까지 그 숨 가쁜 시간을 쫓아갔던 것은, 무적의 사냥꾼도 오리온도 아니고, 불멸의 오시리스나 거인 알 자바드도 아니고, 허깨비 같은 것, 어쩌면 단지 아령체조와 역기로 잘 단련된, 그러나 유한한 내 육체를 소진시키기 위해서였는지도 몰랐다. 육체의 소진은 쓸쓸하지만 편안하다……라고, 나는 중얼거렸다. 오리온좌의 일등성 베텔게우스(Betelgeuse)는 나로부터 310광년이나 떨어져 있었다. 오리온은 에리다누스 강을 밟고 있고, 오리온의 숙주인 오시리스는 죽음의 신이자 태양신 호루스의 아버지가 됐지만, 내겐 아주 끔찍한 꿈일 뿐이었다.

아버지라니, 말도 안 돼……라고, 나는 말했다.

빈 것은 설령 아들을 갖더라도 빈 것일 터였다.

텅 빈 것들이 쭉정이처럼 텅 빈 것들을 줄줄이 낳는 걸 상상하자 갑자기 헛구역질이 났다. 살인적인 아카시아 향기가 헛구역질 속으로 물밀듯 밀려들어왔다. 나는 빈 내 육체에 아직도 더러운 힘이 남아 있다고 느꼈다. 태화산 어두운 골에 무릎을 꿇고 엎드려 앉아 나는 자꾸 헛구역질을 했다. 빛의 속도로 310년간이나 달려와 내 어깨를 비추는 베텔게우스 빛이 집광력 265배의 망원렌즈에 담길 때, 얼마나 부드럽고 유순한지 나는 알고 있었다. 빈 것들이 불타는 것과는 너무도 다른, 차라리 그것은 물빛 같은 광채였다.

3

굴참나무 숲 사이를 쑥 빠져나와 내 집이 한눈에 내려다보이는 마을 공동 물탱크 앞길로 내려섰을 때, 나는 멈칫하고 걸음을 멈추었다. 곧 여명이 틀 시각이었다.

내 집에 누가 있어.

나는 나지막이 소리 내어 부르짖었다.

사흘 전 집을 떠나기 직전 나는 그 어느 때보다 더 꼼꼼히 문단속을 했고, 열쇠를 배낭에 지니고 떠났으며, 전기 스위치도 일일이 확인했다. 그런데 눈을 깜작거리고 다시 봐도 분명히 내 집에 불이 환히 켜져 있었다.

침입자야.

틈입자가 아니라 침입자였다.

마치 코끝을 스치는 난향처럼 그의 흔적들이 미미할 때에 나는 그를 틈입자라고 불렀는데, 5월 중순쯤이었던가, 말아가리산에서 능선길을 타고 태화산 쪽으로 내 영역이 점차 넓혀지던 어느 날, 이틀 만에 돌아왔더니 놀랍기도 하지, 당구대 위의 큐 하나가 버젓이 가로놓여 있었다. 내가 미지의 그를 틈입자로 부르지 않고 침입자라고 바꿔 부르기 시작한 건 그때부터였다.

 나는 최근에 당구를 친 적이 전혀 없었다.

 더구나 요리까지 해 먹었는지 평소에 안 쓰는 대형 냄비가 떠억 설거지 받침대에 씻기어 올라앉아 있을 뿐 아니라 늘 펼쳐놓고 사는 침대 위의 이불도 정갈히 개켜져 있지 않은가. 짐짓 집 안 곳곳을 깨끗이 치워놓았다는 느낌이 들었다. 침입자는 집 안을 청소한 다음 집주인인 내가 알아차릴 수 있게 일부러 냄비를 씻어놓고 이불을 갠 다음 당구 큐까지 당구대 위에 올려놓은 것이 확실했다. 집 안 좀 치우고 살아요……라고, 침입자가 말하는 것 같았다. 혹은 안녕……이라고, 인사를 해오는 것 같기도 하고.

 어제 그제 혹시 내 집에 불이 켜져 있던가요.

 골답 건너편 영문학 여교수에게 묻자, 다른 날은 몰라도 어젯밤엔 늦게까지 불이 켜져 있던데요……라고 그녀는 대답했고, 난 선생님이 돌아온 줄 알았지요……라고 이내 덧붙였다. 혐의를 둘 데라곤 천지간에 혜인밖에 없었다. 결혼 전후에 버리지만 않았다면, 아직껏 혜인에겐 내 집 현관 열쇠가 남아 있을 것이기 때문이었다. 그렇지만 망설이다가 의상실로 전화를 걸었을 때, 혜인은 일주일 전부터 파리에 체류 중이라는 대답만 돌아왔다. 없어진 게 특별히 없으니 도둑이라고 단정할 수도 없고, 그렇다고 오리온성운의 님프들이 무거운 당구 큐를 일부러 옮겨놓았다고 할 수도 없었다.

나는 단숨에 고시원 건물 앞까지 내려왔다.

지쳐 주저앉을 것 같았으나 침입자가 와 있다고 생각하자 내 온몸에 생피가 도는 기분이었다. 얼기설기 급조한 고시원 건물에서 내 집에 이르는 길은 두 갈래였다. 곧장 뻗어내린 좁은 포장로는 고시원 건물에서부터 변호사의 통나무집과 영문학 여교수 별장과 단무지 공장을 차례로 지나 마을에 닿았고, 그곳에서 오른쪽으로 돌아드는 풀섶 사이의 샛길은 개천을 건너 삼태기 같은 골 안으로 쑥 밀고 올라온 골답들의 논두렁길로 이어져 내 집 뜰에 닿았다. 나는 먹이를 향해 접근해가는 짐승처럼 민첩하고 유연하게 풀섶 샛길로 들어서 곧 개천을 건넜다. 논두렁길이라지만 굴암산 쪽으로 버려진 밭들과 이어지기 때문에 어느덧 내 허리춤까지 자란 개망초와 억새들과 야생 달맞이들이 자꾸 발에 걸렸다.

동쪽 하늘에 막 여명이 트기 시작하고 있었다.

당구 큐가 당구대 위에 버젓이 놓여 있고 난 후에도 나는 벌써 몇 차례나 침입자의 흔적들과 만나온 참이었다. 한번은 거실에서 뒤뜰로 나가는 샛문이 열려져 있었던 적도 있었고, 한번은 당구대 녹색 시트가 5센티미터나 찢어져 있었던 적도 있었으며, 또 한번은 담요와 얼마 전 새로 사온 최신곡의 시디 몇 장이 사라진 걸 발견한 적도 있었다. 특히 뒤뜰로 이어진 샛문이 열려 있었을 때엔 침입자가 금방 집에서 빠져나간 듯한 느낌을 나는 강하게 받았다. 뒤란에서 곧장 연접한 굴암산 숲 샛길을 누가 헤치고 나가는 것 같은 기척도 들렸다. 침입자는 아마도 내가 집에 있을 때조차 나의 일거수일투족을 환히 들여다볼 수 있는 위치에 존재하는 것 같았다.

과연, 집 안에서 음악 소리가 들렸다.

나는 망원경과 배낭을 멀찍이 내려놓고 낮은 포복 자세로 개망초 사이를 지나 현관에 접근했다. 차고를 지으면서 남긴 철제봉이 망초꽃밭 사이에 거꾸로 박혀 있었다. 커튼으로 가려진 창 너머에선 음악 소리 이외에 아무 기척도 나지 않았으나, 남의 집에 들어와 태연히 음악을 즐기고 있을 미지의 침입자에 대해 나는 순간 맹렬한 적개심을 느꼈다.

뜰 구석구석 개망초가 하얗게 피어 있었다.

침입자는 한 명일까. 밤새 불을 켜놓고 음악까지 즐기고 있다면 침입자는 내가 그동안 상상해온 것과 달리 아주 흉포한 자일는지도 모를 일이었다. 게다가 한 명이 아닐 수도 있고, 또 생선회 칼이나 곤봉 따위로 무장을 하고 있을 수도 있었다. 파출소에 신고하면 어떨까 하고 잠깐 생각했지만 휴대폰 배터리는 이미 바닥난 상태였다. 굴암산 허리에서부터 흘러내려온 물안개가 여명으로 밝아지기 시작한 골짜기 안에 소리 없이 들어차고 있었다. 나는 더 이상 참을 수가 없어 마침내 단단히 거머쥔 철제봉으로 탕, 탕, 탕, 현관을 두들겼다.

안에 누구얏!

독 오른 목소리로 나는 소리쳤다.

집 안에선 그러나 아무런 기척도 나지 않았다. 경찰이 오고 있어……라고 덧붙이고 나서, 나는 짐짓 소리 내어 열쇠 구멍에 열쇠를 집어넣었다. 현관문이 기다렸다는 듯 부드럽게 열렸다. 내 눈에 먼저 들어온 것은 텅 빈 거실이었다. 그렇다고 방에서 사람 기척이 나는 것도 아니었다. 나는 긴장을 풀지 않고, 우선 거실의 오디오를 껐다.

내가 오는 걸 알아차리고 뒷문으로 도망친 것일까.

화장실을 사이에 두고 방은 두 개로 나뉘어 있었다. 남쪽에 배치된 방은 평소 침실로 사용했는데 넓고 환했으나 북쪽에 배치된 방은 안 쓰는 이불, 옷가지, 그림 따위가 널려 있는 방으로 어둡고 좁았다. 다행히 침실 또한 열려 있었고 비어 있었다. 불이 켜져 있는 걸 빼곤 다른 사람의 흔적도 전혀 발견할 수 없어 나는 순간적으로 고개를 갸웃했다. 거실의 불을 무심코 켜놓고 집을 떠났던 게 아닐까.

그때, 무슨 소리가 작은방 쪽에서 났다.

나는 놀라서 반사적으로, 거기 누구얏, 문 열고 나왓……하고 소리쳤다. 사람 소리였는지 도둑고양이의 혀 짧은 울음소리였는지 분명하지 않았다. 골 안의 여명이 어느새 거실 창을 통해 안으로 밀려들고 있었다. 작은방 문 너머에서 다시 어떤 소리가 새어 나온 건 잠시 후였다. 낮은 비명 소리 같기도 하고 참다못해 비어져 나오는 울음소리 같기도 했는데, 분명히 사람의 소리였다. 나는 재빨리 작은방의 문을 확 열어젖뜨리고 침입자의 반격에 대비해 전광석화 한 발짝 뒤로 물러났다. 우선 뒤란으로 난 창을 가리고 세워진 여러 점의 그림들이 보였고, 발 디딜 데 없이 널려진 옷가지들과 겨울 이불과 온갖 잡동사니가 한눈에 보였다. 아니, 헌 옷가지나 잡동사니로만 보았으나, 나는 이내 헌 옷가지나 잡동사니 속에, 역시 헌 옷가지나 잡동사니 같은 침입자가 누워 있는 걸 발견했다.

침입자는 다리를 벌린 채 반듯이 누워 있었다.

피비린내 같은 것이 훅 하고 코끝을 휘감고 지나갔다. 도대체 당신…… 여기서 뭐 하고 있어……라고, 소리치려 했으나 내 말소리는 중간에서 우듬지가 툭 꺾이고 말았다. 너무도 큰 충격을 받았기 때문이었다.

놀랍게도 침입자는 임산부였다.

이미 개구기(開口期)가 시작됐는지 전양수(前羊水)가 터졌는지 방바닥엔 핏물 섞인 점액이 홍건히 흘러나와 있었다. 임산부는 버려도 좋을 낡은 담요 한 장만을 깐 방바닥에 누워 있었고, 아랫도리만 벗은 채였으며, 내게서 숨고자 하였는지 얼굴은 나의 겨울 셔츠로 가리고 있었다. 신열이 갑자기 솟구쳐 시야가 뽀얗게 흐려졌으므로 나는 잠시 문틀에 기대고 눈을 짐짓 깜박깜박했다. 무엇을 어떻게 해야 되는지 판단이 서지 않았다.

임산부라니, 말도 안 돼.

내 입속에서 그런 소리가 아우성치고 있었다.

어떻게 내게 이런 일이 일어날 수 있단 말인가. 당신의 애를 낳고 싶어……라는 말이 가슴을 비수처럼 뚫고 들어왔다. 파리에 있을 때 혜인이 어떤 날 물어뜯듯이 내게 했던 말이었다. 혜인이가 그 말만 하지 않았더라도 어쩌면 나의 삶은 혜인이가 믿고 의지하려 했던 일반적 통과의례를 좇아 무난하고 보편적으로 진행돼왔을지도 몰랐다. 그러나 격렬한 정사 끝에서 혜인이가 그 말을 내뱉고 났을 때, 나는 좀 전까지 내가 황홀하게 빨고 깨물었던 그녀의 크고, 검고, 차진, 그리하여 검은 대지와 같은 젖꼭지가 정말 혐오스럽게 느껴졌다. 그 혐오감이 나의 어디에서부터 나오는지 그때나 지금이나 물론 나는 알 수 없었다. 아무런 논리적 근거가 없음에도 불구하고, 어둠의 심지가 어디에 박혔는지도 모르면서 단지 욕망의 가속적 팽창을 좇아가며 애를 낳는다는 것은 더러운 짓이라고, 나는 확신했다. 그런데 지금 내 집에서 한 여자가 더럽고 방자하게 사지를 벌리고 누워 있었다. 임산부의 음부에서 흘러나온 점액이 그 여자 발치에 놓인 나의 셔츠에 젖어드는 걸 보고 나는 분노를 느꼈다. 임산부의 부풀어 오른 배와 깡마른 하지(下肢)와 작은 발가락이 다 더러웠다. 그것은 오물과 다름없었으며, 시궁창에 빠진 생쥐와 다름없었다. 나가……라고, 나는 소리치고 싶었다. 스스로 나가지 않는다면 메고 나가 하다못해 굴암산 산자락에라도 내버려야 할 터였다.

임산부가 참지 못하고 비명을 질렀다.

어금니를 질끈 물고 참다 참다 극적으로 터져 나오는 비명 소리였다. 다리는 부들부들 떨리고 손은 간헐적으로 허공을 붙잡았다 놓곤 했다. 나는 순간적으로 무릎을 꿇고 거칠게 앉았다. 어찌 됐든 시궁창 속의 더럽고 뻔뻔한 얼굴이라도 한번 봐줘야 할 것 같았다. 여긴 내 집이야……라고, 나는 생각했다. 내 집에 들어와 더러운 오물을 내싸고 있는 너는 대체 누구냐……라고, 입속으로 소리 없이 소리치면서, 나는 임산부가 얼굴을 가리고 있는 나의 겨울 셔츠를 단호히 벗겨냈다.

…… 아, 아, 아저씨.

임산부가 숨넘어가는 소리를 냈다.

땀과 눈물로 범벅된 얼굴에서 번질번질한 임산부의 눈빛이 똑바로 내게 날아와 박히고 있었다. 나는 너무나 놀라 헙하고 숨을 막았다. 뜻밖에도 임산부는 이제 겨우 열두서너 살이나 됐음 직한 아주 앳된 소녀였다. 소녀의 손이 부지불식간에 앞으로 뻗어 나와 내 바지자락을 콱 움켜쥐었다. 마치 내 전신이 가느다란 소녀의 손가락과 팔에 의해 한순간

결박당한 것 같은 기분이 들었다.

 죄, 죄송해요. 살, 살려……주세요…….

소녀가 애원하고 있었다. 나는 본능적으로 소녀의 손을 뿌리치려고 했는데, 내가 뿌리치려 할수록 바지 자락을 움켜쥔 소녀의 악력은 믿을 수 없을 만큼 더욱 강렬해졌고, 급기야 그래그래, 내가 도와줄게……라는, 생각하지도 않은 말이 내 입에서 튀어나오고 말았다. 걱정 마, 아저씨가 곁에 있을 거야……라고, 나는 이어서 소리쳤다. 비명을 지르고 있기론 나도 소녀와 마찬가지였다. 온몸에서 땀이 나기 시작했다. 도대체 이제부터 어떻게 해야 한단 말인가.

 음렬(陰裂)이 손가락만큼 열려 있었다.

 이, 이미…… 파……수가 됐을 거예요……. 소독을 해줘야 한…… 한다고…… 인터넷에서…… 찾……아봤어요……라고, 소녀가 손으로 음부 쪽을 가리키며 말했다. 자기 나름대로 소녀는 미리 분만을 준비했던 듯했다. 나는 비로소 소독약과 거즈와 약솜과 체온계와 가위와 실이 쟁반에 담겨 소녀의 머리맡에 놓여져 있는 걸 보았다. 나는 파수(破水)가 무엇인지 정확히 알 수 없었고, 인터넷에 담긴 일반적 정보로 무장한 소녀의 말도 믿을 수 없었다.

 우선 널 옮겨야겠어.

나는 단호히 부르짖었다.

일단 내 침대에 빨아서 개어놓았던 새 시트를 깔았다. 순백색 시트를 깔 때 뜨거운 무엇이 목젖을 타고 가파르게 올라와 코끝에 빙 하고 울렸다. 나는 재빨리 눈가를 훔치고 작은방으로 돌아와 소녀의 목 밑에 팔을 집어넣었다.

괜찮아. 괜찮을 거야.

나는 나도 모르게 소리쳐 말했다. 작은방은, 탄생의 장소로는 너무도 좁고 어둡고 더럽고 차가웠다. 복압(腹壓)을 견디지 못한 진통의 순환 속도가 빨라지고 있었다. 땀투성이 소녀는 아기를 품고 있는데도 너무나 가벼웠다. 아…… 아저씨가…… 저, 저처럼…… 외…… 외롭고 좋은…… 분이라는 거…… 알고 있었어요……라고, 소녀가 내 목을 팔로 휘감고 숨 가쁘게 속삭였다. 벌어진 음렬 사이로 검은 무엇이 가까워졌다가 내압에 따라 안쪽으로 꺼져드는 걸 나는 보았다. 외음부를 소독하려고 손에 든 약솜이 경련 때문에 소녀의 대퇴부에 떨어졌다. 떨……지…… 말아요……. 아…… 아저씨……라고, 또 소녀가 말했다. 복압에 의해 잠깐씩 밀려 내려오는 검은 그것은 아기의 머리가 확실했다. 나는 공포감을 느끼고 그제야 떨리는 손으로 전화기의 번호를 찾아 눌렀다. 파출소 당직 순경은 신호가 여러 번 간

다음에야 느릿느릿 전화를 받았다.

날은 이미 훤히 새고 있었다.

괜찮으니, 제발…… 소리를 질러……라고, 내가 말했다. 소녀는 본능적으로 진통을 참으려 했기 때문에 진통이 돌아올 때마다 꼭 숨이 끊어지는 것 같았다. 소리를 맘껏 지르란 말야. 나는 덧붙였다. 소녀는 그래도 소리를 마음껏 지르지 않았다. 입술은 팥죽색이고 땀과 눈물로 얼룩진 얼굴은 잔뜩 충혈되어 있었으나, 쌍꺼풀 없는 눈은 아득히 깊고 덧니는 순한 백색이었다. 유난히 목이 길고 팔다리가 깡마른 소녀였다. 아저씨…… 침대…… 버…… 버리지 않으려고…… 했는데……라고, 소녀가 말했다. 핏물 섞인 점액질이 자꾸 흘러나와 침대를 적시고 있었다. 작…… 작은방에…… 내…… 보따리가 있어요. 아기를 쌀 포대기와 입힐 옷을 미리 준비했다고 말할 때, 소녀의 표정에 잠깐 충만감과 함께 자랑스런 빛이 떠올랐다. 처음엔 그…… 그냥 그림을…… 구경하고 싶어서 들어왔어요.

말하지 마.

아…… 아저씨…… 열쇠를…… 복…… 복사했지요.

말하지 말라니까.

아…… 아저씨가 그……림은 안 그리고…… 아령만 할

때 슬펐어요……라고, 말하는 순간 간헐의 휴식이 끝나고 진통이 또 찾아왔다. 핏줄이 툭툭 불거져 나온 소녀의 팔이 푸드득푸드득 떨렸다.

제발 애야, 소리를 질러.

나는 울음이 비어져 나오려는 걸 필사적으로 참고 말했다. 토…… 토니가요…… 무…… 무릎을 다……쳤거든요……라고, 소녀는 또 알아들을 수 없는 소리를 했다. 진통은 점점 고조되고 있었다. 뮤…… 뮤직 비……디오를…… 찍다가…… 무…… 무릎을…… 다…… 다쳤……다니까요. 고통을 참기 위해 너무 깊이 깨물었는지 소녀의 입술에서 피가 배어 나왔다. 괜찮아……라고, 내가 숨 가쁘게 외쳤다. 토니라니, 소녀의 애인인지, 또는 아이의 아버지인지, 그것은 내가 알 바 아니었다.

괜찮을 거야.

나는 마침내 울면서 말했다.

정말…… 토…… 토니는…… 괜찮을까요.

소녀의 손톱이 내 손등을 파고들었다. 괜찮아, 괜찮아, 괜찮다…… 괜찮을 거야……라고, 나는 소리쳤다. 내가 할 수 있는 말은 그것뿐이었다. 소녀가 이윽고 비명을 지르며 자지러지기 시작했다.

그래, 소릴 질러…… 괜찮아…… 괜찮을 거야.

그렇지만 어떤 순간 컥 하고 숨넘어가는 소리가 나더니 소녀의 고개가 홱 옆으로 꺾였다. 안 돼……라고, 나는 부르짖었다. 안 돼. 눈을 떠. 눈, 눈을 떠봐. 제발 눈을 떠. 쩍 벌어진 음렬에서 핏물이 꿀렁꿀렁 터져 나오고 있었다. 나는 소녀의 뺨을 후려갈겼다. 오, 어머니…… 오, 하느님……이라고, 나는 나도 모르게 계속 부르짖고 있었다. 어머니와 하느님을 부르짖어 찾은 것은 그때가 처음이었다. 소녀는 이렇게 죽을 권리가 없다고 나는 생각했다. 나는 명백하게 소녀의 '토니'가 아니었다. 이 나쁜 자식……이라고 아이 아빠인 미지의 토니를 향해 외치면서, 더욱 호되게 나는 소녀의 뺨을 또 쳤다. 오리온좌로 아름답게 현신한 죽음의 신 오시리스는 형제에 의해 열네 토막으로 갈가리 찢겨 죽었으나, 마침내 살은 살대로 뼈는 뼈대로 붙고 새 피가 흘러 불멸의 시간조차 지배하는 위대한 태양신 호루스의 아버지가 되지 않았던가.

아…… 아……저씨…….

기절했다 깨어난 소녀가 이윽고 나를 불렀다.

나는 소녀의 볼에 나도 모르게 입을 맞추었다. 괜찮아, 괜찮아……라고, 나는 계속 말했다. 내 눈물과 소녀의 눈물이 오시리스의 살과 뼈처럼 끈적하게 달라붙었다. 너는 벨라트릭스야. 말은 나오지 않았으나 나는 입속으로 부르짖었다. 오리온좌의 왼쪽 어깨에 청백색으로 제 몸을 빛내며 굳건히 박힌 이등성 벨라트릭스는 '여전사'라는 뜻이었다.

4

　혜인의 뉴욕 패션쇼가 성공적으로 끝났다는 기사를 나는 어떤 패션 전문지에서 읽었다. 뉴욕 패션쇼를 계기로 새로운 브랜드의 기성복 회사를 오픈할 예정이라고 했다. 혜인은 틀림없이 우리나라뿐 아니라 세계 패션 시장의 판도도 바꾸어놓을 것이다. 내 꿈은 파리의 내로라하는 시민들이 앞다투어 내가 디자인한 옷을 입고 다니는 거야. 그걸 보고 앙리가 어떤 표정을 지을지 궁금해. 앙리는 혜인이 다녔던 패션학교의 교장이자 유명 패션 디자이너였다. 그는 동양인에 대해 편견이 가득 찬 사람이었다. 혜인은 자주 그 편견의 칼에 찔려 상처받았고, 그래서 앙리에게 앙갚음하는 것이 파리 유학 시절의 유일한 꿈이기도 했다. 어찌 앙갚음을 해야 할 적이 앙리뿐이겠는가. 혜인이 가진 꿈은 관념적 성공이나 어떤 지향이 아니라 이를테면 적들과 싸워 이겨 얻어낼 수 있는 성취의 과실에 조준되어 있었다.

나는 가끔 전나무 숲으로 들어갔다.

굴암산에서 서북편으로 흘러내린 능선 하나는 내 집 뒤를 지나 마을의 북쪽에서 불쑥 솟았다가 급속히 꺼져 내려 끝나는데, 울창한 전나무 숲이 자리 잡고 있었다. 그 숲에 들어가면 세상으로부터 나는 숲에 의해 완전히 가려지지만 그곳에서의 내 시선 안엔 마을과 나의 집이 손바닥 보듯 환히 잠겨 들어왔다. 길은 없었다. 낙엽 속으로 발목이 쑥쑥 빠지는 급한 비탈길을 올라가다 보면 마을에선 보이지 않는 빈집이 하나 나왔다. 두 칸짜리 작은 기와집이었다. 이장의 말에 따르면 오래전 한때 그곳에 젊은 강신무가 들어와 살았다고 했다. 얼굴이 반지르르한 게 색기가 넘쳤었다나 봐요……라고, 이장은 설명했다. 얼굴값을 하느라 그랬는지 혼자 사는 강신무 집에 밤이면 마을 남정네들이 수시로 드나들었던가 보았다. 결국은 사단이 벌어졌고, 마을 아낙들이 몰려가 강신무의 머리를 모조리 뽑아놓았다는 것이었다. 워낙 음기가 센 곳이라고 알려져서 동네 사람 누구도 그곳엔 가지 않아요……라고, 이장은 덧붙여 말했다. 깨어진 기와엔 풀이 자라고 문짝은 물론 벽의 일부도 파손되어 한데

나 다름없으며 울창한 전나무 숲 때문에 낮에도 어두컴컴한 곳이었다.

 나는 우두커니 문지방에 앉았다.

 내 집 뜰을 지나 굴암산 산자락 텃밭으로 느릿느릿 가고 있는 어떤 노파가 환히 내려다보였다. 현관으로 올라가는 계단과 뜰의 일부, 그리고 서편으로 난 내 집의 창들이 전나무 사이로 한눈에 들어왔다. 누구든 이곳에 있으면 내가 집에 드나드는 걸 언제라도 볼 수 있을 터였다. 배가 눈에 띄게 불러지면서 사람들을 피해 흘러온 소녀가, 오리온좌를 찾아 밤마다 내가 산길을 떠돌던 봄부터 이른 여름까지, 내 집에 들고나며 머물렀던 흔적들은, 전나무 숲 속의 이 빈집 도처에 남아 있었다.

 가령, 내가 잃어버린 담요가 이곳에 있었다.

 소녀가 내 집에서 들고 나온 것이었다. 또 서태지의 제2집 〈울트라맨이야〉……를 비롯한 시디 몇 장도 있었고, 부서진 바비인형과 이 빠진 크리스털 포도주잔과 골프공 몇 개도 있었다. 서태지는 규정되지 않는다……라는 활자가 박힌 브로마이드를 펴보다가 말고, 나는 그 브로마이드 밑에 놓인 시디 한 장을 열어보았다. 카세트도 없으면서 시디를 훔쳐다 간직한 것은 마음껏 노래를 들을 수 있는 날이 곧 오리라는 희망을 잃지 않아서였을 터였다. 이제 겨우 중학교 1학년, 열세 살짜리 소녀였다고 했다.

RUN AWAY.

나는 시디의 표지를 소리 내어 읽었다.

잔뜩 전깃줄이 뒤엉킨 전봇대를 배경으로 어디서 본 듯한 세 명의 청년이 위태위태한 난간 위에 나란히 걸터앉은 사진 사이로 표지 RUN AWAY가 찍혀 있었다. 그렇지 참. JTL이라고 했지……라고, 나는 이윽고 중얼거렸다. 용인 읍내 천변 여관촌 어귀의 레코드점에서 최근 새로 나온 시디 몇 장을 살 때, 젊은 그룹의 새로운 노래가 없느냐고 묻자, 보조개 쏙 팬 점원 처녀가 골라준 시디 중 하나였는데 포장도 뜯지 않고 던져두었던 것을 소녀가 여기에 가져다 놓은 것이었다. 나는 시디와 함께 들어 있는 가사집을 무심코 넘겨 보다가 한순간 눈을 크게 떴다. 노랗게 물들인 짧은 머리를 제멋대로 세우고 선글라스를 낀 한 청년이 전기드릴을 든 채 입을 꽉 다물고 선 사진 밑에 TONY라는 영문 이름이 박힌 걸 발견했기 때문이었다. 토…… 토니가요…… 무…… 무릎을 다……쳤거든요. 소녀가 필사적으로 진통을 견디면서 말하는 소리가 환히 들렸다. 뮤…… 뮤직비……디오를 찍다가…… 무…… 무릎을…… 다쳤다……는 청년의 얼굴을 나는 똑바로 들여다보았다. 단단한 듯, 그러나 평범하게 생긴 얼굴이었다.

소녀는 물론 그날 이후 다시 오지 않았다.

파출소의 연락을 받은 산부인과 앰뷸런스가 30분만 늦게 도착했더라도 소녀는 아마 살지 못했을 터였다. 병원으로 옮기기엔 너무 늦어 소녀는 결국 내 침대에서 분만했으나 아기는 미숙아였다. 인큐베이터에 넣어졌는데요, 이틀 만에 죽었다는군요……라고 파출소 순경은 내게 말해주었다. 나는 소녀에 대해 궁금한 게 없었으며 그래서 아무것도 더 묻지 않았다. 인터넷 때문에 애들 다 망가지고 말겠어요. 순경이 혼잣말처럼 한 말이 소녀에 관한 정보의 전부였다. 인터넷에서 만난 남자들에게 몸이라도 팔았다는 건지, 인터넷에 중독돼 있었다는 건지, 그게 아니면 인터넷하고 소녀 사이에 또 어떤 은밀한 관계가 있었다는 건지, 그런 건 알 필요가 없었다. 쌍꺼풀 없는 아득한 눈빛과 순한 백색의 덧니가 자꾸 떠올랐다. 아…… 아저씨가 그…… 그림은 안 그리고…… 아령만 할 때…… 슬펐어요……라는 말을 할 때, 귓속에 부어지던 소녀의 헐떡이는 뜨거운 입김이 아직 내 귓가에 남아 있었다. 나의 캔버스는 그러나 여전히 비어 있었고, 소녀가 염려하던 토니의 무릎도 이제 완전히 나았을 것이었다.

놀빛이 스러지고 나자 별들이 돋아났다.

나는 폐가의 문지방에서 일어날 생각도 하지 않고 퐁, 퐁, 퐁, 물방울처럼 돋아나는 별들을 가만히 올려다보았다. without your love. 나는 한 번도 들어본 적조차 없는 토니의 노랫말을 내 감흥에 따라 입속으로 불러보았다. believe it you'd better, believe…… it's without you love……에서, 갑자기 인큐베이터에서 이틀 만에 죽었다는 아이의 얼굴이 마치 본 것처럼 뚜렷이 떠올랐다. 아이는 신생아였지만 천 년을 산 것 같은 수많은 주름으로 뒤덮여 있었다. 무적의 사냥꾼 오리온은 물론 굴암산에 가려 보이지 않았다. 은하수가 길게 하늘을 가로질러 흐르고 있었다. 지름이 10만 광년이나 되는 은하수엔 300억 개 이상의 항성들이 포함되어 있다고 했다. 주름 많은 얼굴로 이틀 살다가 숨진 소녀의 아이도 별이 되었을까.

it's without you love
아무런 감정은 없어
나 바보처럼 멈춰 서
나의 길을 찾으려

자 눈을 감아 왜 내가

그 이상이 될 수 없는지

알 수가 없어 이 현실이

나 여기서 끝나야 해

 JTL과 JTL의 토니가 부르는 노랫소리가 계속 들려왔다. believe…… 더 나아질 거예요, 믿으세요……라고, 토니는 속삭여 노래했다. 왜냐하면…… Cause I found the future…… 해님을 담아 별님을 담아…… 나 상상했던 이상 찾아…… believe it you'd better…… 더 나아질 거예요. 믿으세요……라고, 소녀 또한 토니처럼 속삭이고 있었다. 하늘의 중앙부엔 어느새 용감한 투사 헤라클레스가 물뱀 히드라를 물리치는 형상을 하고 있었다.

 괜찮다. 정말 괜찮을 거야.

 나는 화답하듯이 소리 내어 말했다.

 그러나 밤이 이슥해질 때까지도, 나는, 내가…… 무엇이…… 그리운지…… 몰라…… 전나무 숲 속에 버려진 빈집에 앉아 오도 가도 못하고 있었다. 천 년을 산 것보다 더 주름이 많은 아이가 헤라클레스와 뱀 히드라 너머, 아스라이 반짝이고 있는 걸 나는 오래오래 바라보았다. 천 년을…… 산…… 것보다…… 더…… 주름이…… 많은……
아이는 사지를 조그맣게 오므리고, 투명한…… 물병에……
들어가 있었다.

감자꽃 필 때

1

그는 마을을 빠져나온다.

나는 앉았던 자리에서 불끈 몸을 일으킨다.

2시를 막 넘겼거나 조금 못 됐거나 할 것이다. 넘고 모자라 봐야 그 시차는 5분 미만이다. 비닐하우스와 산기슭을 깎아 만든 채마밭 사이로 난 시멘트 포장로. 비닐하우스 어귀 전봇대에 갓등이 하나 매달려 있고, 갓등 아래에서 길은 불현듯 북편으로 틀어져 흐르다가 내 집과 맞붙은 텃밭 어귀에서 동쪽으로 한 번 방향을 또 바꾼다. 시멘트 포장로는 곧 끝나고 길은 갑자기 좁아져 우리 집 마당 끝을 동서로 관통, 굴암산 발치까지 자맥질해 들어간다. 논과 논보다 서너 자(尺)쯤 높은 밭들 사이로 난 소로는 가르마처럼 쪽 곧다.

그는 결코 서두르는 법이 없다.

보폭이 일정하고 걸음새가 아주 얌전해서 조금만 떼어놓고 보면 걷는다기보다 붕 떠서 유연하게 흐르는 것 같다. 습관처럼 늘 지게를 짊어지고 있으므로 비닐하우스 옆을 지나올 때 그의 얼굴은 지게 그늘에 가려 거의 보이지 않는다. 해는 그의 지게 너머, 골프장 아웃코스 나인 홀 꼭대기에 떠 있다. 그래서 그는 지게를 짊어진 것이 아니라 해를 짊어지고 오는 듯이 보인다. 하기야 키는 물론 체수가 워낙 작은 터라 지게를 짊어지고 있을 때의 그는 어느 방향에서 보아도 지게의 그늘에 가린 듯하다. 뻣뻣하게 고개를 치켜드는 법이 없이, 길을 보는지 길이 아닌 다른 무엇을 보는지, 항상 아미를 숙이고 고요히 흐르기 때문에 더욱 그럴 것이다. 체수에 비해 짊어진 지게가 큰 듯한데도 전혀 불안해 뵈거나 하지 않는 것 또한 신기한 일이다. 대체 언제부터 그는 지게와 동행해왔을까. 지게를 짊어지지 않은 그를 본 적도 없거니와, 지게와 그가 언제나 너무도 잘 어울려 보였으므로, 지게와 그를 분리해서 상상하는 것도 쉽지 않다.

안녕하세요.

나는 입속으로 중얼거려본다.

연습이다. 그는 내 집과 맞붙은 텃밭길로 들어서고 있는 중이다. 나는 거실 유리창 앞의 데크에 서 있다. 이제 곧 그가 마당 끝의 소롯길로 접어들 것이다. 안녕하세요……라는 내 인사말에 화답하는 그의 표정을 어서 보고 싶다. 마치 감수성 중심을 콕 찌르고 들어온 첫사랑의 소녀를 어느 길가에서 기다리고 있는 소년 같은 기분이다. 3월의 햇빛은 맑고 힘차다. 나는 햇빛을 정면으로 받느라 눈이 부셔 손차양을 한 뒤 생침을 꼴깍 소리 나게 삼킨다. 부드럽게 출렁이는 그의 지게 끝에서 튕겨져 나온 햇빛이 아무런 여과 없이 내 몸을 찔러오고 있기 때문이다.

안녕하세요, 아저씨.

그의 귀를 열기엔 내 목소리가 너무 작다. 나는 가쁘게 속으로 심호흡을 한 번 하고, 안녕하세요, 안녕하세요, 아저씨…… 밝게 소리를 지른다. 그가 소리의 방향을 얼른 쫓지 못해 이리저리 둘러보다가 마침내 내 쪽으로 고개를 돌린다. 블랙홀처럼 단단하게 쪼그라든 청동빛 얼굴이다. 눈은 깊고 턱은 갈쭉하고 광대뼈는 불끈 솟아 있다. 쪼개진 이마와, 코끝에서 인중을 비켜 밑으로 힘 있게 빠진 팔자(八字)형의 거친 골골(谷谷)을 나는 본다. 햇빛이 불끈 솟은 광대

뼈에서 가파르게 미끄럼을 타고 있다.

날씨도 좋은데 담배 한 대 피우고 가세요.

뭐라고?

뭐라고⋯⋯라는 말을 나는 환청으로 듣는다. 말하기는커녕, 악을 쓰듯 외장치는 내 말도 잘 듣지 못해 그는 옆으로 고갯짓을 가볍게 했을 뿐이다. 담배 한 대 피우면서 쉬, 어, 가, 시, 라, 구, 요. 나는 한 손으로 담뱃갑을 흔들어 보이며 다른 한 손으론 손나팔을 하고 소리 지른다. 그러자 그가 알아들었다는 듯이 활짝 웃는다. 소리 없는 웃음이다. 앞니는 전혀 없다. 오래전부터 그랬을 터이다. 잇몸만이 막힘없이 함죽 드러났는데 천진하고 환하다. 웃는 순간 이마로부터 얼굴 전체로 일순간에 수많은 주름살이 뻗어 나가는 것 역시 아주 역동적이다. 청동빛 피부는 더욱 높이 솟고 주름살 골골은 더욱 깊어지는데, 그 높음과 그 낮음이 서로 배타적이지 않고 순정적으로 맺어져 있다. 내 전신에 자르르하고 얼음이 갈라지는 것 같은 전율이 온다. 단단히 쪼그라져 뵈는 것은 시간이 만들어낸 가면에 불과하다. 우주를 일시에 밝히듯이, 그처럼 환하고 유순하게 웃는 얼굴은 어디에서든지 본 적이 없다. 천 개의 하회탈이 그의 청동빛 얼굴에 깃들어 있다.

어, 어, 어.

그가 지겟작대기를 흔들며 소리 지른다.

날씨가 좋다는 것인지, 담배 생각이 없다는 것인지 알 수 없다. 젊은 놈이 마당의 풀도 매지 않고, 왜 그리 게을러빠졌느냐고 소리치는 것인지도 모른다. 그는 말하지만, 그가 벙어리이기 때문에, 아둔한 나는 그의 말을 끝내 알아듣지 못한다. 어쩌면 그도 쉬, 어, 가, 시, 라, 구, 요……라는 내 말을 알아듣지 못했을 것이다. 그러나 사실적인 의미가 전달되지 않았다고 해서 불편한 것은 피차 하나도 없다. 햇빛보다 환한 것이 이미 그와 나 사이에 순간적으로 흘렀기 때문이다. 이를테면 일시적인 감전 상태처럼.

그가 가던 길을 다시 간다.

흐르는 듯이 유연하게, 그러나 출렁이며 그가 봄풀이 한창 자라고 있는 밭둑길을 걸어가고 있다. 손에 든 괭이로 톡, 톡, 톡, 톡, 길을 찍으며 가는 것이 장난기 많은 어린애처럼 보인다. 나는 손차양을 하고도 너무 부셔 실눈을 뜨고 그가 보이지 않을 때까지 그의 뒷모습을 한사코 좇는다. 길은 있는 듯 없는 듯 굴암산 자락으로 자맥질해 들어간다. 이장이 몇 년 전 묘목을 가져다 심어놓은 단풍나무 숲 너머에 그의 밭이 있다. 아직 3월이라 밭일이 많지 않을 텐데도 그는 시종여일, 하루에 네 번씩, 햇빛 환한 그 길을 오고 간다. 아침에 밭으로 갔다가 정오쯤 점심을 먹기 위해 돌아오고, 점심식사 후 다시 밭으로 갔다가 해질녘 돌아오는 것이다. 오고 가는 시각은 아주 규칙적이다. 때론 햇빛을 정면으로 받고 때론 햇빛을 등 뒤로 받지만 표정 또한 여일하다. 시선이 마주치면 활짝, 온 얼굴에 촘촘한 그물망을 만들면서 소리 없이 웃는다. 마치 샘물이 솟아나듯이 솟아나는 웃음이다. 거기엔 시간도 어떤 경계도 없다. 어, 어……라고 이따금 말하기도 한다. 괭이나 지겟작대기로 하늘을 가리키거나, 밭 혹은 길을 툭툭 찧거나, 골프장 쪽에 대고 삿대질을 하는 일도 있다. 곧 비가 올 것 같으니, 라든가, 밭에 풀 좀 매고 살게, 라든가, 하는 일 없이 골프나 치는 저놈들 한심한 종자들이야, 라든가, 나는 내 맘대로 그의 말들을 알아듣는다. 이장한테 들은바, 그는 올해 일흔아홉 살이다. 청년 시절 대처로 흘러갔던 3년여를 빼곤 평생 이 마을을 떠난 적이 없는.

그러나 나이가 무슨 상관이랴.

내가 처음 이곳으로 이사 들어왔을 때 그의 얼굴도 나는 아직 기억하고 있다. 벌써 여러 해 지난 기억 속의 삽화지만, 그는 그 삽화 속에서도 지금처럼 지게를 지고 있고 합죽

한, 단단히 쪼그라든 청동빛이고, 밭둑길을 괭이로 툭, 툭, 툭, 치면서 조금 심심한 듯, 조금 활달한 듯 걷고 있으며, 안녕하세요, 소리쳐 인사하면 비로소 고개 들고서 환하게, 빛이 터져 나오는 것처럼 웃는다. 그에게선 시간이 흐르지 않는다.

  시간의 속도로 그도 흘러가고 있기 때문일 것이다.

2

  용암사 주지인 원행 스님은 최근 몸이 좋지 않았다.

  스님의 나이 올해 일흔일곱이니 노환이라 불러도 무리는 아닐 터였다. 키가 훤칠하고 이목구비 또한 날카롭게 생긴 얼굴이었다. 깡마른 편이지만 본래부터 병약하게 생긴 건 아니었다. 병약하기는커녕, 걸진 눈매, 우뚝한 콧날과 단단한 어깨선, 꼿꼿한 자세 때문에 나이답지 않게 스님은 강인한 인상을 주었다.

  재작년 이맘때까지만 해도 그랬다.

  그때는 한 달에 몇 차례씩 행장을 꾸리고 산굽잇길을 내려오는 원행 스님의 모습을 내 집 거실에서 볼 수 있었는데,

보폭이 워낙 활달해서, 아침 해를 정면으로 받으며 경중경중 그가 산을 걸어 내려올 때, 청년처럼 아름다워 보이기까지 했다. 사람이 거의 찾지 않는 변방의 작은 절을 지키고 있을지라도 그 기상으로 보아 범상한 스님이 아니었다. 대쪽을 쪼개듯, 그러나 연속성을 가지고 용맹 정진, 깨달음의 바다로 나아갈 법한 스님이었다.

 그런 원행 스님이 처음 쓰러진 것은 작년 여름.

 간밤의 비바람에 일제히 나자빠진 고춧대를 하나씩 세우고 있던 참에 굴암산 산굽잇길로 맹렬히 돌진해가는 앰뷸런스를 목격한 것은 아침 10시쯤이었다. 용암사 주지스님이 불공을 드리다가 탁, 도굿대 쓰러지듯 쓰러졌다는데요, 라고 이장은 말했다. 혈압이 높았던가 보았다. 스님은 한 달 만에 다시 절로 돌아왔고, 절로 돌아온 스님은 이미 예전의 그 원행 스님이 아니었다. 우선 잘 걷지를 못했다. 지팡이에 의지해 요사채에서 대웅전으로 가는 걸 산책하던 중 우연히 보았는데, 한 발짝 한 발짝 위태롭기 그지없었다. 풍을 맞아 입도 돌아가 있었고, 머리는 하얗게 탈색되었으며, 너무 말라서 볼이 쏙 패어 있었다. 불과 한 달 사이 죽음의 그림자가 스님의 육신을 매몰차게 쭈그러뜨려놓은 것이다.

 시간은 빠르고 잔인하게 그를 관통해 흘러갔다.

청소를 하던 보살님이 걸레를 든 채 대웅전 문을 열고 나오다가 기우뚱기우뚱 걸어오고 있는 원행 스님을 발견하고 맨발로 달려 나와 부축했다. 나는 그것을 소나무 숲 사이에서 보고 있었다. 하이코오, 날 부르지 않고 혼자 예까지 어떻게……라고, 보살님은 말하는 것 같았다. 유난히 작은 키에 몸매며 얼굴이 둥그렇고 펑퍼짐한 보살님은 이제 막 50대 중반을 넘겼을까 말까 한 나이로 원행 스님의 유일한 가족이자 동숙자였다. 조강지처는 아니지만요, 절에 들어와 산 지 벌써 스무 해는 넘었을걸요. 이장은 설명해주었다. 조강지처의 자식인지, 절에 이따금 드나드는 장성한 자식이 서넛은 되는 모양인데. 하나같이 보살님을 몸종 부리듯 하더란 말도 이장은 덧붙였다. 보살님은 그러거나 말거나 일구월심 원행 스님을 모시고 돌보았다. 용인 읍내 장날이면 스님에게 먹이고 입힐 걸 잔뜩 사서 머리에 이고 등에 짊어진 채 산굽잇길을 걸어 오르고 있는 보살님을 만난 일도 여러 번 있었다. 택시를 타시지 않구요……라고, 내가 허드레 인사말을 건네면, 하이코오, 겨우 여길 가면서 택시비를 왜 들인대요…… 보살님은 수줍은 것처럼 얼굴을 붉히고 대답했다. 원래 드나드는 신도도 거의 없는 퇴락한 절이었다.

 보살님은 언제 보아도 가만히 앉아 있는 법이 없었다.

말수는 적었지만 몸놀림은 재빠른 편인데, 빨래를 하거나 청소를 하거나 김장을 하고 고추장, 된장을 담그거나, 내가 볼 때마다 보살님은 몸을 아끼지 않고 일했다. 절 옆의 텃밭 농사도 보살님 차지였고, 심지어 계단 옆의 무너진 석축을 다시 쌓는 일도 보살님 혼자 손수 했다. 그 일을 할 때엔 원행 스님도 건강했으나 툇마루에 가부좌 틀고 앉아 염주만 굴리고 있을 뿐이었다. 아니나 다를까, 원행 스님은 맨발로 달려와 자신을 부축하려는 보살님을 매몰차게 뿌리쳤다. 나는 그럴 것이라고 미리 예상하고 있었다. 일구월심 정성을 다 바치는 보살님과 달리, 원행 스님은 언제나 보살님을 몸종 부리듯 하는 걸 이미 여러 차례 보았기 때문이었다. 위태위태하게 거기까지 걸어온 것만으로 원행 스님은 벌써 화가 잔뜩 나 있었다. 스님의 매몰찬 손짓에 뒤뚱뒤뚱하던 보살님이 급기야 넉장거리로 절 마당에 엉덩방아를 찧고 넘어졌다.

3월의 아침 빛은 정결하기 그지없었다.

나는 하마터면 키드득하고 웃음소리를 낼 뻔했다.

그렇지 않아도 키는 작고 몸은 둥글어 살찐 두꺼비 같은 보살님인지라, 뒤집힐 듯 벌린 다리를 햇빛 속으로 올리며 넉장거리하는 품이, 비현실적인, 코미디의 한 장면처럼 보였기 때문이었다. 게다가 보살님은 요즘엔 구하기도 힘든 새빨간 내복을 입고 있었다. 햇빛이 보살님 사타구니를 둘러친 빨간 가리개에 불을 질러놓은 것처럼 보였다. 보살님은 그러나 발랑 뒤집힌 두꺼비가 용써서 단번에 끙 하고 몸을 일으키듯 재빨리 일어났다. 대웅전으로 들어가는 댓돌엔 보살님 신발과 걸레 그릇이 놓여 있었다. 원행 스님이 댓돌 앞에 막 당도한 것과, 원행 스님을 위해서, 놀랄 만큼 민첩하게 슬라이딩해 온 보살님의 손이 자신의 신발과 걸레 그릇을 잡아 치운 것은 거의 동시였다. 신발을 벗던 원행 스님은 심술이 나서 짐짓 한쪽 신발을 뒤쪽으로 뿌리쳐 벗었다. 스님의 신발은 그래서 대웅전의 토방 아래 절 마당으로 떨어졌다.

토방에서 절 마당까진 돌계단이 놓여 있었다.

보살님은 당신 발엔 신을 꿸 생각은 안 하고 다시 부리나케 마당으로 내려와 원행 스님의 흰 고무신 한 짝을 주워 들었다. 원행 스님은 대웅전으로 들어가 소리 나게 문을 닫았고, 보살님은 습관처럼 치맛자락으로 원행 스님의 고무신 코를 싹싹 닦다가 대웅전 닫히는 문소리에 고개를 들더니 잠시 미동도 안 하고 가만히 있었다. 대웅전 앞마당도 하얗고 햇빛도 하얗고, 보살님이 두 손으로 안고 있는 고무신도 하얬다. 봄빛은 벌써 깊어서 대웅전 마당 끝엔 산벚꽃이 벙긋 열리고 있는 중이었다. 나는 대웅전 닫힌 문과 돌계단과, 고무신을 든 보살님을 약간 위쪽의 소나무 그늘에서 사선으로 한눈에 내려다보고 있었다.

사위가 너무 고요했기 때문일까.

나는 갑자기 내 몸속에 숨겨진 채 팽팽히 당겨져 있는 현(弦) 하나가 비잉 하고 우는 소리를 들었다. 위에서 내려다보고 있으니 눈부신 햇빛 아래에 선 보살님의 키는 한 뼘도 안 되는 것처럼 보였다. 이제 곧 온 산을 불 지르며 피어날 봄꽃들이 그녀를 포위하고 파죽지세로 다가들 것이었다. 현이 떨려서 내는 소리는 삽시간에 온몸의 신경줄을 타고 뼛속까지 뚫고 들어가 박혔다가, 이내 텅 빈 뼈들이 대롱을 속속들이 공명시키더니, 다시 이상하고 이상한 신열을 거느리고 활상으로 상승, 마침내 콧날에 비잉비잉 감겨들었다. 맹세하건대, 무엇이 슬픈지 알 수 없었고, 또 슬프다고 생각한 것도 아니었다. 그것은 아주 찰나적이었으며 기습적이었다.

눈물이 주르륵 관자놀이를 타고 흘렀다.

3

 내 집 거실에서 내다보이는 길은 두 갈래뿐이다. 하나는 마을에서 활시위처럼 호선(弧線)으로 뻗어 나와 내 집 텃밭과 굴암산 발치를 잇고 있는 쪽 곧은 밭둑길이고, 다른 하나는 논 건너편, 용암사로 올라가는 시멘트 포장길이다. 밭둑길은 내 집의 뜰 가장자리를 관통해 가니 거실에서 불과 50여 미터 떨어져 있고, 논 건너 시멘트 포장길은 사이에 논을 두었으니 2백여 미터 이상 떨어져 있다. 말하자면 벙어리 농부는 바로 내 눈앞을 오가고 원행 스님은 저만큼 뚝 떨어져 흐르고 있는 셈이다.

 외출하지 않는 날, 나는 두 길을 종일 본다.

 시멘트 포장길은 조악하게 지은 원룸과 몇몇 전원주택으로 가려져 있어 끊어졌다 이어졌다 하면서 마을 공동 물탱크를 끼고 휘돌아서 올라가는데, 멀지만 포장된 너른 길이라서 비교적 잘 내다보이고, 가까운 밭둑길은 잡풀들 때문에, 가깝지만 오히려 길은 보이지 않는다. 두 길은 모두 다른 길로 이어지지 않아 되돌아 나와야 한다. 물론 있는 듯 없는 듯, 두 길에서 갈라져 나간 소롯길들이 전혀 없는 것은 아니나 모두 묘지로 이어지는 길이다. 삶으로부터 저승으로 빠져나가는 길인 셈이다.

봄이 되면 두 길의 느낌은 대조적이다.

몇몇 전원주택을 거느리고 헌칠민틋하게 뻗어 있는 시멘트 포장길은 얼핏 보아 분주할 것 같지만 사실은 비어 있기 일쑤다. 어쩌다 승용차가 한두 대 지나다닐 뿐인데, 순간적으로 지나가니 남은 길은 더욱 적막하고, 텅 빈 느낌을 준다.

그러나 밭둑길은 다르다.

밭둑길을 오가는 사람들은 빨리 걷는 법이 없다. 가령 맨 처음 거실 남쪽 창에 나타난 사람은 아주 느릿느릿 다가와 한참 만에야 창의 중심에 담기게 되고, 중심으로부터 동쪽으로 비켜나면 곧 동쪽 창이 배턴터치 하듯 그를 받아 안는데, 굴암산 숲이 그를 숨겨줄 때까지, 이제 내 거실의 동쪽 창을 그는 결코 벗어나지 못한다. 느릿느릿 움직인다고 해서 게을러 보인다는 뜻은 아니다. 밭둑길을 오가는 사람은 맨손으로 걷는 일이 없다. 지게를 지고 있거나 바구니를 끼고 있거나 경운기를 몰고 있거나 삽, 괭이, 쇠스랑, 제초기 따위를 들고 있다. 가끔 고양이가 쏜살같이 길을 횡단하기도 하고 오가는 사람과 앞서거니 뒤서거니 하면서 개들이 달리기도 한다. 새들도 떼 지어 지나가고, 개구리가 지나가고, 뱀도 지나가고 온갖 것들이 지나간다. 내가 비어 있다고 생각하는 순간에도 그 밭둑길엔 뭔가 살아 있는 것들이 바쁘게 오가고 있다. 봄이 되면 더욱 그렇다. 그러므로 그 길은 비어 있어도 빈 것이 아니며 머문 듯 천천히 흘러도 분주하다.

나는 그러나 거실에 있을 뿐이다.

물론 현실에선 밭둑길에 나와 있을 때도 있고, 시멘트 포장길을 따라 용암사까지 올라갈 때도 있으나, 이상한 것은 그런 순간조차, 나는 한사코 내가 거실에 앉아 있다고 느낀다는 것이다. 현실에서 내 몸이 어디 있느냐 하는 점은 중요하지 않다. 나는 때때로 밭둑길이나 시멘트 포장길을 걸으면서, 완강하게, 거실 안에 붙박이로 앉아 밭둑길, 시멘트 포장길을 걷고 있는 나를 내다본다. 현실적인 나의 위치는 비현실적이고 비현실적인 나의 위치는 현실적이다. 거실 안에서 내다보는 나의 걷는 모습은 너무 사실적이어서 그게 과연 나인지, 다른 누구인지 잘 구분되지 않는다. 내가 걷고 있는 모습은 게으르지 않으면서 느린 벙어리 농부의 걸음과도 다르고, 서두르는 것도 아니면서 활달한 원행 스님의 품새와도 다르다. 뭐랄까, 내가 걷는 모습은 이를테면 밭둑길과 시멘트 포장길 사이처럼, 엉거주춤하다. 엉거주춤……이라고 나는 소리 내어 중얼거린다. 엉거주춤하니, 엉거주춤하고…… 더럽다.

하나의 소원이 있다면 이것이다.

만약 각자 소유한 시간의 물레를 자유롭게 돌리고 풀고 할 수만 있다면, 무릎 꿇고 앉아 경배드리는 마음으로, 단번에 사오십 년쯤 앞으로 돌리고 싶다는 것이다. 혹시 의심 많고 시끄러운 또 다른 내가 온갖 불평과 감언이설로 나를 흔들지도 모르니까 눈 딱 감고 단번에 돌리는 게 좋다. 물레를 돌리고 나면 내 나이 여든 혹은 아흔쯤 될 터이다. 머리는 하얗고 얼굴 주름은 촘촘한 그물망으로 단단히 박혀들 것이며, 온몸은 검버섯에 뒤덮여 자갈밭이 되겠지, 오리온좌를 쫓아, 봄부터 여름까지, 굴암산, 말아가리산, 태화산을 넘나들지 못한다고 해도 괜찮다. 용인 읍내 천변 여관에 하릴없이 드나들지도 않을 것이고, 감히 생산을 꿈꾸거나 불임에 대해 절망하거나 하지도 않을 것이다. 더 깊어질 것도 없을 터, 저기 창밖, 두 개의 길을 구분하지 않아도 전혀 불편하지 않을 게 확실하다.

벙어리 농부는 일흔아홉, 원행 스님은 일흔일곱이다.

오래전부터 한쪽은 지게를 져왔고 한쪽은 목탁과 염주를 들었을 것인데, 한쪽은 느릿느릿 흐르듯이 걷고 한쪽은 헤치듯이 헌칠민틋 활달하게 걸었을 것인데, 그리고 또 한쪽은 밭둑길을 다른 한쪽은 시멘트 포장길을 오갔을 것인데, 그런데 그게 무슨 상관이란 말인가. 두 사람은 모두 늙었으니 우연, 혹은 필연인, 길의 각각 다른 배치와 상관없이 바야흐로 별이 되어가고 있는 중이다. 불멸의. 별을 본다는 것은 예배를 드리는 것과 다름없다. 이 봄에, 굳이 망원경 통해 하늘을 올려다볼 것 없이, 지상의 별을 보니 얼마나 좋은가. 원행 스님은 몸져누웠지만 내 눈엔, 그가 지금도 장삼 자락 펄럭이며 시멘트 포장길을 걸어 내려오고 있는 듯 보인다.

벙어리 농부는 서쪽에서 동쪽으로,

원행 스님은 동쪽에서 서쪽으로 항용 걷는다.

그럴 때 깊이 주저앉은 내 시선 속에서 두 길은 한 길인 것처럼 합쳐진다. 그들은 내 집 남창의 한가운데에서 마치 한 길을 양편에서 걸어온 듯 한순간 부딪친다. 아니, 부딪치는 것 같지만 부딪치지 않고 서로의 몸을 유연하고 리드미컬하게 통과해 흐른다. 벙어리 농부의 한 발이 원행 스님의 장삼 자락으로 슬쩍 감겨들어갈 때, 원행 스님의 앞가슴이 벙어리 농부의 얼굴로 스며들고, 벙어리 농부의 머리, 지게, 지게 위의 바작이 원행 스님의 앞가슴을 차례로 빠져나올 때, 원행 스님의 장삼 자락 끝은 벙어리 농부의 대퇴부를 스리슬쩍 통과해 나오는 것이다. 그것은 은밀하고 수줍고 찰나적인 첫 키스처럼 감미롭다. 서로의 몸이 통과되는 순간의 그들은 성스럽고 신비한, 어떤 제의적인 퍼포먼스를 내 집 남쪽 창 한가운데에서 행하는 듯이 보인다. 엇갈려 가는 셈인데 엇갈려 가는 게 아니라 하나로 통합되는 것처럼 보이는 것도 그 때문이다. 고양이나 개나 뱀이나 달팽이나 두꺼비나 어린 개미 떼들이 열 지어 길을 가로질러 가지만 그들이 진로를 방해받는 법은 없다. 천지에 봄꽃들이 다투어 피어나고 길 끝엔 천천히 흰 구름이 흐른다. 나는 가슴을 쓸어내리며 실눈을 뜨고 두 개의 별이 서로의 육신을 통과해 유장하게 흐르는 것을 창 안쪽에서 꿈인 듯 본다.

매양 눈물겹고 아름답다.

4

원행 스님의 임종을 보게 된 것은 과연 우연일까.

하지만 모를 일이다. 우연이라고 생각했다가도 그날 일을 꼼꼼히 되짚어보면 어딘지 모르게 교묘히 짜인 전술적 프로그램에 내가 편입된 것 같은 느낌을 받고 소스라친다. 마치 짜고 치는 고스톱 판에 나만 멋모르고 불려 나가 앉아 있었던 기분이다.

  그날 나는 텃밭에 감자를 심고 있었다.

  꼭 감자를 심을 요량이 있었던 것도 아니었다. 나는 밭을 버려둘 작정이었다. 그런데 나를 진짜 생각해주느라 그랬는지 밭을 버려두면 키 높이로 잡초가 자랄 테니 그게 보기 싫어 그랬는지, 이장이 자신의 감자 씨를 구해올 때 내 몫까지 챙겨 왔으므로, 심심풀이 삼아 그걸 그날 쪼개어 묻기로 했던 것이었다. 땅에 묻어만 두어도 제 스스로 자라 주렁주렁 열매를 맺을 텐데 왜 땅을 놀립니까……라고, 이장은 말했다. 하기야 이장의 말은 사실이었다. 밭둔덕에 비닐을 씌워 심으면 잡초 걱정도 없고, 특별히 소출을 많이 낼 욕심만 안 갖는다면 별로 손 갈 일이 없는 게 감자 농사였다. 더구나 지나던 벙어리 농부가 감자 씨를 들고 서 있는 나를 보더니 도와주겠다는 표정을 하고 지게를 벗어놓는 바람에 급기야 그와 함께 감자 씨를 묻기 시작했다.

  몸은 건강하신지요?

  어, 어, 어.

  자제분들은 자주 다니러 오나요?

  어, 어, 어.

웃으시는 거 보면 세상에서 제일 행복해 보이세요. 아저씨, 제 말이 맞지요? 항상 마음이 환하시지요? 마음이요, 화, 안, 하, 시, 다, 구, 요.

벙어리 농부는 그냥 환하게 웃었다.

감자 씨를 심는 법을 가르쳐준 것도 바로 그였다. 이곳으로 내려오고 첫해였던가. 시장에서 사온 감자 씨를 통으로 밭에 묻고 있는데 그가 지나가다가 느닷없이 내 뒤통수를 쿡 쥐어박았다. 그때만 해도 얼굴조차 익히지 않은 낯선 사이였다. 만약 그때 그가 환히 웃고 있지만 않았다면 노인이거나 말거나 나도 화를 내고 말았을 터였다. 그의 환하고 천진한 웃음을 가까이서 보기는 그때가 처음이었다. 어린 손자에게 일러주듯 그는 시종일관 천 개의 하회탈이 깃든 얼굴로 벌쭉벌쭉, 앞니 빠진 잇몸을 온통 드러내고 웃으면서, 감자 씨 심는 법을 가르쳐주었다. 감자 씨에도 눈이 있고 똥구멍이 있다고 그는 어, 어, 말했다. 눈을 설명하기 위해서 그는 깊은 자신의 눈을 쿡쿡 찔렀고 똥구멍을 설명하기 위해서 그는 내 똥구멍을 쿡쿡 찔렀다. 아주 장난기가 많은 노인이었다. 눈을 중심으로 비스듬히 잘라서 싹이 날 눈이 위로 오도록 묻어야 한다고 했다.

저도 이제 감자, 잘 심지요?

내가 사뭇 자랑스런 표정으로 물었다.

벙어리 농부는 감자 씨 하나를 엇비스듬히 쪼개려다 말고 대답 대신 그 감자 씨를 갑자기 내 사타구니에 갖다 댔다. 우리는 밭두둑을 사이에 두고 마주 보며 쭈그려 앉아 있었다. 뭐 하시는 거예요, 라고 소리치며 내가 밭고랑에 앉은 채 한 뼘쯤 뒤로 물러났다. 전에도 그가 내 등 뒤로 다가와 갑자기 생식기를 잡은 일이 있었기 때문이었다. 그의 얼굴에 잔물결이 재빨리 지나갔다. 봐라, 하고 말하려는 듯, 그가 들고 있던 칼까지 내려놓고 엉거주춤 일어서더니 감자알 두 개를 당신의 사타구니에 갖다 대고 눈을 찡긋찡긋했다. 장난기가 가득한 표정이었다.

아저씨 불알이 짝짝이네. 짝, 짝.

우리는 한참이나 키득거리고 웃었다.

밭두둑에 비닐까지 씌워놓은 후라서 작업은 아주 일사불란하게 이루어졌다. 이제 물만 듬뿍 주면 될 것인데 수도 호스를 밭까지 끌어오고 마당의 수도꼭지를 틀었으나 물이 나오지 않았다. 용암사로 올라가는 시멘트 포장길 옆의 물탱크 주변엔 사람이 전혀 없었다. 흔하지 않은 일이었다. 골프장에서 시설을 해준 마을 공동수도는 지하 150미터에서 물을 끌어올려 물탱크에 담았다가 수도관을 통해 집집마다 급수하는 방식을 쓰고 있었다. 물탱크 용량이 넉넉해서 설령 어디 고장이 좀 났다고 해도 물이 딱 끊어지는 법은 없었다. 또 고장이 났다면 물탱크 주변에 고치러 온 사람들이 보여야 할 터인데 물탱크 주변엔 햇빛뿐이었다.

한참을 기다려도 마찬가지였다.

먹을 물도 전혀 없었으므로 나는 기다리다 못해 물통 하나를 들고 나왔다. 벙어리 농부는 지게를 짊어지고 굴암산 자락을 향해 밭둔덕을 천천히 가고 있었다. 물이 안 나올 때, 평소 같았으면 우리 집에서 제일 가까운 이장댁 마당으로 갔을 터였다. 이장댁 마당엔 마을 공동수도와 관계없는 우물이 하나 있기 때문이었다.

그런데 그 순간, 용암사 앞마당이 떠올랐다.

원행 스님의 흰 고무신 한 짝을 든 보살님이 햇빛 눈부신 그 마당 한가운데 아직껏 스톱 모션으로 서 있는 삽화였다. 벌써 스무 날쯤 전에 본 그림인데, 보살님은 내 상상 속에서 여전히 소금 기둥처럼 오도 가도 못하고 있었다. 현실보다 더 생생한 그림이었다. 나는 물통을 차의 뒷자리에 싣고 곧 차를 몰아 용암사로 올라갔다. 용암사엔 물론 암석 사이로 흘러나오는 석간수가 있었다. 그러나 물을 뜨러 간다는 것은 표면적인 이유였을 뿐, 평소와 달리 액셀러레이터를 힘껏 밟고 물탱크 옆의 굽잇길을 올라갈 때, 나는 뭐랄까, 굴암산의 중심이 강력하게 나를 끌어당기는 것 같은 이상야릇한 자력을 느꼈다. 차를 세우고 나서 절까지 올라가는 쉰네 개의 돌계단을 허겁지겁 뛰어오른 것도 다시 생각하면 그 자력 때문이었다.

보살님을 구해야 돼.

밑도 끝도 없이 그런 생각을 했었는지도 모르겠다. 그러나 내 눈에 먼저 들어온 것은 보살님이 아니라 절 마당에 쓰러져 있는 원행 스님이었다. 대웅전에서 절 마당으로 내려오는 계단을 내려오다가 굴러떨어졌던가 보았다. 당황한 보살님이 석간수를 떠다가 원행 스님의 입에 대주고 있었으나 스님은 이미 인사불성이었다. 정오를 막 넘긴 시각이었다. 원행 스님의 맨머리를 단숨에 불태울 것처럼 햇볕은 너무도 강렬했다. 보살님이 나를 보더니 와락 울음을 터뜨렸다.

괜찮을 거예요. 내가 병원으로 모실게요.

마치 소리치는 것처럼 나는 말했다.

앰뷸런스를 불러놓고 기다리기엔 사정이 너무 급했다. 더욱 옆으로 돌아간 원행 스님의 입엔 거품이 잔뜩 비어져 나와 있었고, 숨소리는 아주 가빴으며, 코에선 끈적하게 점액질이 흘러나왔다. 본능적으로 나는 시간이 중요하다고 느꼈다. 단 1분이라도 빨리 병원으로 옮겨야 할 상황이었다. 스님은 깡말랐지만 뼈가 장대해서인지 의외로 무거웠다. 간신히 업고 절 마당을 가로질러 층계참에 왔을 때 갑자기 스님의 손이 내 뒷머리를 잡아당겼다. 그사이 그가 혼절에서 깨어난 것이다.

네, 뭐라고요, 스님!

나는 다급하게 반문했다.

그는 계속 버둥거리면서 뭐라고 말하려 했는데, 그러나 들리는 소리는 심하게 가래가 끓는 의미 없는 쉰 소리뿐이었다. 어, 어……라고, 벙어리 농부처럼, 그러나 벙어리 농부와 다르게 필사적으로 그는 말했다. 보살님이 해석해주지 않았다면 끝내 알아듣지 못했을 그의 말은, 요사채 자신의 방으로 일단 가자는 말이었다.

한시가 급한데 무슨 소리예요!

나는 그냥 층계를 내려가려고 했으나 스님이 막무가내 절박하게 버둥거렸으므로 어쩔 수 없이 스님의 방으로 갔다. 창이 없어서 방은 한낮인데도 어둠침침했다. 스님의 흰 고무신을 들고 울면서 뒤따르던 보살님이 토방에 올라서다가 멈칫 섰다. 원행 스님이 와들와들 떨리는 손짓으로, 뒤따라

방에 들어오려는 보살님을 막았기 때문이었다. 보살님은 마당에 한 발, 토방에 한 발을 내려놓은 엉거주춤한 자세로 멈춰 서서 불안과 공포와 슬픔 따위가 뒤죽박죽된 어두운 얼굴로 안을 들여다보고 있었다.

눈물이 보살님의 턱에서 뚝뚝 떨어졌다.

자지러지게 피어난 철쭉들이 보살님의 등 뒤에서 온 산을 불 질러놓고 있었다. 불타는 철쭉과 역광을 받고 마치 불구자처럼 서 있는 어두운 보살님의 입상을 나는 잠깐 번갈아 보았다. 떨리는 손으로 원행 스님이 밀문을 탁 밀어 닫은 것은 그때였다. 밀문이 문설주로 달려가 부딪치는 소리가 관 뚜껑에 대못을 치는 소리처럼 들렸다. 한순간에 보살님은 지워졌다. 마치 이승과 저승을 단숨에 갈라놓은 것 같았다. 원행 스님은 보살님을 관 속에 집어넣고 나서야 역시 떨리는 손으로 장삼 자락을 들추고 괴춤에서 뭔가를 풀어내려고 했다.

스님, 제가 풀어드릴게요.

꼼꼼히 명주로 누벼 만든 끈이었다.

아주 단단히, 여러 번 매듭을 지어놨기 때문에 침침한 방 안에서 얼른 풀어내기가 쉽지 않았다. 나는 눈을 부릅뜨고 매듭을 풀었다. 멀지 않은 곳에서 뻐꾸기 우는 소리가 간헐적으로 들렸다. 절 뒤로는 울창한 아카시아 숲 사잇길이 이어지는데, 그 끝에서 언덕 같지 않은 부드러운 능선을 잠시 타고 오르면 갑자기 시야가 탁 트이면서, 온갖 들꽃들이 피는 너른 분지와 함께 태화산이 한눈에 들어오는 곳이 있었다. 나는 그 언덕을 샹그릴라 언덕이라고 불렀다. 뻐꾸기는 바로 샹그릴라 언덕 쪽에서 울었다. 해발이 수천 미터나 되는 히말라야 고지대에 사는 농부들은 그들의 삶이 평생 동안 너무도 고되고 외로운 대신, 언제나 이것과 저것, 삶과 죽음의 경계가 없고 일체의 결핍도 없는, 불멸의 삶을 살 수 있는 이상향을 샹그릴라라고 부른다고 했다. 원행 스님은 평생 샹그릴라로 가는 이곳에 있었으니 죽음도 두렵지 않을 터였다. 샹그릴라는 본디 언덕 저쪽이라는 뜻이었다. 아무리 현세의 삶이 신산해도 장삼 자락 펄럭이며 언덕 하나 훌쩍 넘으면 영원히 죽지 않을 무릉도원이 있으리라 하고 믿는다면야, 찰나적인 이승의 고통을 왜 참지 못하겠는가.

허리끈엔 열쇠가 하나 달려 있었다.

내가 힘들어 허리끈을 풀자마자 원행 스님은 어디서 그런 힘이 솟구치는지 놀라운 악력으로 내 손에서 그것을 잡아채어 오래 묵은 문갑 앞에 다가앉았다. 원행 스님의 얼굴은 검댕을 칠한 듯 어두웠고 또 심하게 경련하고 있었다. 해골처럼 말랐으니 광대뼈는 턱없이 높았으며, 코에선 계속 점액질 같은 것이 흘러나와 팥죽색 입술에 엉겨 붙었고, 눈은 깊이 주저앉았으나 이상한 광채로 번뜩이고 있었다. 생애의 마지막 힘을 다 쏟는 듯 아주 강직하게 그는 문갑의 열쇠구멍에 열쇠를 집어넣었다. 방 안엔 야릇한 긴장감이 흐르고 있었다. 뻐꾸기 소리도 더 이상 들리지 않았고 관 속에 들어간 보살님도 더 이상 생각나지 않았다.

  도대체 스님은 무엇을 하려는 것일까.

  나는 한순간 눈을 크게 떴다.

  생각 같아선 문을 박차고 나가 온 산에 불 질러 피어난 철쭉밭을 죽을 둥 살 둥 달려 내가 이름 붙인 샹그릴라 언덕으로 가고 싶었다. 가시덩굴에 걸려 온몸이 찢겨져도 상관없었다. 나는 그러나 격정적인 충동을 필사적으로 억제하고 푸른 정맥들이 툭툭 불거져 나온 원행 스님의 팔이 문갑 속에서 혼신의 힘을 다해 그것들을 끄집어내는 걸 끝까지 보았다. 은행 통장이 다섯 개쯤 되었고, 절과 절에 딸린 토지 문서인 듯한 등기부등본과 서류철이 서너 개쯤 되었다. 살이 썩어가는 듯한 독한 죽음의 냄새가 그에게서 계속 나고 있었지만 나는 물러앉지 않았다. 그는 심하게 떨리는 손으로 보자기 하나를 찾아다가 문갑 속에서 꺼낸 것들을 꼼꼼히 맨 다음 전대처럼 당신의 허리에 단단히 찼다. 그러고 나서야 비로소 눈의 광채가 살풋 꺼져드는 것이었다. 마지막 불꽃으로 타오르며 움켜잡았던 삶에의 끈을 놓칠 듯 놓칠 듯 하는 것 같았다. 나는 반사적으로 쓰러지는 그의 상반신을 받아 안았고, 그가 가래 끓는 소리로 뭐라고 했다.

뭐라고요!

나는 싸울 듯이 악을 썼다.

안 들려요, 스님. 더 크게. 더 크게 말해봐요.

이제 그의 할 일이 끝났으므로 응당 서둘러 그를 업고 뛰어야 할 시간이 왔다는 걸 알았으나 나는 계속 소리쳐 물었다. 보살님은 아직껏 한 발은 토방 한 발은 마당을 디딘 불구자 같은 자세로 문 밖에 서 있을 터였다. 보살님의 주인이 거기 그렇게 있으라 일렀으므로.

내…… 내 아들…… 올…… 올 때까지.

뭐라고요. 안 들려요, 스님. 더 크게 말해요.

썩어가는 냄새 가득 찬 그의 입김이 내 귓구멍 속으로 들어오고 있었다. 나는 진저리를 치면서 계속 소리쳤다. 눈물이 날 것 같았다. 저, 저년이……라는 말이 다시 귓구멍 속으로 들어왔다. 여기……라고, 그의 허리에 찬 전대를 탁 치며 나는 악을 썼다. 여기, 손대지 못하게 하란 말이죠? 그렇죠, 스님? 뭐라는 거예요, 도대체. 똑바로 말 좀 해보라구요. 나는 계속 소리쳤지만 원행 스님의 머리는 어느덧 옆으로 돌아가 있었다. 내가 마지막 들은 말은, 저년이…… 여기……였다. 문밖에서 참지 못하고 보살님이 울부짖으면서 주저앉는 소리가 들렸다.

5

 오래된 함석 대문이 한 자쯤 열려 있다. 오늘뿐만이 아니다. 대문은 언제나 그만큼 열려 있었다고 나는 생각한다. 그러나 오늘은 뭔가 느낌이 다르다. 방문은 활짝 열려 있고 방 안의 불빛이 툇마루를 지나 마당 가운데까지 비추고 있었는데, 혼령의 집처럼 고요하다. 아니, 일흔아홉 살의 벙어리 농부 혼자 사는 집이니 다른 때라고 해서 소란스러웠을 리가 없다. 더구나 마을의 북단으로 빠져나온 산 아래 첫째 집이다. 방 두 칸과 부엌이 일자로 배치된 슬레이트집 뒤란엔 키 큰 전나무들이 집을 찍어누르듯이 에워싸고 있다. 전나무 숲 때문에 집은 더욱 외지고 작고 볼품없어 보인다. 그러므로 오늘따라 내가 특별히 고요하다고 생각한 것은, 정말 고요해서가 아니라 오히려 그가 그곳에 있기 때문일 터이다. 어쩌면 그의 긴 그림자 때문에.

그는 툇마루에서 식사 중이다.

방 안의 불빛을 옆으로 받고 있어 그는 물론이고 밥상의 그림자까지 마당 가운데로 길게 늘어나 있다. 나는 대문 안으로 슬쩍 들어서서 마당 한 켠의 감나무 그늘 밑에 선다. 워낙 고요하기 때문에 발소리가 내 귀엔 제법 크게 들렸으나 어차피 그는 잘 듣지 못하니 소리에 아무런 반응을 하지 않는다. 그림자는 실물보다 훨씬 크다. 숟가락과 젓가락을 움직이는 그의 그림자를 나는 본다. 그로부터 빠져나온 그의 혼령 같다. 방 안의 불빛을 옆으로 받고 있는 툇마루의 그와, 커다란 그림자로 어른거리는 마당 가운데의 그는 미묘하게 교접되어 있고 또 분리되어 있다. 처음부터 이렇게 가까이 숨어들어와 그를 엿볼 생각이 있었던 것은 아니다. 굴암산에 오르면서 길을 놓쳐 오후 내내 헤매고 다니다가 어두워지고 나서야 겨우 전나무 숲을 빠져나온 참이다. 비탈길에서 넘어져 다친 이마와 가시덩굴에 찔린 손의 상처가 아직도 쓰리다. 배도 고프고 다리는 물먹은 솜처럼 무겁다.

그의 앞에 놓인 상은 교자상이다.

그것부터가 범상하지 않다. 혼자 사는 노인이니 개다리소

반에 밥반찬 한두 가지면 족할 것이다. 장정 네 명이 둘러앉아도 여유가 있을 법한 교자상에 칠첩반상을 능가할 만큼 떡 벌어지게 차려놓고 밥을 먹고 있다는 건 정말 뜻밖이다. 교자상엔 얼핏 보아 나물 반찬만 해도 여러 가지고 산적에 조기찜까지 올라와 있다. 그는 언제나 그러듯이 전혀 서두르지 않고 유유자적, 그러나 열심히 숟가락질을 한다. 혼자 하는 식사인데도 표정은 조금도 쓸쓸하지 않다. 쓸쓸하기는커녕 사랑하는 가족들의 축복 속에 생일상을 받은 노인처럼 온화하고 충만한 표정이다.

나는 숨을 죽인다.

어떤 한순간, 그가 혼자 있는 게 아니라는 것을 명백하게 깨달았기 때문이다. 자석에 이끌리듯 내가 마당 안까지 끌려들어온 이유도 명백해진다. 나는 따뜻한 물이 내 몸속으로 흘러들어오는 것 같은 감동을 느낀다. 그의 사랑하는 아내는 방 안의 북쪽 벽에 기대어 그와 달리 불빛을 정면으로 받고 있다.

언제 찍은 사진일까.

가르마를 타서 쪽을 쪄 올린 머릿결이 아름답다.

볼은 도톰하고 눈은 살아 있는 것처럼 수줍게 웃고 있다. 서른 살을 막 넘겼을까 말까 한 앳된 얼굴이다. 사진은 열린 방문 너머, 직사각형으로 구획된 벽의 한가운데에서 불빛을 정면으로 받고 있기 때문에 유난히 환하다. 그는 한 숟가락의 밥을 자신이 먹고 나면 다음 한 숟가락의 밥은 젊은 아내에게 먹이는 특별한 방식으로 식사를 하고 있다. 때론 고기 반찬이나 조기 살을 떼어 밥숟가락 위에 얹기도 한다. 목메지 않게 국을 떠서 사진의 아내에게 먹이는 것도 잊지 않는다. 아내에게 떠먹이는 숟가락은 사진을 향해 아름다운 포물선을 그리고 올라와 잠깐씩 허공에 머물다 내려온다. 침묵 속에서 행해지는 그 동작의 반복은 따뜻하고 충만한, 그러면서도 신비로운 제의(祭儀)로 보인다.

늦은 저녁이다.

전나무 숲에서 밤새들이 돌아눕는 소리가 난다.

나는 마치 꿈을 꾸고 있는 것 같다. 여러 가지 음식을 혼자 준비하느라 그의 식사 시간이 그만큼 늦어진 모양이다. 푸드덕푸드덕 밤새들의 날갯짓 소리. 전나무 숲으로 자맥질해 들어가는 낮은 바람 소리, 그리고 별들이 제 운행 궤도를 바꾸는 듯한 어떤 고요한 소리들을 나는 듣는다. 혼자, 혹은 사람들과 만나 함께했던, 지난 시간들의 수많은 식사 광경들이 두서없이 눈앞을 흘러간다. 혼자 하는 식사는 쓸쓸하고 함께하는 식사는 늘 탐욕스럽거나 시끄럽다. 숟가락들이 그릇에 부딪히는 소리, 숯불 위에서 고기가 지글지글 구워지는 소리, 생선의 목을 치는 칼도마 소리, 왁자지껄한 웃음소리 따위를 나는 듣는다. 불타는 고기를 향한 젓가락들의 전투력을 나는 떠올리고, 아귀아귀 씹어대는 기름 묻은 입들을 나는 보고, 여기저기 트림들을 해대면서 게슴츠레 풀어지고 있는 포만한 눈들의 야수성을 나는 느낀다. 내가 상상하고 경험한 식사란 항용 그런 것이다. 그러니, 이 저녁의 고요하고 환한 식사 광경을 내가 어떻게 받아들일 수 있겠는가. 행여 꿈인가 하고 나는 상처 난 이마를 짐짓 아프게 비벼본다. 그의 식사는 거의 끝나가고 있지만 나는 쉽게 뒷걸음질 쳐지지 않는다. 감동은 차라리 이제 고통이 되고 있다. 꿈이든 꿈이 아니든 상관없이 내가 어떤 주술적인 계략에 빠져든 건 확실하다.

미역국여.

그가 말했을까.

아니, 그런 일은 있을 수 없다. 그는 벙어리다. 만약 그가 소리를 냈다면 어, 어, 어, 했을 터이다. 어떤 주술로부터 빠져나가기 위해 막 내가 대문 쪽으로 몸을 돌렸을 때, 어, 어, 어…… 우렁우렁한 그의 목소리가 내 귓구멍 속에 들어와 박히고 만다.

나는 전광석화 고개를 돌린다.

미역국을 뜬 그의 숟가락이 사진 속 그녀의 얼굴에 박혀 있다. 그 순간, 어, 어, 어……가 미역국여……라는, 또렷한 발음으로 환치된다. 나는 미간을 모으고 숨을 딱 멈춘다. 어, 어, 어……가 내 안에서, 미역국여……라고 조립된 것인지, 미역국여……가 나의 어떤 회로를 따라 들어오며 어, 어, 어……가 된 것인지 알 수 없다.

오늘 임자 귀빠진 날여. 많이 먹어.

이번엔 막힘없는 문장이다.

나는 너무 놀라서 휘청, 주저앉을 뻔한다. 분명히 어, 어, 어……가 아니다. 그렇다면 미역국여…… 또한 어, 어, 어……가 아니었을 것이다. 그는 태연자약 마지막 숟가락을 내려놓고 주섬주섬 밥상을 정리하기 시작하고 있다.

오, 늘, 임, 자, 귀, 빠, 진, 날, 여, 많, 이, 먹, 어.

내이(內耳)가 리와인드해서 재생해내는 소리는 어절마다 더욱 발음이 또렷하다. 나는 하마터면 그에게 달려갈 뻔하다가 간신히 참는다. 어떻게 이런 일이 일어날 수 있단 말인가. 나는 충격과 당혹감에 비틀거리면서 그의 집에서 도망쳐 나온다. 어두운 고샅길엔 별이 쏟아져 내리고 있다. 아니야. 환청을 들은 거야. 나는 귀를 구기고 잡아당기고 두들겨

본다. 그러나 나의 외이(外耳)는 내이가 재생해내는 생생한 발음들을 계속 소리쳐 발음해내고 있다. 오늘 임자 귀빠진 날여……라는, 그의 말이 너무도 또렷하다.

오, 늘, 임, 자, 귀, 빠, 진, 날, 여.

6

이장의 말대로, 감자는 별로 손 간 일도 없는데 제 몫몫 잘 자라서 마침내 꽃을 피웠다. 첫 꽃이 핀 건 유월 초사흘 날이었다.

보살님이 꼭 모시고 오랍디다.

이장이 아침 일찍 내 집에 건너와 말했다.

우리들은 감자의 첫 꽃을 함께 바라보고 있었다. 아침 햇살부터 쨍쨍한 걸로 보아 오늘도 날씨는 끓는 가마솥 같을 모양이었다. 창의(唱衣)……라고, 이장은 한참을 더듬다가 한 번도 들어보지 못한 소리를 했다.

창의라니, 무슨 뜻입니까.

그게 그러니까. 원행 스님 돌아가시고 오늘이 사십구재(齋) 되는 날인데, 스님이 남기신 가사, 장삼이랑 목탁이랑,

뭐 그런 거 저런 거, 오늘 태워 없앤다는 거예요. 눈곱만큼이라도 집착을 남기지 않겠다는 뜻이겠지요. 원하는 분이 있으면 줄 수도 있답디다. 보살님 말씀으론, 임종을 지키셨으니 특별한 인연이라면서, 목탁이나 염주나, 스님이 쓰시던 걸 기념으로 하나쯤 가져가시라구요. 함께 올라가서 스님 사십구재나 지켜보고 마지막 배웅 합시다. 스님의 아들들도 다 올 모양이고.

나는 일없습니다. 이장님이나 가시오.

나는 냉정하게 고개를 가로저었다.

원행 스님은 병원에 도착하기 전에 이미 명줄이 끊겼다. 너무나 충격을 크게 받아서 보살님이 두 번이나 혼절해 쓰러지는 통에 의사들은 전기충격요법까지 썼으나 소생하기엔 너무 늦은 다음이었다. 저금통장들과 절 땅의 등기부등본을 허리춤에 차고 난 직후 숨이 끊어진 게 확실하다면 스님의 임종을 본 것은 유일하게 나뿐인 셈이었다. 명이 끊기기 직전의 스님이 온전한 정신이었는지 어쩐지는 확실하지 않았다. 확실한 것은 아들을 기다리고 있었다는 것과, 수십여 년 당신 하나만을 떠받들고 살아온 보살님보다 마지막 눈을 감을 때, 차라리 나를 더 믿었다는 것이었다. 내 아들…… 올…… 올 때까지……라고 그는 말했고, 저, 저년이……라고 그는 덧붙였다. 만약 앞의 말이 내 아들 올 때까지 통장과 등기부등본을 지켜야 한다는 뜻이었다면, 뒤의 말은 저절로 저년……이 여기에 손대지 못하게 하라는 의미가 됐다. 그러나 나는 가끔 잠자리에 들었다가도 갑자기 벌떡 일어나며 고개를 가로젓곤 했다.

아니야. 아닐 거야.

나는 소리 내어 중얼거렸다.

앞의 말을 내 아들 올 때까지 죽지 않겠다는 의미로 보고, 저년이 걱정이야……라고, 그가 다 하지 못한 말을 채워 넣으면 어떠랴. 그러나 보살님이 혹 보기라도 할세라 문을 탁 닫던 야멸친 손길과 문갑 안에서 필사적으로 통장과 등기 서류를 끄집어내던 잔인한 집착을 떠올리면 이내 한숨이 나왔다. 물 흐르는 것처럼 부드럽게 흘러내리는 굴암산 굽잇길을 활달하게 걷던 그의 거침없고 수려한 모습은 온데간데없었다. 항차 마지막 이승을 떠날 때 그가 보여준 집착이 이러할진대, 그가 쓰던 가사, 장삼과 목탁, 염주와 바리때 한 벌을 다 태워 없앤다 한들 그게 무슨 소용인가.

감자는 정말 튼실하게 자라 있었다.

나는 기왕 텃밭까지 늘어놓았던 수도 호스의 끝을 잡고 감자마다 물을 주기 시작했다. 벌써 두 주째 폭염이 계속되고 있었다. 더 이상 권해도 소용없다고 느끼고 내 집 앞을 떠난 이장의 차가 용암사로 이어진 논 건너편의 굽잇길을 올라갈 때, 지게를 짊어진 그 사람, 벙어리 농부가 비닐하우스 앞에 나타났다. 아침이라 그는 햇빛을 옆으로 받고 있었다.

안녕하세요.

나는 큰 소리로 인사했다.

어, 어, 어, 하고 그가 지게 작대기를 흔들면서 화답했다. 이렇게 일찍 일어나 밭에 물을 다 주다니 기특하다……라고, 나는 내 멋대로 그의 말을 해석했다. 빈 지게지만 여느 때와 달리 그의 등은 한껏 굽어 보였다. 눈엔 잔뜩 눈곱이 끼어 있었고, 웃을 때 침이 뚝, 턱밑으로 떨어졌으며 역동적인 주름살의 그물망 역시 전에 비해 풀어진 느낌을 받았다. 뭐하러 힘들게 빈 지게를 지고 다니세요……라고, 내가 소리쳐 말했으나 그는 이미 동쪽 방향으로 몸을 돌린 다음이었다. 거기서부터 그는 해를 정면으로 받고 걸었다. 다리는 어느새 한 뼘도 더 되게 자라난 밭둔덕의 잡풀에 가리고 체수 작은 몸은 커다란 지게로 가렸으니, 뒤에서 볼 때 지게 하나만 해를 향해 기우뚱기우뚱 흘러들어가고 있는 것처럼 보였다.

그는 정말 벙어리인가.

나는 습관처럼 혼잣말을 했다.

6·25 때 그는 몇몇 동네 사람과 함께 굴암산의 굴속에 숨어 지냈다고 했다. 이장은 그의 부인이 어떻게 죽었는지 정확하게 설명하지 못했다. 제가 태어나기도 전의 일인걸요. 이장은 말했지만 나는 이장의 말을 다 믿지 않았다. 그 말을 할 때 한사코 내 시선을 피하는 것으로 보아 이장은 자신이 아는 것을 다 말하지 않은 게 확실했다. 그 점은 이장뿐만 아니라 인사를 트고 지내는 몇몇 마을 사람들도 마찬가지였다. 화제가 6·25에 이르면 너나없이 험험 헛기침을 날리거나 집에 일이 있다며 급히 자리를 뜨기 일쑤였다. 반세기가 지났지만 아직도 터놓고 말할 수 없는 것들을 토박이 마을 사람들은 각자의 심지에 박아놓은 게 틀림없었다. 내가 겨우 알아낸 것은 근동의 다른 마을에 비해 이 마을 사람들이 전쟁을 겪으면서 유독 많이 죽었다는 사실 정도였다. 들은 얘기지만요, 젊은 부인이 죽고 나서 그 양반 수삼 년을 마을을 떠났었다나 봐요……라고 이장은 겨우 설명해주었다. 총각 때는 동네에서 제일 체격도 좋고 키도 지금과 달리 헌칠하다는 말을 들었다고도 했다. 그러나 신적도 없이 종적을 감추었던 그가 마을로 돌아왔을 땐 이미 예전의 그가 아니었다. 체격은 모르지만 키가 확 줄어든다는 이야긴 들

어본 적이 없는데요……라고, 이장은 고개를 갸웃하면서 말했다. 몸은 꼬챙이처럼 말랐고 키도 한 뼘쯤 줄어 뵈는 데다가 풍을 맞았던 것인지 입까지 홱 돌아가 있어 마을 사람 모두 그를 알아보지 못했다는 것이었다. 더구나 입이 돌아간 탓인지 어리버리 말을 하지 못했다. 객지를 떠돌다가 뭔가, 죽을병에 걸렸던 게지요. 예전에야, 얼마나 험한 세월이었습니까. 이장은 그것으로 아퀴를 지었다. 그의 입이 제자리로 돌아온 수년 후에도, 사람들은 그가 본래부터 벙어리라고 관습적으로 생각했을 터였다. 그는 계속 벙어리였고, 태어날 때부터 벙어리인 것이 되었다.

미역국여.

그러나 그는 분명히 말하지 않았던가.

오늘이 임자 귀빠진 날여. 많이 먹어.

나는 면사무소에 가서 남몰래 그의 호적을 열람해보았다. 그의 말을 들었던 그날이 부인의 생일임에 틀림없었다. 아냐, 그럴 리 없어. 그래도 나는 세차게 고개를 저었다. 부인의 생일을 내 눈으로 확인하고도 믿어지지 않기는 마찬가지였다. 분명히 벙어리인 그가 어떻게 말을 할 수 있겠는가.

나는 감자밭에 우두커니 서 있었다.

이제 첫 꽃이 피었으니 감자꽃은 도미노로 앞다투어 필

것이었다. 감자 열매가 오지게 영글도록 하려면 꽃을 따줘야 좋다는 것을 가르쳐준 것도 그였다. 다른 때보다 한결 힘이 빠진 듯한 그의 표정이 마음에 걸렸다.

밭둑길은 이내 텅 비었다.

나는 그가 좀 전에 지나간 밭둑길을 보고 용암사로 올라가는 시멘트 포장로도 보았다. 두 개의 길은 텅 빈 채 모두 고요했다. 원행 스님의 염주와 바리때를 태우느라 그런지 굴암산 허리쯤에서 흰 연기가 피어올랐다. 스님은 연기 따라 언덕 저쪽 샹그릴라에 들 수 있을까. 스님이 떠났으니 시멘트 포장로는 오래 비어 있을 것이고, 밭둑길 또한 머지않아 비게 될 것이라고 나는 느꼈다. 더 이상, 활달하게 산을 내려오는 원행 스님과 흐르는 듯 밭으로 가는 벙어리 농부가, 내 집 남쪽 창 한가운데에서 서로의 몸속으로 부드러이 스며들며 리드미컬하게 통과해 가는 꿈같은 그림을 볼 수 없게 될 게 확실했다.

나는 그것이 안타까워 짐짓 하늘을 보았다.

7

보살님과 그가 죽은 것은 우연히 같은 날이었다.

창의의 제례가 끝나고 원행 스님의 아들들이 용암사를 팔려고 내놓았다는 소문이 돌 때에도 감자꽃은 줄기차게 피어났다. 아들들이 보살님에게 절을 비우라고 했다는 소문도 돌았다. 그사이 이장은 내게 찾아와 보살님이 꼭 한번 나를 만나고 싶어 한다는 말을 두 번이나 전했으나, 나는 절로 가지 않았다. 내가 본 원행 스님의 임종을 본 대로 말할 준비가 되지 않았기 때문이었다. 보살님은 대웅전 뒤꼍의 칠성각 대들보에 목을 매달았다고 했다. 절에서 쫓겨나는 게 두려워서가 아니라 스님을 향한 정한이 그리 깊었으니 스님을 서둘러 뒤쫓아간 것이라고, 이장은 단언했다. 칠성각 뒤뜰에선 라일락 한 그루가 쓸쓸히 마지막 꽃잎을 떨궈내고 있는 중이었다.

나는 그날, 뜰에서 벙어리인 그를 기다리고 있었다.

그냥 내버려두었으므로 내 집 뜰엔 온갖 봄풀들이 웃자라 있었고, 또 꽃을 피우고 있었다. 개망초가 여기저기에서 벙긋벙긋 꽃망울을 터뜨리기 시작한 그 사이사이, 쇠별꽃, 바람꽃, 애기똥풀, 양지꽃, 참꽃마리, 제비꽃, 좀가지풀, 씀바

귀, 애기나리, 금붓꽃, 앵초, 산민들레가 혹은 피고 혹은 졌다. 안녕하세요. 빈 지게에 황혼을 지고 돌아올 그를 기다렸다가 나는 소리쳐 인사할 작정이었다. 마치 좋아라 하는 선생님에게 인사하려고 복도 끝에 숨어서 기다리고 있는 어린아이 같았다. 안녕하세요. 담배 한 대 피우고 가세요. 내 인사에 화답하여 그가 한 번 웃으면, 천 갈래 만 갈래, 주름살 골골은 깊어도 햇빛보다 환하니, 온 세상이 밝게 열릴 터였다.

그러나 그는 오지 않았다.

놀빛이 급격히 스러지고, 굴암산 허리춤을 미끄러져 내려온 어둠이 삼태기 같은 골짜기를 다 잡아먹을 때까지도 가르마 같은 밭둑길은 계속 비어 있었다. 전에 없던 일이었다. 혹시 그럼 다른 길로 돌아서 집에 간 것일까. 나는 서성거리면서 이미 어둠에 묻혀 흐릿해진 밭둑길 끝을 보고 또 보았다.

무슨 일이 생긴 거야.

어떤 순간 나는 생각했다.

최근에 와서 하루가 다르게 눈의 서기가 풀어지고 허리가 더 굽었던 사실을 나는 잊지 않고 있었다. 개구리들이 악써서 울기 시작했다. 나도 모르게 밭둑길 쪽으로 내달은 것과 동쪽 하늘에서 별똥별 하나가 날카롭게 진 것은 거의 동시였다. 나는 발걸음을 멈추었다. 무슨 일이 있다 한들, 내가 그것을 어떻게 할 수는 없을 터였다. 나는 쓸쓸히 집 안으로 들어왔고, 밥솥의 코드를 꽂았으며, 물에 만 밥을 시어터진 김치 한 종지와 후지럭후지럭 먹었다. 아직도, 여전히, 시시때때 배가 고프고, 배가 고프면 빈 위장을 채워야 한다는 사실에 나는 슬픔을 느꼈다.

그날 밤 꿈에 그가 보였다.

갑자기 굴암산 허리 어디쯤이 세상에서 가장 맑은 나팔 소리가 솟아 나오는 것처럼 환해지더니, 그 광채의 비단길을 따라서 흰 소가 끄는 수레 하나, 천천히 내 앞으로 다가오는 꿈이었다. 그 수레 위에 역시 순백색의 도포를 차려입은 벙어리 농부, 그가 타고 있었다. 키는 측백나무보다 크고 어깨는 탄탄대로로 드넓었다. 나는 망초꽃 무리 사이로 비켜서면서 가만히 수레 위의 그를 바라보았다. 그는 흰빛에 싸여 있었지만 눈부시진 않았다. 수레가 움직이지 않는 것처럼 흘러와 막 내 곁을 지날 때, 안녕하세요, 라고 수줍은 목소리로 나는 간신히 인사했다.

안녕하세요. 담배 한 대 피우고 가세요.

그가 환히 미소 지으면서 쑤욱, 다섯 자가 넘을 법한 흰 팔을 뻗어 내가 내미는 담배를 받아 들었다. 여전히 말은 없었지만 나는 그가 나를 알고 있다고 느꼈고, 그래서 행복했다. 천지엔 가득 망초꽃이 피어 있었다. 나는 그의 비단길을 더럽히지 않으려고 망초 사이로 수줍게 비켜선 채, 눈부시진 않았으나 습관처럼 손차양을 하고서, 그가 탄 수레가 동쪽 끝을 향해 멀어지고 있는 걸, 보이지 않을 때까지 바라보았다.

그는 자신의 밭에서 죽었다.

세상에서 그처럼 정갈하고 생명력 넘치는 밭을 나는 예전에 본 적이 없었다. 그의 감자들은 내 감자보다 한 뼘씩 컸고, 토마토는 이미 열매를 맺었으며, 수박은 수박끼리 참외는 참외끼리 오이는 오이끼리 상추는 상추끼리 쑥갓은 쑥갓끼리 고구마는 고구마끼리 고추는 고추끼리 아욱은 아욱끼리 배추는 배추끼리 무는 무끼리 콩은 콩끼리 호박은 호박끼리 제 몫몫, 그러나 한데 어울려 아주 건강하게 자라나고 있었다. 그것들 하나하나가 모두 말갛게 세수하고 난 청년들 같았다. 그는 한가운데, 밭고랑 사이에서 호미를 든 채, 고요히 엎어져 있었다. 어깨를 가만히 흔들면 금방이라도 기지개 켜고 일어나 호미질을 계속할 것 같은 자세였다.

나는 그가 샹그릴라로 갔다고 생각했다.

흰 건반
검은 건반

1

 그 무렵, 나는 장날마다 용인 읍내에 나갔다. 장날이라지만 천변 재래시장엔 가보지도 않고 돌아오는 날도 있었다. 그러니까 닷새마다 한 번씩이라거나, 장날이라거나 하는 건 따져봤자 아무 의미가 없는 일이었다.
 먼저 들르는 곳은 증권회사.
 술막다리 지나서 곧 닿게 되는 용인 사거리 북동 코너에는 지은 지 오래되지 않은 18층 빌딩이 있었는데, 시내에서 가장 높은 건물이었다. 나는 보통 엘리베이터를 타고 13층까지 곧장 올라가 증권회사에서 먼저 나의 유동자산이 늘거나 주는 걸 확인했다. 최근의 주가는 계속 오름세를 유지하고 있기 때문에 나는 아무것도 하지 않으면서, 그러나 더욱더 부자가 돼가고 있었다.

그다음의 동선은 시시때때 달랐다.

배가 고프면 3층의 한식당에 가거나 5층의 레스토랑에 가거나 가끔은 한식당 옆의 보신탕집에 가거나 했다. 한식당에서 나는 오겹살 이 인분을 시켜 상추에 싸서 먹었다. 보통 사람의 식사 시간과 나의 식사 시간이 다르기 때문에, 내가 오겹살 상추쌈을 먹고 있을 때 식당은 텅 비어 있기 일쑤였다. 나는 오겹살을 노릇노릇할 만큼 정성껏 구워 서두르지 않으면서, 그럼에도 불구하고 잠시라도 멈추는 법 없이, 시종일관 아주 진지하게 먹었다. 정말 맛있게 잡수셔서 보는 저희들이 다 행복합니다……라고, 어떤 날 임신부처럼 배가 나온 여사장이 다가와 말을 건넸을 정도였다. 워낙 한가한 시간이라 주방 부근에 모여 서서 오겹살 이 인분을 혼자서 아귀아귀 먹고 있는 나를 바라보고 있다는 걸 알지만, 나는 조금도 개의치 않았다.

가끔 여관 혹은 이발소에도 들렀다.

빨아봐, 내 물푸레나무……라고 사지를 벌리고 누우면서 나는 말하곤 했다. 물푸레나무가 총신이나 도끼 자루로 흔히 쓰일 만큼 단단하다는 사실을 처음 가르쳐준 건 혜인이었다. 내 집 뒤란의 물푸레나무는 정확한 이름으로 부르자면 쇠물푸레나무였다. 5월에 흰 꽃이 피는데, 가만히 들여다보면 무성한 암꽃에 비해 수술은 퇴화되어 아주 볼품이 없었다. 총신처럼 단단하게 일어서길 바라는 뜻에서 혜인은 내 성기를 물푸레나무라고 불렀지만, 나는 이제 퇴화되어 잘 서지 않는 것에 대한 조소와 자학의 심정으로 내 그것을 물푸레나무라고 불렀다. 18층 빌딩 뒤편에 군집해 있는 여관촌에서 불러주는 매음녀들은 나의 물푸레나무를 성공적으로 세우는 경우가 드물었다. 그녀들은, 기왕에 갖고 있는 동혈(洞穴)만을 열어주려 할 뿐 수고를 바쳐 일하려 하지 않았기 때문에, 나의 물푸레나무를 세울 수 없었다.

그들에 비해 이발소 어떤 여자는 좀 달랐다.

가령, 내가 '오목렌즈'라고 부르는 그 여자, 오일장이 서는 날마다 개, 고양이, 닭, 자라, 토끼, 오리 따위와 갖가지 야채, 싸구려 신발, 번데기 장수들이 잡다하게 섞여 흐르는, 폭 좁고 먼지가 풀풀 날리는 네거리 안쪽, 먼지가 잔뜩 껴서 불 켜지는 밤 아니면 잘 보이지도 않는 이발소 표시등, 그 아래, 지하 묘지 같은 지하 이발소의 그 여자는 꽤 오랫동안 꽤 여러 번, 물푸레나무를 단단히 세워 끝장을 보는 데까지 성공했다. 그것은 순전히 성실하고 수고로운 노동의 결과였다. 30대 중반의 그 여자는 이를테면 노동의 가치와 희열을 어느 정도 아는 눈치였다. 다른 손님 있으면 이렇게 못 해줘요. 그 여자, 오목렌즈는 번번이 그 말을 해서 자신이 스페셜 서비스를 하고 있다는 걸 내게 충분히 알리고 일을 시작했다. ①나의 물푸레나무에 오일이나 밀크로션을 듬뿍 바른다. ②상의를 벗고 좀 늘어진 풍만한 젖가슴을 양손으로 쥐고서 중심선을 향해 끌어 모은다. ③나의 물푸레나무를 그 사이에 끼운다. ④앞뒤로 기운차게 움직여 터빈을 돌린다. 작업의 순서는 대강 이러했다. 지하 이발소의 딜럭스 한 의자는 상반신을 눕히고 하반신을 올리면 침대처럼 되기 때문에, 그 여자가 작업을 하기 위해선 일단 침대가 돼버린 의자의 양쪽 끝에 다리 벌린 상태로 무릎 꿇어 앉은 뒤 허리를 활시위처럼 당겨 휜 상태에서 부르르릉, 시동을 걸지 않으면 안 되었다. 자세를 유지하는 것 자체가 그 여자에겐 매우 힘든 노동일 터였다. 촉수 낮은 붉은 불빛이 그 여자의 등 뒤에 있어, 팔을 접어 젖가슴을 단단히 끌어 모은 자세로 내게 근접할 때, 그 여자의 실물보다 큰 그림자가 나를 먼저 덮치는 것이었는데, 그 여자는 그럴 때, 이를테면 활강을 시작하려는 거대한 검은 새, 또는 여전사의 어두운 신상 같은 느낌을 내게 주었다.

아, 나는 한동안 그 여자를 사랑했다.

그 여자의 상완(上腕)은 오목해서 기형적이었고 그것에 짝 맞춰 내 팔의 상단은 아령체조로 단련된 이두근(二頭筋)이 불쑥 튀어나와 있었다. 격렬한 상하 운동으로 그 여자의 얼굴에서 땀방울이 툭, 투두둑, 내 아랫배로 떨어지는 순간 내가 느끼는 사랑은 때로 눈물겨웠다. 땀방울은 내 아랫배, 여분의 뱃살에 떨어져 골골마다 흘러 나갔는데, 그것은 그 여자가 참다운 노동을 바쳐 얻어낸 명백한 성과물이었으므로, 일하지 않고 가만히 누워 있을 뿐인 내 안의 허방들을 잔인하게 건드려주었다. 허방들이 짐짓 우는 시늉으로 타오르는 오르가슴의 죽음을 나는 사랑했다.

그리고 나는 내 집으로 돌아왔다.

더러 장터를 돌면서 별로 필요 없는 물건을 사기도 하고, 더러 술막다리 뒤쪽의 침침한 골목길로 걸어 들어가 김치만두에 소주를 한두 병 비울 때도 있지만, 지하 묘지, 그 이발소에서 나오면 대개 강렬한 햇빛이 내 눈을 찔러왔으므로, 나는 마치 허깨비처럼 허청허청 걸어 천변 주차장의 차로 돌아와 발작적으로 시동을 거는 것이었다.

혜인은 여전히 오지 않았다.

2

 내가 혜인을 본 것은 장마가 끝나고 불볕더위가 2주째 계속되던 7월 어느 날 오후였다. 종묘상에 들러 제초제를 한 통 사 들고 천변에 주차한 차로 가기 위해 개, 고양이, 닭, 자라, 토끼, 오리 따위와 갖가지 야채, 싸구려 신발, 번데기 장수들이 잡다하게 섞여 흐르는 오일장 한복판을 걷고 있을 때, 선글라스를 낀 여자 하나가 지하 이발소의 표시등 밑을 걸어 나오고 있었다.

 처음부터 내가 선글라스 여자를 주목한 것은 아니었다.

 그곳은 악다구니를 쓰는 장사치들과, 한 푼이라도 더 값을 깎으려는 장꾼들과, 난전에 펴놓은 물건들과, 팔리기를 기다리는 가축들이 뒤범벅되어 제대로 걸을 수도 없을 만큼 붐비는 데다가, 7월 오후 3시의 불타는 햇빛이 정면에서 내 눈을 찌르고 있었기 때문에, 누구를 주목하고 말고 할 수도 없는 처지였다. 그러나 무심히 지나친 내 시선이 선글라스의 그 여자를 찾기 위해 재빨리 되돌아온 것은 내 감각의 어떤 바늘이 한순간 가파르게 곤두섰기 때문이었다.

 혜인이야……라고, 내 안의 누가 소리쳤다.

 합리적으로 생각하면 받아들일 수 없는 섣부른 단정이었

다. 결혼하고 1년여, 돈 많은 늙은 남편의 헌신에 힘입어 기성복 브랜드를 더 늘렸을 뿐 아니라 뉴욕, 파리 패션쇼의 성공적 결과에 대한 소문을 들은 지 얼마 되지 않았으며, 이미 파죽지세, 앙갚음을 해야 할 것들을 좇아 자본주의 세계화의 거대한 터빈 속으로 질주해 들어간 그녀가 어떻게 여기, 7월 오후 3시, 냄새 나는 가축들과 가축 같은 사람들이 뒤범벅된, 용인 오일장 한복판에 나타날 수 있단 말인가. 나는 그렇지만 눈을 부릅뜨고 그 여자, 선글라스의 그 여자에게 초점을 맞추려고 애썼다. 그리 멀지 않은 거리였으나 워낙 인파 속을 함께 흘렀기 때문에 혜인이? 혜인이? 하는 사이, 그 여자의 모습은 곧 내 시야에서 사라졌다. 간신히 뒤쫓아 그녀가 사라졌다고 짐작되는 시장 안쪽 길을 살펴봤지만, 시청 방향으로 뚫린 그 길은 이쪽 편의 역동적인 기세와 달리 텅 비어 있었다. 나는 텅 빈 길과 지하 이발소 입구를 번갈아 바라보았다. 이런 시간, 더구나 장날의 지하 이발소엔 손님이 전혀 없다는 걸 나는 경험으로 알고 있었다. 이발보다 오히려 매춘이 주업인 이발소에 손님이 많이 드는 것은 보통 자정부터 새벽까지였다. 지금은 이발소 주인 남자도 여기에 있지 않을 터였다.

나는 고개를 갸웃했다.

이렇게 저렇게 생각해봐도 내가 본 여자가 혜인일 리 없었으나 그렇다고 개운한 것은 아니었다. 내 감각의 바늘은 아직도, 혜인이야……라고 말하고 있었다. 그러나 지하 이발소에 들어가 물어볼 엄두는 전혀 나지 않았다. 햇빛 때문에 나는 너무나 지쳐 있었고, 제초제를 들고 있었으며, 무엇보다 선글라스의 그 여자가 지하 이발소에서 올라왔다는 확신도 없었기 때문이었다.

잘못 본 거야.

나는 이윽고 혼잣말로 중얼거렸다.

햇빛은 정말 그 기세가 대단했다. 나는 도망치듯이 지하 이발소 앞을 떠나 천변 주차장으로 내려왔다. 지하 이발소에 마지막 들렀던 게 벌써 두어 달 전이었다. 격렬한 노동에 따른 그 여자, 오목렌즈의 땀방울도 어느덧 관성에 젖어 나의 물푸레나무를 더 이상 세우지 못하게 됐기 때문이다. 차문을 열자 불볕이 한껏 달구어놓은 열기가 실내에 똬리 틀고 있다가 일시에 내게 달려들었다. 온몸에 열상(熱傷)을 입은 듯 나는 한차례 진저리를 치고 곧 차를 출발시켰다. 햇빛이 차의 뒷유리창을 뚫고 계속, 미친 점령군처럼 나를 쫓아왔다.

3

 나는 꿈을 꾸었다. 7월이 끝날 무렵이었고, 불볕더위는 한 달째 계속되고 있었다. 그날도 오일장이 서는 날이었다. 물푸레나무를 세울 수 있다는 희망 때문이 아니라 열흘쯤 전, 지하 이발소 앞을 지나던 선글라스 여자의 잔상에 이끌려 지하 이발소로 찾아간 것은 정오쯤이었다. 여름 햇빛이 힘차게 내리꽂히고 있었으므로, 천변의 오일장은 여느 때와 달리, 역동적이라기보다 흐느적흐느적하는 것 같았다. 소리쳐야 할 장사치들도 천막 그늘에 의지해 가사 상태에 빠진 듯 주저앉아 있었고, 장 보러 나온 사람들 또한 생기라곤 전혀 없이 걷지도 않는 것처럼 걷고 있었다. 아니, 풍경의 사실성이 그랬다기보다, 너무도 몰강스러운 여름 햇빛에 질려 내 몸의 감각들이 이미 반쯤 말라 죽었기 때문에 그렇게 보였는지도 몰랐다. 모든 움직임이 흐릿해 보였고, 모든 소리가 추상적으로 덩어리져 들렸으며, 모든 사물의 경계가 모호했다. 나는 살아 있는 것도 아니고 죽어 있는 것도 아닌, 햇빛의 독침에 찔려 헐떡이고 있는 개, 고양이, 닭, 자라, 토끼, 오리와 개, 고양이, 닭, 자라, 토끼, 오리 같은 사람들 사이를 지나 간신히 지하 이발소에 당도했다. 그러나 침침한 지하 이발소의 문은 닫혀 있었고 금일 휴업……이라는 패찰이 걸려 있었다. 매월 첫째 주 주말 하루를 빼곤 이발소가 쉬는 날은 없었다. 또 설령 쉬더라도 이발소 안의 방에서 기거하는 그 여자, 오목렌즈는 제 방에 있을 터였다. 휴일조차 지하실 밖을 나오는 법이 없는 여자가 쉬는 날이 아닌데, 더구나 장날에 금일 휴업이라는 패찰을 내걸고 외출했다는 건 도무지 이해가 되지 않는 일이었다. 그러나 문을 한참 두들겼는데도 안에선 아무 인기척도 나지 않았다.

내가 꿈을 꾼 게 그날이었다.

나는 바로 내 집으로 돌아와 소파에 쓰러졌고, 쓰러질 때 내 온몸이 햇빛에 바삭바삭하게 구워져 내장들까지 바싹 말라 있다고 느꼈다. 그래서 꿈의 복판으로 희고 시푸른 청백색 강이 흘러들어왔을 터였다. 강은 거대한 여인의 유방과 같은 연접된 사구(砂丘) 사이를 넓고 깊게 흐르고 있었고, 사구의 부드러운 융기부(隆起部)엔 단단한 악력으로 악착같이 뿌리박은, 그러나 작고 아름다운 들꽃들이 끝없이 피어 있었다.

나는 강을 향해 부지런히 걸었다.

들꽃을 머리에 꽂은 반라(半裸)의 한 여자가 내 앞을 저만큼 앞서가고 있었다. 내가 여자를 쫓아가고 있는 건지 아니면 강을 목표로 가고 있는 건지, 그것은 분간이 잘 되지 않았다. 여자의 뒷모습은 아주 고혹적이었다. 태양이 정면에서 내리쬐고 있었기 때문에 여자는 마치 태양의 한가운뎃길로 나가는 것처럼 보였다. 햇빛이 자꾸 눈을 찔렀다. 내가 눈을 비빌 때, 한 남자가 내 옆구리를 칠 듯이 하고 나보다 앞서 나가기 시작했다. 구릿빛 프로필에 키가 크고 어깨선이 반듯하게 수평을 이룬 남자로 그 역시 반라였다. 여, 여보세요……라고 말하려 했으나 말소리는 목젖에 감겨 나오지 않았다. 남자의 팔에 솟은 이두박근은 잘생긴 사구처럼 반짝였다. 밑도 끝도 없이 사냥꾼이라는 낱말이 뚜렷이 떠올랐고, 그러자 내 몸의 중심에 총알이 꿰뚫어 박히는 극적인 느낌이 순간적으로 나를 사로잡았다. 남자의 모습은 꿈속인데도 낯이 익었다. 남자는 놀라울 만큼 빠른 속도로 앞선 여자의 뒤를 쫓고 있었다. 그리고 곧 만취 상태에서 겪은 기억들이 술이 깬 다음 단층을 이루며 연속적으로 오버랩되어, 여자를 낚아채 가볍게 둘러메는 남자, 캐득캐득 교태어린 웃음소리 쏟아놓으며 남자의 등을 두드리는 여자, 사금처럼 부서져 반짝이는 강을 성큼성큼 가로질러 가는 남자가 보였다. 놀라운 것은 그 뒤를 허둥지둥 뒤쫓고 있는 내 모습이 마치 타인처럼 객관적으로 내 눈에 또렷이 보인다는 점이었다. 나는, 나를 조감(鳥瞰)하고 있었다.

꿈을 꾸고 있는 거야……라고, 꿈속에서 나는 생각했다.

여자를 둘러멘 남자에게 강물은 처음부터 끝까지 허리 정도밖에 차지 않았으나, 내게는 무릎, 허리, 가슴까지 순차적으로 순식간에 차올랐다. 조감하고 있는 내 눈엔 여자를 둘러멘 남자가 속임수를 쓰고 있는 것처럼 보였는데, 그러나 강물 속으로 점차 빠져들어가고 있는 나는 이중의 고통을 겪었다. 하나의 고통은 익사의 고통이었고, 또 하나의 고통은 남자와 여자의 유인에 따라 익사하고 마는 멍청하고 불쌍한 나를 보고 있어야만 하는 고통이었다. 꿈에서 깨어야 된다……라고, 나는 다급하게 부르짖었다. 내 입장에서 나를 구하는 방법은 그것뿐이었다. 나는 내 몸을 꿈의 수장(水葬)으로부터 빼내기 위해 안간힘을 썼다. 그렇지만 내 몸은 수렁에 빠진 듯 자꾸 물 밑으로 가라앉았다. 먼 곳에서 문을 두드리는 것 같은 소리가 간헐적으로 들려왔다. 불볕더위가 계속되는 한낮에 나는 고단한 잠에 빠져 있었으며, 낮잠에 빠져 있다는 사실을 꿈속에서 또한 알고 있었다. 나의 익사는 이제 명백해 보였다. 어차피 딴 여자 주머니로 들어갈 텐데 차라리 잘됐지 뭐……라고, 누군가 캐득캐득 웃으며 그 순간 말했다. 여자 목소리였다. 물론 단번에 그 문장을 알아들은 것은 아니었다. 알사탕을 입안에서 굴리는 듯, 웃음소리 같기도 하고 교성(嬌聲) 같기도 한, 어떤 언성(言聲)의 덩어리들이, 내가 나를 구하기 위해 필사적으로 눈을 뜬 찰나, 어순과 어절이 뚜르르르 꿰맞춰지면서, 또렷이 귓구멍 속에 박혀드는 것이었는데, 어차피 딴, 여, 자, 주, 머, 니로 들어갈 텐데, 차, 라, 리, 잘됐지 뭐……였다. 분명히 익사하고 있는 나를 두고 하는 말이었다. 눈은 떴으나 내 눈앞엔 잠시 꿈의 잔상들이 그대로 남아 있었다. 물을 잔뜩 먹고 죽은 나의 퉁퉁 부은 얼굴과 내 얼굴을 내려다보면서, 어차피 딴, 여, 자, 주, 머, 니로 들어갈 텐데, 차, 라, 리, 잘됐지 뭐……라고 말하는 여자의 얼굴이 오버랩되어 빠르게 완성됐다가 빠르게 흩어졌다. 여자는 처음엔 혜인이었고, 다음엔 지하 이발소 그 여자 오목렌즈였고, 마지막으로 눈을 번쩍 뜨면서 보았을 땐, 어머니였다. 공포감이 나를 사로잡았다.

 현관문 두들기는 소리가 계속 났다.

 나는 이미 나의 꿈으로부터 완전히 빠져나와 있었다.

 현관문을 두들기고 있는 방문객은 엔간해서는 돌아갈 것 같지 않았다. 나는 비틀거리며 몸을 일으켰다. 온몸이 땀투성이였다. 나는 얼굴의 땀을 주먹으로 훔쳤고, 여전히 비틀거리며 현관으로 다가갔고, 이윽고 문을 열었다. 먼저 내 눈을 찌르고 달려드는 것은 7월 하오의 햇빛이었다. 무슨 낮잠을 그렇게 자요……라고, 햇빛을 등진 여자가 말했다. 지하 이발소의 그 여자, 오목렌즈였다. 너무나 뜻밖의 방문객이어서 나는 꿈이 계속되고 있거나, 꿈과 현실이 뒤바뀐 것이라고 잠깐 생각했다. 그 여자는 이쪽의 기분은 조금도 고려하지 않겠다는 듯 어리둥절해서 서 있는 나를 당당히 밀치고 안으로 들어왔다. 거대한 검은 새, 혹은 어두운 여전사의 신상에 밀려 내 몸이 비틀했다. 그리고 바로 그때, 스포츠머리를 한 남자가 불현듯 떠올랐는데, 바로 지하 이발소 주인 남자였다. 꿈속에서 본, 구릿빛 팔에 불끈 솟은 이두박근이 사구처럼 반짝이던 그 남자가 바로 지하 이발소 사장이 아니었을까, 하고 나는 전광석화처럼 생각했다. 지하 이발소 사장은 얼굴에 주름이 많지만 꿈속의 남자는 주름이 없었다. 지하 이발소 사장이 15년만 젊었다면, 하다가 나는 순식간에 놀라서 입을 쩍 벌렸다.

4

지하 이발소 주인 남자는 늘 옆을 날렵하게 쳐 올린 스포츠형 머리를 하고 있었다. 얼굴이 늙어서 그렇지, 머리 모양만 보면 갓 입대한 신병의 그것처럼 청결했다. 난 군대가 좋아요……라고, 그가 직접 말한 일도 있었다. 특전사 공수부대 출신이라고 했다. 스무 살에 자원입대해 15년이나 군생활을 했지만 한 번도 싫었던 적이 없었다는 말도 그는 덧붙였다.

이마는 반듯했고 턱 선은 각이 뚜렷했다.

지하 이발소는 주로 안마 손님이 많기 때문에 낮에는 거의 개점휴업 상태였다. 한때는 서너 명의 안마사가 있었으나 최근엔 장사가 잘되지 않아 오목렌즈, 그 여자 혼자 기거하는 눈치였다. 손님이 굳이 이발을 요구할 때 오목렌즈가 그를 호출하는 식이었고, 오목렌즈의 호출을 받으면 오토바이를 타고 그가 비로소 지하 이발소로 건너왔다. 나는 가끔 오토바이를 타고 천변도로를 달리는 그를 우연히 목격하곤 했는데, 땅딸하고 다부진 그가 오토바이를 타고 질주하는 모습은, 너무도 단호해 보였다. 그는 말수가 적었고 웃는 일도 드물었으며 쓸데없이 과장된 제스처를 쓰는 법도 전혀 없었다. 쌍꺼풀 없는 눈은 작은 편이었으나 어쩌다 치켜뜰 때 칼끝의 섬광이 번쩍하는 것 같았고, 그래서 나는 그가 언제나 살의를 감추고 있는 것처럼 느꼈다. 내가 결혼식 전날 밤 나를 찾아온 혜인을 그에게 데려간 것도 그런 점에서 보면 가학적 본능이 작용했기 때문일 터였다.

내게 질투심이 있었던가.

나는 때때로 자문해보았다.

혜인이 결혼 전날 나를 찾아온 것은 감성적 낭만주의의 여흥 같은 것에 불과했다고 나는 생각했다. 나는 사랑을 믿지 않았다. 아주 오래전, 파리의 지붕 밑 방에서, 오로지 가난했던 시절에 대한 앙갚음의 야망에 불려 일어나 밤새 그녀가 재봉틀을 밟을 때, 그러다가 어떤 새벽, 불같은 정사의 다디단 입김에 미혹당해 참지 못하고, 아이를 갖고 싶어……라고 그녀가 부르짖고 말았을 때, 그 욕망의 단층 사이에서, 유리그릇 같았던 사랑이 산산이 부서지는 것을 나는 본 것이었다. 그 사람이 예순네 살이라는 건 내게 의미가 없어……라고, 혜인은 말했다. 벗고 나면 그 사람 아직 청년이야. 완성되기를 희망하고 있는. 그녀는 또 덧붙였다. 그녀는 예순네 살의 남자를 완성시키기 위해 결혼하는 것처럼 말했지만, 그녀가 결혼하는 것은 그 남자의 돈과 권력을 빌려 오랫동안 꿈꾸어왔던 대로 세상에 대한 앙갚음의 야망을 완성하기 위해서였다. 그것은 그녀도 알고 나도 알았다. 그런데 결혼 전날 찾아와 겨우 우리가 만났던 추억의 성소에 가보고 싶다니, 사랑을 믿지 않는 내겐 너무도 유치한 낭만적 감상에 불과해 보였다. 내가 대청호 주변을 밤새 헤매다가 돌아온 그날 새벽, 안마를 받고 싶다면 받고 가도 좋아……라고 속삭이며 그녀를 천변 지하 이발소로 유인한 것은, 그러므로 명백히 사랑으로서의 질투 때문이 아니었다. 사냥꾼 같은 지하 이발소의 주인에게 그녀가 몸을 맡기고 누웠을 때, 그녀는 예순네 살 남자와의 결혼을 일곱 시간 정도 남겨두고 있었다. 내게 조금이라도 의도가 있었다면, 사랑으로서의 질투가 아니라 그녀의 가슴 어딘가에 혹시 남게 될지도 모르는 사랑의 헛된 잔상들을 뿌리째 뽑아주고 싶다는 것뿐이었다. 그녀가 사랑의 잔상을 남겨 갖고 결혼한다면 예순네 살의 남자는 물론 그녀 자신의 야망도 결코 완성시킬 수 없을 것이 명백했다. 이를테면 나는 그녀를 가학하려 했다기보다 사냥꾼, 혹은 도살자에게 맡겨 그녀의 마음에 남은 허깨비 관념들을 학살함으로써, 오히려 그녀의 야망이 차질 없이 실행되도록 돕고자 했던 것이었다. 내가 선택한 도살자는 물론 지하 이발소 주인 남자였다. 나의 안목을 나는 믿었다.

굉장한 여자였어요.

도살자는 여러 날이 지난 후에 말했다.

내가 의문이 가득 찬 눈으로 바라보자 도살자는 고개를 숙이고 한사코 자신의 눈빛 사이로 흐르는 살의의 섬광을 감추면서, 온몸이 다 성감대였으니까요……라고 덧붙였다. 천변 포장마차에서 소주를 세 병이나 비우고 난 다음이었다. 그는 발화에서 폭발에 이르는 다이내믹한 기억들 때문인지 한순간 몸을 부르르 떨었다. 살아 있는 수렁…… 말미잘……이라는 말도 나왔다. 지하 이발소 선반 위에 놓인 원통형의 로션병들과 가위들과 드라이어 따위가 두서없이 떠올랐다. 말미잘의 강력한 흡반(吸盤)에 끌려 소용돌이치는 수렁 속으로 속속들이 빠져드는 그의 손가락, 로션병, 가위, 드라이어가 내 눈에 보였다. 검은 대지와 같은 그녀의 젖꼭지는 허공으로 힘차게 솟아나 있었을 터였다.

그게 벌써 1년 전의 일이었다.

그사이 그녀는 패션의 세계적 중심지로 들어가 그녀가 꿈꾸던 대로 성공했다. 그녀가 성공했다는 것은 그 어떤 낭만적 관념이나 감상에 방해받거나 하지 않고, 오직 세계 통합에 따른 자본주의의 세련된 마케팅 솜씨를 발휘, 밤마다 예순네 살 그녀의 남편을 완성시켰다는 뜻이었다. 도살자가 성감대로 그녀를 파악한 것은 그러므로 단순한 해석에 불과했다. 그녀의 말미잘은 그녀의 야망과 밀접하게 교접되어 있었다. 야망의 한쪽 라인은 모든 것을 발밑에 두려는 정복자의 에너지와 맞닿아 있고, 야망의 다른 쪽 라인은 자기 학살의 파괴적 에너지와 맞닿아 있을 것이라고 나는 상상했다. 만약 그녀가 그날 이후에도, 나 몰래 지하 이발소를 드나들고 있었다면 그건 틀림없이 자기 학살의 파괴적 에너지를 쫓아온 것일 터였다. 자, 나를 제발 죽여줘……라고 그녀가 지하 이발소의 관 같은 의자에 사지를 벌리고 누우며 속삭이는 소리가 들릴 듯 들릴 듯 했다.

도살자 또한 단련된 킬러였다.

그가 지하 이발소와 함께 운영하는 대중사우나 이발부 한쪽 커튼 너머엔 몇몇 헬스 기구들이 있었다. 내게 도살자로 선택된 이발소 주인 남자는 손님이 없을 때 슬쩍 커튼 너머로 사라졌다. 커튼은 먼지 낀 검은색 천이었다. 그러므로 커튼을 닫으면 헬스 기구가 놓인 방은, 고요하고 흐릿한 지하 이발소가 그렇듯이, 무덤 속 같은 느낌이 들었다. 그는 무덤 속 제왕처럼 소리를 내지 않고 헬스 기구를 이용해 운동을 했다. 이두박근과 삼두근이 사구처럼 불끈불끈 솟은 그의 상반신은 섹시했다. 앙다문 턱 선엔 찰나적으로 광채가 흘렀으며, 차가운 절제와 민첩한 역동성이 함께 깃든 동작 하나하나는 야행동물의 그것 같았다. 커튼 틈으로 훔쳐보고 있는 내 쪽에서 오히려 숨이 가빴다. 그가 운동하는 방식은 헬스 기구의 이것저것을 옮겨가며 이용하는 방식이 아니라 한 가지를 선택해서 끝까지 그것만 반복하는 단순한 방식이었다. 한 시간이 넘게 역기만을 들었다 놨다 하는 그를 숨죽여 지켜본 적도 있었다. 그것은 운동이라기보다 이를테면 살인이 금지된 세상에서 살아 견뎌야 하는 도살자의 생존을 위한 제의적인 노동이라고 나는 느꼈다. 그러므로 그와 그녀가 만났을 때, 안내자이자 고용자인 나의 의도와 관계없이, 그들의 욕망은 한쪽이 볼록하고 한쪽이 오목해서 틀니처럼 들어맞았을 터였다.

자, 제발 나의 사지를 찢어발겨줘.

혜인의 말소리가 계속 환청으로 들렸다.

도살자는 살인의 쾌감에 사로잡힐 것이고 피도살자는 자기 파괴의 충일한 엑스터시를 만끽할 것이었다. 죽고 죽이는 제의 뒤엔 야망의 상승을 따라가는 새로운 생산적 에너지가 기다리고 있었다. 도살자인 그는 자기 영혼 속의 짐승을 순치시키고, 피도살자인 그녀는 자본주의 중심을 향해 직진 보행으로 달려갈 수 있는 에너지를 그것으로 확보할 터였다. 나의 상상은 거기까지였다. 거기까지 생각하고 나자 비로소 천변 이발소 앞에서 보았던 선글라스의 여자가 혜인이었다는, 확신 같은 게 생겨났다.

하지만 그게 무슨 상관이란 말인가.

폭염이 계속되고 있는 7월의 끝은 모든 게 무위하기 짝이 없었다. 선글라스의 그 여자가 혜인이든 아니든, 아무 상관도 없는 일이었다. 내가 심은 감자와 고추와 상추와 쑥갓과 배추와 무와 호박과 오이와 토마토는 물을 준 지가 벌써 한참이나 되어 급격하게 타 죽고 있는 중이었다. 햇빛은 조만간 모든 걸 다 태워 없애게 될 터였다. 나의 관심과 그리움은 그래서 지구 전체가 사막이 되는 날에 집중됐다.

나는 사막이 몽매에도 그리웠다.

5

거대한 검은 새, 혹은 여전사의 신상에 밀려 내 몸이 비틀했다. 그 여자, 지하 이발소의 오목렌즈는 잠시 내 집 거실을 둘러보다가 완성 직전 검은 물감으로 엑스 자를 그리고만 이젤 위의 내 그림을 한참이나 보았다. 그것은 파울 클레가 그린 가면의 둥근 어릿광대 얼굴 〈세네치오〉의 모사품이었다. 처음에 파울 클레는 내 인식 안에 들어와 있지 않았다. 내 집 맞은편에 살던 늙은 여류작가가 내게 주었던 이미지대로, 둥글잖아요, 둥글잖아요, 여류작가의 목소리까지 흉내 내면서 나의 그림을 열심히 그렸는데, 거의 완성되었을 때 다시 보니 나의 그림이 아니라 스위스 베른 미술관에서 오래전 본 적이 있는, 파울 클레의 〈세네치오〉를 열심히 모사한 것이었다.

무슨 그림이 이래요?

오목렌즈가 조소를 띠고 말했다.

차라리 나처럼 안마사가 되는 게 낫지……라고, 오목렌즈는 후렴구를 달았다. 그림을 그린 지 벌써 오래전이니 나는 물론 화가가 아니었고, 그 여자는 현역 안마사였다. 나는 고개를 끄덕거려주었다. 그 여자 오목렌즈는 내가 만나본 안마사 중에 최고의 안마사였다. 그 여자는 안마사로 태어난 것처럼 안마를 했다. 집중해서 일하는 폼이 우선 진지했을 뿐 아니라, 혈을 정확히 짚어내는 손아귀의 힘이 상상 밖으로 셌고, 강건한 여전사와 속 깊은 어머니와 충직한 시종의 이미지를 다 갖고 있었다. 가령 그 여자가 의자 위에 양발을 딛고 풍만한 제 가슴으로 나의 물푸레나무를 마사지할 때 그 여자는 강인한 전사, 품 넓은 어머니의 이미지를 동시에 풍겼고, 그 여자가 무릎 꿇고 앉아 나의 발을 씻길 때 그 여자는 충직한 하녀, 사랑스런 누이의 이미지 또한 함께 주었다. 그 여자의 노동을 향한 근면성은 항상 감동적이었다. 안마를 하고 있는 그 여자에게서 전사와 어머니와 하녀와 누이의 이미지를 분리해내는 일은 아무 의미도 없었다. 그 여자의 땀방울이 내 아랫배로 떨어지는 순간마다 나의 물푸레나무가 푸른 대나무처럼 일어서던 감동은 그 여자에게서만 받을 수 있는 것이었다.

어떻게 여길 왔어?

내가 이마의 땀방울을 훔치며 물었다.

밖에선 스포츠형 머리를 한 지하 이발소 주인 남자가 몰고 다니던 오토바이가 시동을 끄지 않아 계속 붕붕거리고 있었다. 그 여자가 내 집을 찾아낸 것도 놀라웠고, 주인의 오토바이를 몰고 내 집을 방문해온 것도 놀라웠으며, 내게 잔인하다 싶을 만큼 말을 거침없이 내던지는 것도 놀라웠다. 어느 편이냐 하면, 그 여자는 무뚝뚝했고 잘 웃지도 않는 타입이었다. 이발소의 다른 안마사들이 6개월을 견디지 못하고 철새처럼 옮겨 다니는 게 관행인데도 그 여자는 4년여를 꽉 채워 그 지하 이발소, 침침한 골방을 떠나지 않고 지켰다. 4년이라면 주인 남자가 이발소를 개업하고 1년 후부터 그 여자가 골방을 지키기 시작했다는 뜻이 됐다. 그 여자는 지하 이발소의 가장 충직한 수문장이자 시종이었고 관리자였다. 평소에도 그 여자는 지상으로 외출하는 법이 거의 없었다. 심지어 필요한 생필품까지 그 여자가 직접 사러 지상으로 올라가는 게 아니라 이발소 주인 남자가 사다 주는 눈치였다. 밖으로 나가면 두통이 심해져서 못 견뎌요……라고, 그 여자, 오목렌즈가 내게 말한 일이 있었다.

내 이럴 줄 알았어. 화가는 무슨 화가.

지하 묘실의 시종이 또 내게 말로써 오금을 탁 박았다. 지상으로 나왔으니 이제 그 여자는 더 이상 시종일 이유가 없었다. 나의 질문엔 아무 대답도 하지 않고 그 여자, 오목렌즈는 거실은 물론 나의 침실도 보고 창고처럼 쓰고 있는 작은방도 보았다. 나의 집은 한마디로 엉망진창이었다. 늙은 여류작가가 자살한 뒤부터 나는 거의 집에서 밥을 해 먹지 않았다. 빨래해야 할 것들이 거실, 침실, 작은방 할 것 없이 어지럽게 널려 있었고, 개수대엔 오래전부터 함부로 내박쳐둔 음식 찌꺼기가 묻은 그릇과 냄비와 숟가락들이 쌓여 있었고, 이 구석 저 구석엔 무더위를 피해 들어온 벌레들이 죽어 썩어가고 있는 중이었다. 어디 집 안뿐이랴. 텃밭에선 스무 가지나 되는 야채들이 말라 죽어가고 있었고 뜰의 화초들은 야채와 달리 제 세상 만났다는 듯 더욱 웃자라 허리쯤까지 솟아 있었다. 나무로 된 층계는 썩고, 데크는 주저앉았을 뿐 아니라, 현관문은 아귀가 잘 맞지 않아 열리고 닫힐 때마다 숨넘어가는 소리를 냈다. 폐가나 다름없으니, 그 여자가 어떤 말로 모멸하고 지청구를 하든 나로선 유구무언이었다.

어떻게 여길 찾아왔냐니깐.

기가 잔뜩 죽은 목소리로 내가 물었다.

옷이나 바꿔 입어요.

여자는 불문곡직 내게 명령했다. 그것은 명백하게 명령과 다름없었다. 나하고 함께 갈 데가 있어요……라고, 여자는 단호하게 덧붙였다. 나와 눈이 마주치는 순간, 이발소 주인 남자에게서 때때로 느껴지던 어떤 살의의 광채 같은 것을 나는 전광석화처럼 느꼈다. 그리고 보면 여자는 이발소 주인 남자와 이미지 면에서 닮은 게 많았다. 우선 땅딸한 키가 그랬다. 지하 이발소에서 볼 때와 달리 거실에 서 있는 여자의 머리는 내 어깨 아래쪽으로 내려가 있었다. 각진 턱 선과 단단해 뵈는 짧은 목, 전사같이 딱 벌어진 듯한 어깨선 또한 이발소 주인 남자의 이미지를 강하게 풍겼다. 언제나 지하 이발소의 고요하고 비현실적인 조명 아래에서만 그 여자를 보았기 때문에, 폭염의 한낮, 시종의 위치에서 벗어난 그 여자는 갑자기 아주 낯설게 느껴졌다. 풍만한 젖가슴만 없었다면 여자라기보다 무인다운 남자의 이미지가 강했을 터였다. 코는 납작했고 입술은 두툼했다. 젖가슴은 단단하게 튀어나와 있었는데, 그렇다고 군살이 많다거나 하는 느낌은 전혀 들지 않았다. 혹시 역도 선수였을까…… 하고, 나는 옷을 갈아입으며 근거 없는 상상을 했다. 가죽띠를 허리에 질끈 동여매고 거대한 바벨을 불끈 들어 올리는 여자의 모습이 눈앞에서 어른거리다가 꺼졌다.

여자가 설거지를 하고 있었다.

내가 옷을 갈아입고 거실로 나왔을 때 여자는 이미 수세미에 거품을 잔뜩 내서 냄비 하나를 맹렬히 문지르고 있었다. 여자의 손놀림은 아주 재빨랐고, 그래서 강렬한 어떤 에너지가 저절로 느껴졌다. 나는 말릴까 하다가 여자의 기세에 눌려 아무 말도 하지 않고 현관 옆에서 여자의 일이 끝나기를 기다렸다. 내가 옷을 갈아입는 짧은 시간조차 견디지 못하고 여자가 설거지를 시작한 것이, 그녀의 천성 때문인지 습관 때문인지, 그것은 알 수 없었다. 지하 묘지에서 진지하게 안마를 하고 있을 때의 그녀도 재빠르지 않은 건 아니었으나, 팔을 걷어붙이고 산더미처럼 쌓인 설거짓감을 하나하나 처결할 때의 그녀가 보여주는 역동성과는 느낌이 달랐다. 지하 묘지에서 시종이었던 그녀는 지상으로 올라오자마자 확실히 여전사가 되었다고 나는 생각했다. 나는 나도 모르게 숨을 크게 들이마셨다.

여자가 앞자락에 물 묻은 손을 쓱 닦는다.

현관 밖의 오토바이는 계속 부릉거리고 있었다. 여자는 설거지를 다 끝내고 나서, 어지럽게 널려 있는 거실의 옷가지들과 죽은 벌레의 시신들을 모두 치울 수 없어서 안타깝다는 듯이 미간을 잔뜩 찌푸리고 집 안을 돌아보다가 갑자기 우두커니 서 있는 내게 시선을 탁 꽂았다. 얼음이 갈라지는 듯 예리한 섬광이었다.

모두…… 쓰레기들이야.

여자가 낮게 씹어뱉었다.

내 몸속 어디를, 여자의 말이 날카롭게 베고 지나갔다. 상처의 통증은 곧 실핏줄을 타고 산지사방으로 흩어져 텅 빈 나의 중심을 공명시켰다. 나는 비틀하는 듯한 불안정한 자세로 여자를 뒤쫓아 밖으로 나왔고 이내 햇빛에 찔려 본능적으로 눈을 가렸다. 헬멧을 쓴 여자가 오토바이에 올라타더니 손가락으로 자신의 뒷자리를 가리켰다. 나는 당연히 내 차를 몰고 여자를 뒤쫓아갈 작정을 하고 있었다. 함께 갈 데가 있다고 여자가 말했을 때 내 눈에 먼저 떠오르는 것은 스포츠형 머리를 한 지하 이발소 주인 남자였고, 그다음엔 혜인이었다. 그들이 나를 기다리고 있다고 나는 느꼈다. 차가 필요할지도 모를 일이었다. 그러나 그 여자, 오목렌즈는 고갯짓까지 하면서 오토바이에 오를 것을 내게 재촉하고 있었다.

해가 긴 하루였다.

여자의 오토바이는 곧 내 집 앞을 떠나 텃밭과 논 사이의 휘어진 길을 재빨리 통과했다. 개망초와 억새와 달맞이와 애기똥풀과 살갈퀴와 쥐오줌풀과 각시붓꽃 따위가 뒤엉켜 자란 텃밭둑 한 켠에서 시커먼 제비나비 한 마리가 굴암산 쪽으로 비행하고 있었다.

아스팔트 길은 폭염 속에서 반짝반짝했다.

여자는 마을을 빠져나오자마자 속력을 더 높였고 바람 때문인지 내 귀엔 이명이 왔다. 서쪽으로 많이 기울었는데도 햇빛은 여전히 잔인했다. 나는 여전사의 허리를 죽어라 붙잡고 질끈 눈을 감았다. 좀 전에 밭둑을 떠나 굴암산으로 날던 제비나비의 모습이 꿈에서 본 것도 같고 지금 눈앞에 보이는 것도 같았다. 혼곤한 낮잠의 꿈에서 보았던 삽화들이 제비나비의 날갯짓에 따라 떠올랐다 꺼지고 떠올랐다 꺼지기를 반복했다. 창날 같은 햇빛과, 짙푸른 강과, 반라의 여자와, 우뚝 솟은 구릿빛 남자의 이두박근과, 거대한 유방 같은 사구들이 순서 없이 뒤섞여 흘러가고 있었다. 그리고 물에 빠져 죽어 퉁퉁 부풀어 오른, 마스크 같은 나의 얼굴에 떨어지던 하나의 교성(嬌聲) 어린 문장, 어차피……와, 딴 여자 주머니……와, 차라리……가 이명으로 울고 있는 내이(內耳)로 박혀들었다. 어차피 딴, 여, 자, 주, 머, 니로 들어갈 텐데, 차, 라, 리, 잘됐지 뭐. 그 여자, 오목렌즈가 하는 말인지 혜인이가 하는 말인지 어머니가 하는 말인지는 분명하지 않았다.

오토바이가 멎은 곳은 이발소 앞이었다.

오일장이 열리지 않는 천변도로는 텅 비어 있었다. 나무 한 그루 없는 천변의 모랫길에서 감히 햇빛에 맞설 자는 아무도 없을 터였다. 길은 햇빛 때문에 완전히 탈색된 것처럼 보였고, 살아 있는 것들의 죽음으로 고요하기 이를 데 없었다. 멸망한, 텅 빈 도시 외곽의 어느 길 위에 그 여자, 오목렌즈와 내가 고요히 마주 서 있는 것 같은 착각을 느꼈다. 그 여자가 작은 쇠붙이 하나를 내 앞으로 불쑥 내밀었다. 햇빛이 쨍 하고 쇠붙이와 부딪쳐 반짝였다.

이발소 현관 열쇠예요.

그 여자가 쉰 소리로 말했다.

나는 말없이, 마치 꿈을 꾸고 있는 것처럼 열쇠를 받았고, 그 여자 오목렌즈는 잠시 하얗게 탈색된 길의 끝을 바라보았다. 혹시 그녀는 그 남자, 나의 도살자를 사랑했었을까, 하고 나는 문득 생각했다.

그 여자는 햇빛을 정면으로 받고 있었다.

나는 실눈을 뜨고서 그 여자의 얼굴에 한순간 수많은 균열이 지는 것을 섬뜩한 느낌으로 보았다. 그 여자, 오목렌즈는 전사도 아니었고 어머니도 아니었고 하녀도 아니었고 누이도 아니었다. 아주 못생기고 땅딸한 늙수그레한 여자가 내 앞에 서서 창날 같은 햇빛을 받고 있었다.

다시는.

다시는……이라고 말하고, 그녀는 잠시 숨을 멈췄다.

다시는 돌아오지 않을 거야. 이 더러운 도시에.

그게 그 여자, 오목렌즈의 마지막 말이었다. 그 여자는 다시 헬멧을 썼고, 오토바이에 올라탔고, 부르릉, 이발소 앞을 떠났다. 개천을 따라 곧게 뻗어 나간 길의 끝은 햇빛 때문에 가물가물했다. 나는 그 여자가 보이지 않을 때까지 그 여자를 바라보았다. 모두…… 쓰레기들이야. 그 여자가 보이지 않게 되었을 때 그 여자의 말이 다시 선연히 들렸다.

슬프고 참혹했다.

6

 이제 남은 것은 현관문뿐이었다. 목재소에서 주문해온 너비 15센티미터의 판재는 일곱 개가 남아 있었다. 어느새 해가 지고 있었으므로 일을 서둘러 마무리해야 했다. 나는 현관문 양편 문설주에 먼저 드릴로 못 구멍을 냈다. 준비한 대못이 워낙 길고 강해서 판재는 망치질만으로도 못이 뚫고 들어갈 터였다.
 놀빛이 빠르게 잦아들었다.
 나는 현관문 맨 위쪽에 우선 판재를 수평으로 대고 못을 치기 시작했다. 너비 15센티미터 판재의 끝부분마다 상하로 대못을 두 개씩 박아 넣어야 했기 때문에 서너 개의 판재를 대고 나자 다시 땀이 비 오듯 흘렀다. 나는 주먹으로 땀을 연신 훔쳐내면서, 창문들을 막는 작업에서도 그러했듯이 아주 진지하게 일을 했다.
 아무런 잡념도 떠오르지 않았다.
 대못은 곧고 강렬한 시선으로 나를 보고 있었다. 나는 민첩하면서도 신중하게 대못의 정수리를 쳤다. 마치 도살자가 단 한 번의 망치질로 거구의 소를 무릎 꿇게 하는, 장인적인 전투력이 나를 사로잡고 있었다. 망치를 숨겨 들고 마지막에 소의 눈을 봅니다……라고, 마장동 선술집에서 우연히 만난 어떤 도살자가 했던 말을 나는 상기했다. 나는 대못의 광채 어린 눈을 땅거미가 급격하게 내리는 어둠 속에서 노려보았다. 마지막 못이었다.

탁.

못은 한 번의 망치질에 제 길을 열었다.

길을 일단 열고 나면 그다음 작업은 일사천리였다. 마침내 일곱번째 판재가 현관문을 가로질러 강고하게 들러붙었다. 작업이 다 끝난 것이었다. 일곱 개의 판재는 균일한 간격으로 현관문을 밀폐시켰고, 다른 창문들도 다 마찬가지였다. 나는 오후 내내 그 작업을 했다. 내부와 외부로 통하는 모든 문들은 이제 완전히 밀봉된 셈이었다.

피로가 갑자기 밀려왔다.

나는 무성한 개망초 사이에 쭈그려 앉아 내 집의 봉인들을 바라보았다. 내 집 전체가 거대한 관 속에 들어간 모습은 장엄했다.

나는 불현듯 눈물이 날 것 같아져서 이미 어두운 베일로 가려진 하늘을 올려다보았다. 별들이 물방울처럼 퐁퐁퐁 솟아올랐다. 남쪽 하늘의 중앙에서 막 솟아오른 것은 전갈좌의 알파별 안타레스가 틀림없었다.

아, 나의 오리온.

나는 나도 모르게 한숨을 쉬었다.

고대 이집트인들에겐 죽음의 신 오시리스였던 오리온에게도 불멸은 존재하지 않았다. 내가 사랑하는 오리온을 죽인 것이 바로 전갈이니까. 더 이상 오리온을 쫓아서 굴암산으로, 말아가리산으로, 다시 태화산으로 엎어지고 깨어지며 밤새 헤매고 다닐 일도 없을 터였다. 내가 분신처럼 아끼던 집광력 265배의 망원렌즈도 이제 저기, 밀폐된 무덤 속에 있었다.

다시는 돌아오지 않을 거야. 이 더러운 도시에.

그 여자, 나의 검은 새, 혹은 여전사인 오목렌즈가 내 귀에 대고 속삭였다. 전갈좌와 나란히 남쪽 왕관이 떠 있었고, 그보다 더 하늘의 중심부 쪽에서 거문고좌의 알파별 직녀성이 뜨고 있었다.

그 여자, 오목렌즈는 지금 어디쯤 흐르고 있을까.

나는 잠깐 생각했다. 그날 이후 내 영혼 속에 들어와 더 명징하게 별똥별처럼 흐르고 있는 것은 혜인이나 지하 이발소 남자가 아니라 바로 그 여자, 오목렌즈였다. 내가 이발소 문을 열고 들어갔을 때, 어두운 지하 이발소 무덤 속에서 나는 도살자로 선택한 이발소 주인 남자가 이발소 의자에 강력히 결박당한 채 공포에 질려 있는 것과, 역시 다른 의자에 묶인 채 실신해 있는 혜인을 거의 동시에 보았다. 나의 안목이 형편없다는 것을 나는 그날 그곳에서 알았다. 도살자는 도살자가 아니라 비굴한 겁쟁이에 불과했다. 그 여자 오목렌즈는 그들이 통절한 간통을 끝내고 떨어져 잠들었을 때 힘들일 것 없이 몸을 결박하고 입과 눈을 싸구려 테이프로 봉인했을 것이었다. 남자의 국부 중심선 깊이 꽂혀 있는 은회색 광채가 먼저 내 눈을 찌르고 달려들었다. 그것은 나도 본 적이 있는 오목렌즈, 그 여자의 은제 귀이개였다. 그 여자는 틈만 나면 그것으로 귀를 후비곤 했으니까. 그리고 이발 가위 하나가 혜인의 음부에 찍혀 있었다. 검붉은 피가 벗겨진 혜인의 아랫도리를 타고 흘러 어둠침침한 지하 묘실의 카펫에 찍 엉겨 붙어 있는 걸 나는 보았다. 지하 묘실엔 어디든 푹신한 카펫이 깔려 있어 밟아도 전혀 소리가 나지 않았다. 불빛은 아주 희미했고, 의자와 의자 사이는 조명과 커튼으로 구획을 지어놓았기 때문에 나란히 묶여 있으면서도 혜인의 묘실과 그 남자, 도살자의 묘실은 수만 광년처럼 멀었을 것이라고 나는 생각했다. 지하 묘실엔 모든 사물이 흐릿하게 머물러 있었을 것이고, 그 여자, 오목렌즈는 혼령처럼 흘러 다니면서 잔인하고 특별한 안마를 베풀었을 터였다. 조금도 서두르지 않았을 게 틀림없었다. 그 상태로 그 여자 오목렌즈는 만 스물네 시간 동안 그 지하 묘지를 강력하게 지배했다. 남자의 페니스에 깊이 꽂힌 은제 귀이개와 혜인의 음부에 박아둔 유난히 길고 날씬한 이발 가위를, 간호사가 링거 주사의 대롱을 건드리듯이, 가끔 건드려보았을지도 몰랐다. 배가 고플 땐 고요한 지하 묘실의 한가운데 앉아 땀을 흘리며 배를 채우고, 심심하면 수건들을 빨아 널고, 규칙적으로 화장실에 들락거리기도 했을 것이었다. 나는 일률적으로 널어놓은 아직 마르지 않은 수건도 보았고 카펫이 깔린 바닥에 늘어놓여진 라면 그릇과 김치 종지도 보았다. 어떤 반항도 불가능한 강력한 지배자로서 그 여자가 지하 묘실에 있었던 하루 동안의 흔적이었다. 내가 전날 이발소 문을 두드릴 때 그 여자는 라면을 먹고 있었을까. 스물네 시간이나, 천 년을 지켜온 것보다 더 깊은 고요 속에서 장인처럼 외롭고 당당하게 세계를 지배한 그 여자, 오목렌즈를 떠올리면 가슴이 타는 것처럼 아팠다.

밤이 급격하게 깊어졌다.

나는 미리 내놓은 가방을 뒷자리에 쑤셔넣고 차의 시동을 걸었다. 돌아올 날이 있을지 그것은 나 자신도 알 수 없었다. 세상 끝까지 흐르고 흐르면 마침내 별이 될까…… 나는 상상했다. 비는 계속 오지 않고 있었다. 말라 죽은 상추, 쑥갓, 오이, 호박, 삼지구엽초, 아욱, 고추, 토마토, 감자……들이, 헤드라이트 광채에 감전되어 일제히 낮은 포복으로 엎드렸다. 백미러에 잡히는 어두운 나의 집, 혹은 묘지…… 바로 그곳에 퉁퉁 불어터진, 무표정한, 백색 가면의 얼굴, 나의 시신이 고요히 안치되어 있었다.

나는 짐짓 먼 데, 하늘을 보았다.

수많은 별들이 반짝이는 우주는 내가 나의 중심이 돼서 보았을 때 거대한 원형의 투구 같아 보였다. 나의 투구를 뚫고 들어올 창과 칼은 없을 것이었다. 나는 비로소 마음을 탁 놓고 액셀러레이터를 힘 있게 밟았다. 별의 드높은 노랫소리가 들리기 시작했다. 그것은 쓸쓸한 자들이 쓰고 있는 거대한 투구들이 부딪치며 내는 놀라운 음악 소리였다. 나의 손가락들이 나도 몰래 춤추듯 움직였다. 높은 음. 낮은 음자리.

그리고 흰 건반, 검은 건반.

해설

비어 있는 중심

김미현(문학평론가, 이화여대 교수)

> 쓸쓸하게 차 있고 비어 있구나
> ― 박범신의 시 「서시」에서

박범신의 연작소설 『빈방』은 빈 것들로 꽉 차 있다. 그리고 빈 것들은 대개 그러하므로 쭈글쭈글하고, 더럽고, 추한 것들 천지다. 빈 것들은 형태가 있거나 채워져 있어야 하는 것들이기 때문이다. 채움을 전제로 한 빈 것들은, 그래서 있어야 할 것이 없는 결핍이나 소외, 불안을 상기시킨다. 아니 존재론적 결핍과 소외, 불안 그 자체이다. 우리는 빈방이나 빈집에도 갇힐 수 있다. 그런데 도처가 빈 곳이다. 하기야 이 작가는 한 번도 충일한 기쁨이나 만족을 마음 놓고 그려

본 적이 없는 태생적 기아(棄兒)이자 천형(天刑)의 작가가 아니던가. 이 연작소설이 이 작가의 자전적 소설들인 『흰 소가 끄는 수레』나 『더러운 책상』을 소설가가 아닌 화가의 입장에서 허구적으로 재구성한 소설로 읽히는 것도 이 때문일 것이다. 이 작가의 시집인 『산은 움직이고 물은 머문다』의 산문적 형상화로 다가오기도 한다. 작가는 지독하게도 빈 것들에 들려 있다. 그래서 덧칠할 수 없는 수채화가 아니라 덧칠할 수 있는 유화를 그릴 때처럼 빈 것에 빈 것을 계속 덧입히고 있다. 때문에 이 연작소설집은 빈 것을 지우고 나면 그 밑에 다시 빈 것이 드러나는 빈 것의 악무한(惡無限) 상태를 제대로 보여준다고 할 수 있다.

이 연작소설의 화자이자 주인공인 '나'는 화가이지만 그림을 그리지 못하는 상태에 놓여 있다. 절필 아닌 휴필(休筆) 상태에 있었던 과거의 작가 자신을 떠올리게 하는 이 작중인물의 화판이 거의 비어 있는 것도 이 때문이다. 젊은 시절의 '나'는 그림에 대한 열망으로 꽉 찬 삶을 영위했었다. 그러나 날이 갈수록 그림의 오브제가 추락하거나 추상화되면서 실제 삶의 중심마저 빈 것처럼 느낀다. 사각 화판의 중심이 실제 삶의 중심과 일치하지 않는다는 불안감 때문에 고통받기 시작한 것이다. 그리고 그러면 그럴수록 '나'의 그림은 중심에서 더욱더 멀어져간다. '나'가 "애당초 내겐 핍박받을 만한 재능이 없었으며, 꼿꼿할 만한 중심이 없었다. 말하자면 나는 중심이 빈 인간이었다"라는 자조적인 말을 할 수밖에 없는 것도 이 때문이다.

이런 '나'의 예술에서의 불구성은 '나'의 남성적 불구성으로 연결된다. '나'의 육체적 붓이나 펜(pen)에 해당하는 남근(penis)도 거의 비어 있기 때문이다. 그래서 총신이나 도끼 자루로 쓰인다는 물푸레나무처럼 기능해야 할 '나'의 남근이 제 구실을 하지 못하고 있다. '나'의 육체적 자아와 예술적 자아는 일심동체이기에 이럴 때 '나'의 남근과 화판은 모두 비어 있게 된다. 화판이 몸이라면 붓은 남근이다. 그리고 남근으로 그려야 할 그림이 바로 '나'가 만나는 여성들이 된다. 그런데 몸의 중심인 남근이 비어 있기에 붓 또한 화판을 향해 나아가지 못하고 있다. 그래서 아령체조로 단련한 '나'의 단단하고 볼록한 팔뚝이 남근을 대신하고 있지만, 그것 또한 아무것도 생산해낼 수 없다는 점에서 "더러운 여분"의 육체에 불과하다.

더욱 심각한 것은 '나'가 만나는 여성들의 육체는 그 반대라는 것이다. '나'를 둘러싼 3명의 여성들은 모두 '빈 젖'의 소유자들이지만 딱딱한 남근을 동시에 가진 여성들이기도 하다. 그녀들은 오히려 비어 있어야 할 육체가 차 있기 때문에 '나'에게 두려움의 대상이다. 그래서 여성은 '나'에게 위안과 공포를 주는 양가적 대상에 해당한다. 여성다운 여성은 '나'의 비어 있는 중심을 채워줌으로써 '나'와 합일될 수 있다. 그러나 남성에 가까운 아니무스(animus)적 여성은 '나'의 남성성을 위협하면서 '나'를 거세시키려 한다. '나'가 바라는 것은 '나'의 남성성의 확장이 아닌 여성성의 강화이기에 아니무스적 여성성은 '나'와 불화할 수밖에 없다. '나'는 남성적인 '차오름'이 아니라 여성적인 '비움'을 통해 그림이라는 아기를 낳고 싶은, 아니마(anima)적 욕망을 강하게 가지고 있는 남성이기 때문이다.

가령 '나'에게 가장 중요한 여성 체험의 제공자인 애인 혜인은 전형적인 아니무스적 여성이다. 그녀는 손끝만 대도 용수철처럼 전천후로 솟구쳐 일어나는 젖꼭지를 가지고 있다. 이처럼 젖꼭지라는 남근을 가진 남성적 여성이기에 그녀의 몸은 세우고 채우는 것에 몰두한다. 가난으로 인한 상처투성이인 과거를 딛고 패션디자이너로서 성공한 그녀는 자본주의적 팽창 신화를 대변하는 인물이다. '빈 주머니' 같은 남근을 가진 '나'의 몸은 이처럼 언제나 꽉 차 있는 혜인의 젖꼭지와의 만남을 차라리 좋아한다. 혜인을 통해 자신의 남성성이 공격받기 때문이다. 그리고 그래야만이 자신의 여성성을 확인할 수 있기 때문이기도 하다. 혜인이 "애를 갖고 싶어"라며 자신의 몸을 비우려 할 때 오히려 '나'는 그녀를 떠났었다. 젖을 물리는 어머니가 아니라 눈을 찌르는 어머니, 감싸안는 어머니가 아니라 침략해 들어오는 어머니에 더 익숙해 있었기 때문이다. 혹은 비어 있는 자신의 육체가 낳을 수 있는 것은 비어 있는 것일 수밖에 없다는 공포 때문이기도 하다.

이런 혜인과 대조적인 입장에 있는 여성이 바로 읍내 이발소에 고용된 안마사 여자이다. 그녀는 희고 풍만한 가슴과 비정상적으로 오목한 팔뚝을 지닌 여성으로서, '나'의 남근을 그곳에 담아줌으로써 볼록한 '나'와 요철(凹凸)처럼 만나는 관계를 형성한다. 그녀의 몸은 '나'의 몸을 채우고 부풀려준다. 이럴 때의 안마사 여자는 대지적 여성이자 모성적 여성이다. 하지만 이처럼 지하 묘지 같은 이발소 안의 현실(玄室)에서는 충직한 시종이었던 안마사 여자도 지상으로 올라오면 강건한 여전사가 되어 "무인다운 남자의 이미지"를 보여준다. 그래서 그녀는 여전사처럼 용기 있게 자신을 능멸한 더러운 도시를 떠나간다.

여성에 대한 이런 이중적인 체험은 모두 '나'의 어머니로부터 연유한 것이다. 안마사 여자보다 더 희고 풍만한 가슴을 지녔었지만, "에미는 젖꼭지가 없다"라며 한 번도 자식인 '나'에게 젖을 먹여주지 않은 어머니로 인해 '나'는 근원적인 결핍감을 체험한다. 이발소의 주인 남자처럼 "중심을 알고 중심을 취할 수 있는" 야성적인 남자조차도 어머니의 '빈 젖'으로 인한 정신적 외상으로부터 자유로울 수 없다. 그도 '나'처럼 "크고 검은 추를 매달고 한 뼘쯤이나 축 늘어져 있는" 늙은 어머니의 '빈 젖'만 빨아 헛배만 채웠었기 때문이다. 그래서 어느 날 우연히 목격하게 된, 젊은 남자에게 빨리우고 있는 '나'의 어머니의 만월과 같은 젖가슴은 '나'에게 하나의 판타지로 다가온다. 오히려 나이 사십에 벌써 화단의 중심에 자리 잡고 있었던 어머니가 '나'에게는 현실이었다. 어머니의 '빈 젖'은 이처럼 신성하면서도 불길하다. 창조적이면서도 파괴적이고, 풍요로우면서도 잔인하다. 어머니는 성모마리아이자 막달라 마리아이기 때문이다.

어머니 혹은 여성에 대한 이런 위안과 공포가 자궁에 대한 '나'의 욕망을 더욱 부추긴다. 요나의 고래 뱃속 같은 읍내의 지하 이발소에서 안식과 평화를 느끼는 것, 햇빛만을 쬐기 위해 크게 만들었던 창을 다시 막는 것 등은 고요하고 부드럽고 깊은 어머니의 자궁 속 같은 공간을 찾아 헤매는 것에 다름 아니다. 특히 모든 것이 한껏 부풀어 오르는 자궁은 '나'에게 생명력의 원천이자 예술의 출발점이 된다. 그리고 그동안 남성들이 억눌러왔던 모성적인 에로스의 세계나 달의 보이지 않았던 반쪽의 세계를 지칭하기도 한다. 이런 자궁 속에서 '나'는 자아의 숨겨져 있던 뒷면을 발견하게 된다.

이 소설에서는 이런 자궁 이미지가 '둥근 것'으로 변주되어 등장하고 있다. 둥근 것은 완전한 것, 부드러운 것, 따뜻한 것을 상징한다. 물처럼 부드럽기에 돌처럼 단단하거나 칼처럼 뾰족한 것은 제외된다. 그래서 씨앗 모양의 태아나, 그 태아가 자궁 속에서 웅크리고 있는 모양, 그런 태아를 담고 있는 자궁이나 배의 모양, 왕릉처럼 둥근 젖가슴이나 만월(滿月)의 모양 등이 여기에 해당한다. 오래전부터 중심을 채우지 못해 비어 있는 화판의 그림자가 "이지러진 네모꼴"인 것과 극명한 대조를 이루기도 한다. '나'가 간만에 화판에 그린 것이 "원 하나"라거나, 거기서부터 완성한 것이 분석적인 군더더기를 대담하게 잘라낸 파울 클레의 〈세네치오〉를 본뜬 것이라는 데서도 둥근 것에 대한 '나'의 이런 지향성을 확인할 수 있다. 영원히 여성적인 것이 우리를 인도하는 것처럼, 완전하게 둥근 것이 우리를 부풀어 오르게 할 수 있다. 원형(圓形)은 여성의 원형(原型)이기 때문이다.

「항아리야 항아리야」에서 늙은 여류작가의 집에 늘어서 있는 항아리나, 늙은 여류작가가 좋아하는 반 고흐의 해바라기 그림도 이런 둥근 것의 전형이라고 할 수 있다. 항아리는 무엇이건 품거나 담을 수 있다는 점에서 '흙으로 빚은 자궁'이다. 잔뜩 팽창해 있는 임산부의 배와 같은 형상을 닮은 것도 이 때문일 것이다. 그러나 늙은 여류작가는 자신의 몸에 아이를 담을 수 없는, 중심이 텅 빈 불모의 항아리 같은 몸을 지녔기에 결국은 자살하고 만다. 이것은 출세나 야망으로 인해 헛배만 잔뜩 불러 있는 혜인의 경우도 마찬가지라고 할 수 있다. 반면 반 고흐의 그림에 나오는 해바라기는 씨앗 혹은 아기를 잔뜩 품고 있다. 그래서 그녀는 그 속에서 "내부 팽창에 따른 놀라운 빅뱅"을 발견한다. 여성의 몸에서 일어날 수 있는 여성성의 개화나 파열이 정점에 이른 형상이라고 할 수 있다. '나'가 굴암산의 음부(陰部)에 해당하는 동굴을 찾아 나서거나, 늙은 여류작가가 타클라마칸 사막의 사구(砂丘)를 보러 여행을 다녀오는 것도 이런 둥근 것에 대한 갈급증을 대변하는 것이다.

하지만 '나'의 이런 자궁이나 둥근 것에 대한 지향성이 단순히 남성들의 여성에 대한 성적 판타지나 남성 중심적인 모성 이미지의 추구라고 페미니즘적 입장에서 비판할 수는 없다. 그것이 '나'의 여성에 '대한' 욕망이 아니라 여성 자체 '의' 욕망 자체이기 때문이다. '남성을 위한 여성'이 아니라 '남성 속의 여성'을 통한 양성성의 구현에 더 가깝기 때문이기도 하다. 모든 남성은 자기 속에 영원한 여성성을 가지고 있다. 그것을 일컫는 용어인 아니마의 최초의 투영은 언제나 어머니에 대해 행해진다. 그리고 그 후 모든 여성이 자신에게 준 인상의 침전물이기도 한 아니마를 통해 남성은 무의식의 어둠 속에서 가치와 무가치를 구별할 수 있게 된다. 이 작가의 안에 '늙지 않는 짐승'이 자라고 있는 것처럼 '자궁처럼 부풀어 오른 남근'에 대한 욕망도 사라지지 않고 있다. 때문에 여성적인 것이 아닌 원형적인 것을 추구한다는 점에서 이 소설에서의 자궁 지향성은 궁극적으로 반쪽의 여성주의가 아닌 온전한 인간주의에 대한 염원과 연결된다고 할 수 있다.

그래서 중심이 비어 있는 욕망 때문에 '나'를 바라보는 「별똥별」의 늙은 노파도 '나'의 분신이고, '나'가 바라보는 자궁이 비어 있는 「항아리야 항아리야」의 늙은 여류작가도 '나'의 분신이다. 이럴 때는 바라보는 자가 바라보이는 자이다. 이 소설에서 관음증과 나르시시즘은 동전의 양면이기 때문이다. 그래서 여성의 시선을 받는 '나'도 여성이 된 것처럼 "빈 것들을 빈 것에 채워 넣어 내 전신을 풍선같이 부풀리는, 그래서 터지고 싶다, 터지고 싶다…… 그런 쾌감"을 느끼고 있다. 혹은 이발소 주인 남자의 남성적 매력을 보고 남성인 '나'가 발기하는 것도 '나'의 아니마적 속성 때문일 수 있다. 그리고 이런 아니마적 남성성은 이 작가의 이전 소설 속에서 아들이 여성들처럼 월경(月經)을 하기 바라는 아버지(「골방-흰 소가 끄는 수레 3」)나, 버려져서 울고 있는 아이에게 물려줄 젖이 없음을 한탄하는 열여섯 살의 소년(『더러운 책상』)이 느꼈던 태생적이면서도 치명적인 결핍감의 연장선상에 있는 것이기도 하다.

때문에 이 소설이 중심을 향해 질주했던 인물들의 파국에서 끝나는 것은 의미심장하다. 살인자나 도살자로서의 욕망이 강한 이발소 주인 남자와 자신의 야망을 위해 돈 많은 사업가와 결혼한 혜인의 쓰레기 같은 정사(情事)를 응징한 안마사 여자의 중심이 이 소설에서는 가장 크게 비어 있을 것이기 때문이다. 이발소 주인 남자는 무의식 속에 억압시켰던 살인의 쾌감을 충족시키기 위해 혜인의 몸을 점령하고, 혜인은 자기 파괴에서 오는 엑스터시를 위해 자신의 몸을 이발소 주인 남자에게 바친다. 그런 관계 후에야 그들은 더욱더 중심을 향해 직진 보행할 수 있기 때문이다. 그래서 안마사 여자는 중심을 향한 그들의 덧없는 질주를 막기 위해 그들의 몸의 중심을 공격한다. 더러운 정사 후에 널브러져 있는 두 남녀를 각각 이발소 의자에 묶고, 남자의 성기에는 귀이개를, 여자의 성기에는 이발 가위를 찔러놓는다.

이런 처절하고도 충격적인 결말은 작가의 이전 소설인 『침묵의 집』의 마지막 장인 「빈 중심」을 연장시키기도 한다. 그 소설에서도 남주인공이 생애의 끝까지 추구했던 여성의 몸속에서 찾은 것은 '텅 빈 중심'이었다. 남성의 본능을 일으켜 세우던 풍요로운 숲으로 뒤덮인 여성의 중심이 아니라, 털조차 대부분 빠져 닭볏처럼 보이는 음순에 덮인 여성의 중심이었기 때문이다. 당연히 거기서 확인하게 되는 것은 충만한 세계가 아니라 상처의 더러운 흔적이었을 수 있다. 하지만 그런 '빈 중심'에서 남주인공이 궁극적으로 인식했던 것은 허무나 절멸이 아니라 '텅 빈 자유'나 '영원한 침묵'이었다. 그와 비슷하게 이 소설 속의 '나'도 중심 아닌 중심이나 텅 빈 중심 속에 '무(無)'가 아닌 '공(空)'의 진리를 인식하게 된다.

이 소설에서는 이런 '공'의 경지가 「감자꽃 필 때」의 벙어리 농부를 통해 긍정적으로 제시되고 있다. 이전에 「혼잣말-흰 소가 끄는 수레 5」라는 메타픽션적 소설에 등장했었던 가짜 인물이 이 소설 속에서 실제로 현현하고 있는 것이다. 그래서 그 소설에서는 부록처럼 인용되었던 부분들이 이 소설에서는 본문이 되어 존재하고 있다. 그가 걸어 다니는 밭둑길은 "비어 있어도 빈 것이 아니며 머문 듯 천천히 흘러도 분주하다." 그런 길을 오갔기 때문에 벙어리 농부는 정갈하고 생명력 넘치는 밭의 고랑 사이에서 호미질을 계속할 것 같은 자세로 성스럽게 죽을 수 있었다. '밝음 속의 어둠'이 아니라 '어둠 속의 밝음'을 통해 작은 터도 큰 터로 만들어버린 벙어리 농부의 죽음은, 때문에 극단과 극단을 이어주는 "제의적인 퍼포먼스"에 해당한다.

이를 통해 작가는 세상 끝까지 흐르고 나면 누구나 별이 될 수 있다는 것, 하지만 그 별의 드높은 노랫소리에는 검은 건반과 흰 건반의 소리가 모두 담겨 있다는 메시지를 강조하고 있다. 이때 검은 건반은 '나'가 살았던 어두운 묘지와 같은 집에서 나는 소리를 주관하고, 흰 건반은 그 집에서 사실상 죽어버린 '나'의 백색 가면과 같은 얼굴에 담긴 소리에 해당한다. 그러나 검은색에서도 윤기가 날 수 있고, 흰색도 알파별의 흰 광채를 띨 수 있다. 이 작가의 영원한 화두인 '흰 소가 끄는 수레' 안에 담긴 진리 속에서는 빛과 어둠이 하나이기 때문이다. 제대로 죽지 않고서는 부활과 불멸도 불가능하기 때문이다. 그리고 불멸은 태양과 같은 불변의 모양이 아니라 달과 같은 가변의 모양에서 가능하기 때문이기도 하다. 달의 여신상들이 절반은 까맣고 절반은 하얀 것도 이와 관련 있을 것이다. 때문에 이 소설의 중심은 검은색의 공간이자 흰색의 공간이고, 탄생의 공간이자 죽음의 공간이며, 원심력의 공간이자 구심력의 공간이다. 검은색과 흰색을 아우르는 무색(無色)의 공간이기도 하다. 무색은 모든 색이고 궁극의 색이다. 모든 색을 아우를 수 있는 최고의 색이 바로 무색이기 때문이다. 무색을 통해 모든 경계는 사라진다.

　이런 인식은 햇빛만이 가득한 집이 아니라 어두운 곳도 있는 집으로의 귀환과도 연결된다. "창을 넓게 내면 그만큼 벽이 없어지고요, 벽이 없으면 쉴 곳도 없어지거든요"라는 건축 설계사의 말은 이런 어둠을 위한 헌사에 해당한다. 어둠 속에서도 모든 살아 있는 것들은 빛을 낼 수 있다. 그러니 중심이 비어 있다고 하지 말자. 차라리 비어 있는 것이 중심이라고 말해야 한다. 비어 있는 중심에서 어둠이 싹트고, 상처가 꽃피며, 죽음이 열매 맺는다. 이 소설 속의 '나'가 비어 있는 화판에 몸으로 직접 그린 것들이 결국에는 모든 존재들의 죽음 자체였던 것도 이 때문일 것이다.

슬프게도 이런 비어 있는 중심으로의 여행은 언제나 도로(徒勞)에 그칠 것이다. 그러나 이런 도로가 존재의 본질로 향하는 도로(道路)를 만든다. 물론 이러한 말을 할 수밖에 없는 문학 혹은 예술의 허방에 대해 작가는 날카롭게 비판하고 있다. "빈 것을 비어 있다고 말하지 않고, 아니 빈 것을 비어 있다고 말할 때조차, 문장은 그것을 채우기 위해 필사적으로 달려가야 하는 가장 비극적인 숙명을 갖고 있다." 하지만 그렇더라도 그렇게밖에 할 수 없음까지 이 작가는 알고 있다. 비어 있음을 인정해야 채울 수도 있고, 잘못 채워진 것을 다시 비울 수도 있으니까. 이런 채움과 비움의 여정(旅程)만이 도로(逃路)가 아닐 수 있으니까. 주변이 바뀌면 그 중심도 바뀌니까. 변죽을 울리면 중심에 가 닿을 수도 있으니까. 때문에 이 작가의 "통렬한 산화(散華)를 향한, 오르가슴"(「흰 소가 끄는 수레」)의 추구는 계속될 수밖에 없을 것이다. 그래서, 더, 지독하고, 눈물겹다.

빈방

ⓒ 박범신, 2004

1판 1쇄 발행 2004년 6월 12일
2판 1쇄 인쇄 2011년 1월 26일
2판 3쇄 발행 2012년 6월 20일

지은이 박범신
펴낸이 강병철
주 간 정은영
편 집 이수경 최민석
디자인 김희숙
제 작 장성준
영 업 조광진 안재임
마케팅 유혜영 안나

펴낸곳 자음과모음
주소 출판등록 1997년 10월 30일 제313-1997-129호
  121-840 서울시 마포구 서교동 396-33번지
  전화 | 편집부 02) 324-2347 | 총무부 02) 325-6047~8
  팩스 | 편집부 02) 324-2348 | 총무부 02) 2648-1311
  이메일 | munhak@jamobook.com

ISBN 978-89-5707-545-6 (03810)

잘못된 책은 교환해드립니다.
저자와의 협의하에 인지는 붙이지 않습니다.